# 逐日騎士

言雨——著

# 目次

# *Prologue*

# 開幕

即使是永夜的死國，也有天明的時分。騎士抖著手，望向穿透黑暗的光。

來了，在沒有六王子當值，黑色鬼門大開的深夜，禍星撕破天空，腐靈巫母遺落在死國的珍寶將會顯露。騎士全身發抖，死國的酷寒奪走他大部分的腳趾，善戰的手業已殘破不堪。他可憐的座騎在他身後喘氣，馬鬃上的汗凍成了霜。國王和神殿都唾棄他們，除了一顆堅定不移的心，他們一無所有。

「不要怕，我們在這裡了。」他伸手拍拍忠實的坐騎。放眼夜境和日顯，他能信任的只剩下這匹老馬。「老傢伙你看，我們的夢想成真了。」

老馬的喘息聲加快，步步往後退開。他原先還以為有什麼危險將至，趕緊抓起隕劍備戰。他不曉得自己還有沒有力氣使用波力，但是一把劍的致命與否，重點是動手的人心意有多堅決，多希望對方橫死當場。

但他眼前沒有敵人，有的是一片星河照不亮的漆黑泥海。立身泥海邊緣，一株蒼白瘦弱的蕈隨著天上禍星光芒愈盛，愈發挺立茁壯。他領悟到有件大事正在進行，趕緊牽著老馬向後退，就怕他們的氣息會吹壞多年的目標。瘦弱的蕈傘慢慢張開，白皙的頂蓋逐漸透出殷紅，聚積在外翻的傘頂中央。

「沒錯、沒錯，就是這個……」他低聲說。

終於讓他等到了，一株能改變命運的靈藥。只可惜這興奮的一刻注定他只能孤獨享受，那些背棄他的人如果知道這珍寶最後落在他手上，臉上不知會出現什麼表情。只要有了這株靈藥，所有的夢想便能成真。他能逆轉命運，腐海巫母永恆的詛咒將成泡影，他會——

驀地，暗影掩去蕈傘上的紅光。騎士仰頭一望，禍星的光輝正迅速消失，死國的白晝才剛降臨又要結束。蕈傘彷彿病弱的老嫗吐出最後的氣息，委身屈就泥海的引力。

「不！」

遲了，光明逝去，死國重回黑暗。
黑暗奪走他的終點。

# 1、老鼠

「一般來說，我們鼓勵通報。如果每個人都是警備隊的耳目，我們不需要出動大批人力調查，也能輕易把所有罪人逮捕。」

拿玉裘這麼告訴梓柔。坐在茶桌對面的賀梓柔，一下子羞紅了臉，連忙把視線移開，望著樓下人來人往的市集。要感受夜境的生命力，鬱光城街頭人山人海的夜市再適合也不過了。千年前，無頭騎士驅趕禍星打破牢籠，日光的獸群掙脫束縛，大肆追獵女神的子民。手無寸鐵的人們四散逃亡，大地血流成河，染紅了暴風洋。六位王子執起軍刀，奮勇挑戰來自日顯的惡魔，在女神的護佑下劃開日夜的疆界。

如今，那些都是遙遠的傳說了，對鬱光城的百姓而言，危險的不是獵人頭的鬼騎士，而是下一餐溫飽與否，地熱爐是不是每夜運作如常。今天是每五天一次的無星天，濕冷的天氣不知道會不會影響雞肉菇收成，聽說關稅又要提高了，來自日顯的舶來品取得不易，寶貴的木料進口說不定會延遲。

人們帶著這些問題出門交換答案，擁擠的街道上人手一盞燈籠。他們自以為自己的問題多重要，殊不知賀梓柔正面臨人生最大的難關。俊美無匹，獲得鬱光城領主賞識，推薦前往四國大學院學習波動魔法的護法官之子，學成歸國第一件事，就是單膝跪在賀梓柔面前求婚。

「但就算抓到全寧國的罪犯，也沒有辦法平靜我躁動的心。」他繡著銀線的背心在燈蕈的綠光中閃爍。「在我求學的日子裡，我體認到只有你是我一生追求的摯愛。你不在我身邊，一切就失去了意義。」

梓柔快昏過去了。

「梓柔，嫁給我好嗎？」

他從懷中拿出一個長形的深色絨布盒，打開盒子呈到梓柔眼前。那是一雙潔白的新娘手套，是全鬱光城的單身女子，發了瘋追逐、由拿玉裘本人送出的新娘手套。坐在她身邊的梓妍用力倒抽一口氣。

「姊姊！」梓妍壓低聲音說：「快點收下來答應他呀！」

當然會，梓柔不知道等這一刻多久了。手套上撒了梔子花香水，濃郁的香氣薰得她暈頭轉向。

「我願意。」

終於，她終於說出口了。

就在這充滿紀念價值的一刻，樓下傳來破口大罵的聲音，稍稍破壞了氣氛。似乎是有人抓到偷東西的大老鼠，正卯足全力要逮到害蟲。梓柔皺了一下眉頭，趕緊接下手套，以免珍貴的一刻從指尖溜走。

拿玉裘從地上站起來，拍拍燈籠褲，輕鬆回到完美無瑕的形象。看看他，完美的黑頭髮白皮膚，健碩的身材和會說話的大眼睛，樓下的人罵了什麼梓柔一下子通通拋到腦後。和他完美的樣子比起來，梓柔根本是個還沒長大的小女生。她的髮色偏褐，身形也不夠高大漂亮，賀夫人自豪的大胸脯她也沒分。

她真不知道自己怎麼配得上拿玉裘。

「爸爸知道一定會很開心！」梓妍開心地說，忙著揮手要服務生幫大家倒茶。「玉裘大哥真是太好了！你和姊姊喜歡對方這麼久，童話故事總算要成真了。」

「小傻瓜，結婚前還有很多事情要做呢。」拿玉裘笑著說：「如果不是你姊姊太漂亮，讓人等不下去，我應該完成手上的案子之後再求婚。你知道的，那可是一件大案子。」

「真的不能再多說一點嗎？來自日顯的詛咒之書，光聽都覺得好刺激！」梓妍說。

「你不要鬧了。」梓柔阻止妹妹。「玉裘大哥都說是機密，我們就不應該多問。纏著人家說鬼故事，小心回家又睡不著覺。」

拿玉裘對她微笑，感謝她解圍。梓柔伸直脖子，希望自己看起來成熟又穩重，配得上鬱光城的警備隊隊長。年輕有為的拿玉裘，可不會娶一個輕浮的妻子進門。茶館老闆親自端上一大盤甜點，美得宛如剛從壁畫上搬下來。他莊重地把盤子擺在姊妹倆面前，鞠了個花俏的躬告退，逗得兩姊妹呵呵笑。

「我特別請他們準備的。」拿玉裘說：「我衷心希望，這可以彌補我邀兩位出門，卻又中途離席的失禮行為。」

梓柔順著他的視線望向二樓樓梯口，四個警備隊隊員腰繫軍刀等著。他們身上的深藍色制服都沒有拿玉裘好看，她看見其中一個人臉上帶著鬍渣，感覺很粗野。

「我還有任務要處理，抱歉必須失陪了。」拿玉裘說。

「沒關係。」梓柔露出勇敢的笑容。沒關係，雖然她很期待玉裘大哥陪她到聖丁字光圈熄滅再分開。可是她必須放手，玉裘大哥不是她一個人的，還要服務鬱光城，甚至是全寧國的百姓。況且梓妍跟在身邊，想私下說些什麼也是綁手綁腳，不如趁機展現一點風度，給拿玉裘看看她大器的一面。

拿玉裘執起兩姊妹的手，各給他們一個輕吻後告別離席，帶著警備隊員走下樓離開，他走了之後，原先聚焦在他們這桌的視線也各自散去，回到原先的閒聊上頭。

梓柔輕嘆一口氣，看著桌上的手套盒，感覺整顆心暖呼呼的。

「真好。你都可以結婚了，我卻連條手帕都沒收到。」梓妍說。

「有很多人送手帕來，只是媽媽要碧琪把它們通通收掉了。」梓柔心不在焉地說。她正捧著手套盒，欣賞手套精緻的作工。

「為什麼？」梓妍大聲叫屈。「我也有追求者？真不公平，你就可以和玉裘大哥談戀愛，我卻連條手帕都不能收。」

「你才十四歲，不要再傻了。況且你怎麼知道那些來路不明的人，不是為了我們家的財產才追求你？」

「真討厭，我們家這麼有錢做什麼？」梓妍嘟著嘴巴生悶氣。

「如果你住過百伶巷，就不會說這句話了。」梓柔把桌上的手套盒闔上，收進背心的暗袋。從他們的座位往窗外望，看得見聖白殿的白色聖丁字石雕。仔細精算過光圈大小和顏色深淺的燈蕈，圍繞著白色的聖丁字。如今第五個最大，顏色也最淺的燈蕈業已亮起，等五個燈蕈一起暗去，冰冷的深夜就來了。

「該回去了，我們也出來超過一整哨的時間了。再不回去，媽媽就要叫碧琪帶人搜救了。」

「這麼乖，剛才怎麼不叫隊長送你回家？」

梓柔完全是看在儀態的份上，才沒當眾拿燈桿敲妹妹的頭。

「快走了。」她低聲催促。

「可是我還想吃甜點！」

「這些日顯來的東西你早就吃膩了。」

梓妍滿嘴牢騷跟著姊姊走下樓梯，茶館老闆恭敬地送兩姊妹走出大門，完全沒有提起失禮的問題。

賀家大家長餵飽全城的老百姓，他們這些小商人很清楚可以用哪些小事，討好這位獲得聖白殿專賣特許的大老闆。

街上的人潮漸漸散去，夜市時間即將結束，鬱光城慢慢靜下來。南六星的老五升起，鬱光城正式入夜了。星海女神深色的側臉綴滿星辰，貼在大地上熟睡。她是三身女神的慈悲化身，在遙遠的天際護佑她的子民生生不息。

就算是手腳粗壯的農工，現在也要收拾工具趕回家，以免被即將到來的霜風凍壞手腳。聖白殿的掌燈人走上街頭，用長柄鉤拉上燈柱的黑罩。家家戶戶把燈台上的綠光掩蓋，用厚重的防寒板擋住窗戶。主婦們拿出厚被子分給家人，廚房的地熱爐滾滾躁動，為永夜的寧國帶來溫暖。等六王子這一哨冷冰冰的時間過去，濃湯便能溫暖家人的胃。

這是萬物生養休息的時候，仁慈的老五在天上吹著警示的冷風，就怕弟弟帶來的寒霜傷到脆弱的子民。這善妒的老么不服星海女神的神諭，又無力掙脫束縛，便夜夜為人間帶來霜害，折磨可憐的世人發洩怨恨。在他的霜刀之前，就連英雄帝王都要蜷縮在被褥裡發抖，等待勇敢的大王子驅趕么弟。

這是萬物沉靜，連農圃的菌絲也向後退縮，掩去生長的聲音等待的時分。在這時分，除了見不得光的東西之外，沒有人會四處溜達。罟覓奇從夜市旁的垃圾堆後探出頭，左右張望無人的大街。

如果說漂亮的賀家姊妹是一對高貴優雅的貓兒，覓奇毫無疑問是隻頭上掛著果皮的老鼠。說實話，他的招風耳乍看之下，還真像有老鼠的血統混在裡面。他糾結的長髮用一條發黃的頭巾纏成長卷，像條老鼠尾巴掛在他的後腦勺。綠色的燈籠褲不知道什麼時候，被灰塵和垃圾染成灰的，讓他完美地融入街頭。他澄澈的眼睛閃閃發亮，好奇地審視人群留給他的世界。

冷風吹來，覓奇用力摩擦上臂，生點熱好繼續活動。他的手套是三根指頭和兩片半手掌湊合而成。他褲子需要新補釘，只可惜細心計較的主婦很少丟衣服，或者更大片的布料。

覓奇匆匆跑過大街，找到賣菜的攤位。在這裡他總能找到一些因為賣相不佳，被丟在道路旁的苔菜和石蓮，運氣好說不定還有哪個主婦落下了八寶芋。有這些東西，他就能湊出完美的一餐，放心地玩到明天。

果然，他的預感是對的，一大塊泛黑的八寶芋被丟在路邊。覓奇一走近就聞到嗆鼻的酸味，趕緊撿起來用力吐口水上去。他脫下手套，靠口水的幫忙用力搓掉附生在塊根上的菌落。黑色的菌落又黏又頑固，等他的手指都僵了，才肯乖乖離開塊根表面。

太好了。覓奇用鋪路的石磚把手上的汙漬揩掉，小心地把八寶芋放進褲袋夾層。他把腰帶拉緊，以免東西掉了。他的褲帶上有好幾個長短不一的間隔，每個間格的粗細顏色都不一樣，唯一相同的是把他們串在一起的繩結。當褲袋太重的時候，覓奇就會把褲帶的結往後推到下一個間隔，好保住珍貴的物資和褲子。今天大豐收，值得往後推到第三個。他收小腹拉緊腰帶，又彎下腰繼續撿細碎的苔菜，纏著布帶的腳掌高高踮著。石磚愈來愈冷，老五快要被趕下星空了。

驀然，他聞到一股香氣。

他往回望，有點納悶是哪來的味道。這不像苔菜的青草味，也不是八寶芋的苦味，而是某種陌生、挑逗的詭異香氣。他從來沒聞過這種味道，一下子有點心慌。

他用力吸了幾口冷空氣，若有似無的香味盤旋在四周。

他睜大眼睛，想在燈蕈黯淡的藍光中看出所以然。這味道究竟是什麼東西？

好奇心出面掌握他的心思。覓奇的手不自覺伸向口袋，拿出一小片燈蕈用指頭捏碎。光液沾滿他的手指，散出淺綠色的螢光。藉著螢光照路，他看見有張卡片被遺落在路邊。他用左手撿起卡片，右手靠近照亮上面的字和圖畫。

一帆風順，遠颺平安；小小的帆船在星空下行駛。

這是一張送別用的卡片。覓奇腦子裡浮現稍早的賀家姊妹，他們從垃圾堆前經過的時候，也散發出同樣的香氣。如果覓奇沒記錯，他們在賣卡片的阿凱攤位前晃了一圈才離開，剛才梓柔也有看這張卡片嗎？

覓奇的手凍到發抖。他對這張卡片很有興趣，也想知道這個香味是怎麼來的。更重要的是，他認為梓柔說不定也喜歡這小玩意兒，否則身上不會有相同的味道。覓奇會把卡片香味背後的謎題解開，找出世界上是哪種花草或是礦物，構成這種神祕的香氣。

愈來愈冷了，他得快點回去他的小窩。要是溫度跑掉了，不知道那些小寶貝會怎樣。生活在無光的夜境裡，一點差錯有時候就是一條性命。他抬頭望，正好看見聖白殿的修道院上，大大的聖丁字被藍色的光圈圍繞。好險五個都還亮著，老么快來了，他得快點回去。

他拿著卡片想站起來，手腳關節剛才在他沉思的時候凍成冰塊，他得非常用力才爬得起來。

「原來你在這裡。」

高大的身影向他逼近。

# 2、小窩

抓著燈桿，把燈籠抱在胸前，肩膀上綁了小布包的的怪人站在燈柱的光圈下。會有這種奇怪的動作，想必是日顯來的鄉巴佬。覓奇摳摳鼻子，瞇著眼睛，想看清楚傻瓜維利的臉。

來自日顯的賣貨郎是常歌的朋友維利，他們兩個時不時會一起出現。常歌是覓奇爸爸的老朋友，以前爸爸當通譯的時候時常和他來往。爸爸死掉之後，他們換成和覓奇來往。

維利匆匆穿過街道消失，他剛才大聲說話嚴重違反了規矩，現在顯然正試著彌補。覓奇心裡又忍不住發癢，想知道他今天帶了什麼好東西過來。維利包裹裡的東西，向來都是驚喜。覓奇追著日顯人的腳步鑽進小巷裡，幻想來自日顯的朋友這次帶了什麼禮物。

鬱光城黑暗中的小路他熟得很，該去哪個地方談話才不會引人注目，也是他事先告訴賣貨郎的資訊。兩人穿梭在巷弄的黑影中，像在跳某種奇怪的雙人舞，循著嚴格的舞步慢慢拉近距離。覓奇瞥見穿著藍衣的警備隊四處巡邏，趕緊加緊步伐向前。他們今天提早了夜巡的時間，討人厭的拿玉袞等不及拿他的帥臉出來炫耀，他結束學業回到鬱光城真是覓奇的不幸。

一隻大手突然攫住覓奇的手臂，把他往陰暗處拖！

「快過來，不要被他們發現了！」維利抓著覓奇，快步走出燈柱的光圈。覓奇忍住不要翻白眼，偷偷伸手遮住他手上的燈籠。想躲人視線還隨身攜帶燈籠，這些日顯人實在病得不輕。

「常歌呢？」覓奇問：「怎麼沒看到他？你們遲到了三天，我差點就以為他忘記我——你怎麼了？」

維利的臉在綠色燈光中看起來像死人，日顯人突兀的五官讓覓奇全身不舒服，嘴巴上那兩撇鬍子更是怎麼看怎麼怪。

「發生什麼事了？你看起來像見了鬼。」覓奇扭動肩膀掙脫維利的手。

「常歌出事了。」維利說話的時候皺著臉，活像吃到腐肉般恐怖。「可能也死了。」

「到底發生什麼事了？」

「我也不清楚。」

某種默契穿過兩人之間，讓來自不同國家、使用不同語言的兩人同時左右張望。覓奇指指碼頭的方向走，維利沒有反對。他們沿著街燈的光圈邊緣小心移動，壓低聲音說話。

「你們走私東西被抓到嗎？」覓奇問。

「常歌太不小心，也太心急才會被發現。我差點被捲進去，是靠幾個朋友幫忙才順利脫身。我們在這裡說話安全嗎？」

「後面是空家的倉庫，幾年前老闆賠光家產的時候，自己吊死在裡面。現在除了發春的野貓，沒有活人會靠近這裡。」

「太好了。」

維利把肩上的布包塞給他。覓奇把手伸進布包裡摸了兩下，果然是他要的東西。

「東西都在這裡了。只是我不懂你要這些東西做什麼，裡面全是垃圾。」

「不用你管。」覓奇說：「常歌有東西給我嗎？」

「這個嗎……」

「有就快給我。」

維利的手伸進衣服暗袋，就著微弱的星光，覓奇看他拿出一本書，書頁裡夾著一把怪模怪樣的書籤。太暗了，覓奇看不清楚，只看得到依稀有個像柄的東西。維利的手在發抖，覓奇只穿了襯衫和燈籠褲，今天並沒有特別冷。

「要交給誰？」

「你拿著就好。」維利吞了吞口水。「這個東西不能繼續待在蒔文壘，大學院也不安全，福波愛蘭的高層開始注意我們了。這東西不能丟，沒人知道要是丟了，到時候會出什麼事。你拿去藏好，下次船期前我會想辦法帶進一步的消息過來。」

「就這樣？」

「這東西很重要。」維利厲聲說：「如果不是事態危急，我們也絕不會交給你！」

「我知道，不用發這麼大的脾氣。」覓奇有些嚇到了。雖然維利是個膽小鬼，但是這副快尿褲子的緊張感可不是假的。

「保護他，像保護你的命一樣。」維利金色的髮絲落在他眼前，聲音像幽靈一樣稀微。覓奇接過書打開，書頁不知道沾了什麼東西，打開的時候味道臭得像腐爛的貓屍。書裡夾的是一把鑄了圖騰的蛇型短劍，怪模怪樣很是噁心。

「隕劍，是用隕鐵打造的。」

「你說這——你說的是這把劍？」覓奇回過神，趕忙把書闔起來藏住歪曲的短劍。他不知道什麼是隕劍，但隕鐵是違禁品，任何人膽敢私藏都是死罪。這麼危險的東西是從哪裡來的？

「過去羯摩騎士人手一把，是騎士團身分的象徵，只是後來……」維利重重嘆了口氣。「現在不是說這個的時候。答應我，如果我沒有帶消息過來，你也會好好保管這把劍和書。」

「我會的。」覓奇努力不去想如果說不，維利臉上會有什麼表情。

「切記，好好保存，絕對不能把書弄髒，任何液體都不能沾汙它。就算只是露水，也絕對不能沾上。」

「你只管放心。」覓奇拍拍他的手臂，維利總算稍微放鬆一些，也有膽打開燈罩，讓微薄的綠光照亮他們的臉。再看一次維利的臉，覓奇這才發現他整個人樣子活像沼澤裡爬出來的妖怪，年輕的五官未老先衰，被焦慮拉垮拉皺。

「你看起來很糟。」覓奇問：「遇上麻煩了嗎？」

維利哈哈兩聲。「活著本身就是麻煩。覓奇，你聽著，我知道不太中聽，但是你得小心，我們不想——」

「停停！」覓奇打斷他的道歉。「我一個人會好好的，少說那些關心的話詛咒我。」

「如果我們能再多做一點事，也許今天就不是這種結局了。」維利哀傷地說：「真的很謝謝你幫忙。」

覓奇捶了他的手臂一拳。「為什麼突然說這種奇怪的話？告訴我，常歌是不是躲在哪個角落，等著我哭出來要笑我？」

「沒有，很可惜沒有。我很希望有，只是已經不可能了。望你食糧豐裕，罟覓奇。」

他說的是日顯的祝福話，覓奇霎時想起了一件事。

「等等！」

「怎麼了？」

「你跑這麼多地方，看過很多人和東西，你知不知道要怎麼讓菌絲長出菇來？」

維利眨眨眼睛。「我以為菇蕈是你們的專長。」

「話是這麼說沒錯。」覓奇不知道該怎麼做才能糾正偏見，又不至於讓維利看扁他，只好聳聳肩說：「我只是想多方諮詢意見。」

「那祝你好運了。」維利虛弱地笑著說：「你們不是有修女嗎？請他們給你的農圃來點祝福，說不定會有幫助。」

「我會考慮。」如果有錢的話，覓奇的確會考慮。聖白殿的祝福可不是免費的，這些日顯人就是不懂。

「那你看過這個東西嗎？」他換一個問題。

「卡片？」

「不是卡片，是上面的味道。」覓奇揮揮手上紙，讓香味散開。「你知道這個味道是什麼嗎？」

「如果我沒認錯，這是梔子花的香味。」

覓奇試著模仿維利的發音。「姪子花。」

「梔子花。」維利說：「音調不用變，嘴巴扁扁地唸完。不過你那是便宜的香水，撐不了多久味道就沒了。」

「如果日顯和夜境一樣只有大鬼芋和蠅之香，你就會珍惜這些便宜的香水。」覓奇又念了一次。

「梔子花。」

「沒錯。我真的得走了，要是警備隊發現我和你說話卻不用通譯，我們兩個都會有大麻煩。自己保重，離開前我會再來看你。」

「你才要注意安全，日顯鄉巴佬。」

維利哈哈乾笑兩聲，給他一個擁抱快步離去，留覓奇一個人尷尬臉紅，拿著包裹和書站在黑暗裡。覓奇對賣貨郎的背影畫了一個手勢，祝福他平安。在覓奇父母剛死的那段時間，沒有賣貨郎私下資助覓奇，他早就不知道餓死在哪個垃圾堆裡了。他認識的朋友不多，每一個都彌足珍貴。

包裹好重，他燈籠褲的褲袋裡還有八寶芋和苔菜滾來滾去。包裹不能弄髒，提著這一大袋東西回百伶巷也太冒險了。夜巡警備隊只要一眼，就能看穿這些東西來自何方。他把包裹藏在空家倉庫的角落，再搬幾塊舊木板蓋住。

藏好後他想了想，又搬開木條拿回書和隕劍。既然維利這麼寶貝這兩個東西，接受委託的覓奇就有責任把東西保管好。

他翻開襯衫，把書和劍放進貼身的口袋，用布帶緊緊繫好。這是他自己改造的襯衫，要偷渡東西的時候非常方便好用。書和劍有些重量，帶著它們走在路上讓人感覺步伐穩重，整個人都高貴起來了。這大概就是護法官走在路上的感覺吧？一手法典，一手軍刀，就算是鬱光城最黑暗的巷道，覓奇也覺得自己有了獨闖的勇氣。

當然，如果前面站了一個正牌的警備隊員，事情又不一樣了。

離開碼頭，聖白修道院的鐘總算響起，正式宣告六王子當值，五道光圈熄滅。大街上靜得怕人，只聽得見他骨頭髮抖的咯咯聲。他得快點回小窩，以免凍死在街頭。

他繞過中心廣場離開市場，一路穿過商展街和農工巷。他的小窩在百伶巷的盡頭，一家廢棄老藥房的地下室。

能找到這個地方，是星海女神給他最大的祝福。他推開入口的大垃圾箱，找到和隔板連接的梯子機關鑽下去。他總是到了老六高掛天空時才會回來，只要夠小心，沒有人會發現垃圾箱的隔板下藏著覓奇的小窩。沒有人會注意到他，這片孤寂的牆保護他好多年。

「你夠幸運了。」他爬下梯子的時候對自己說：「沒有斷手斷腳，還能上下爬梯子。如果你長得再好看一點，現在已經落進皮條客的手裡，天天幫有錢的老爺奏樂了。」

親愛的媽媽呀、親愛的爸爸，你們都死去哪啦？是不是像修道院的修女說的，都已經沉入巫母的沼澤，化作大地的一部分滋養眾生？又或者無頭騎士曾騎馬踩過他們的墳墓，把他們拖進火焰煉獄，纏上了永生永世的痛苦詛咒？

不過回頭想想，這點覓奇倒可以放心，因為他們死後連個墳墓也沒有，無頭騎士想踩也找不到地方。覓奇嘆口氣，踩下最後一階。禮讚女神與巫母，願她們令墳墓安寧。

覓奇跳下梯子，摸向地熱爐的開關，一口氣切到最大。地熱爐嘎茲兩聲開始運轉，發出噗魯魯的聲音和若有似無的溫暖。地熱爐連接鬱光城地下的溫泉水脈，只要打開開關就能啟動藏在裡頭的核心，蕈狀的爐子就會為他的小窩增添濕氣和暖意。這架爐子又老又破，核心說不准什麼時候宣告報銷，但目前還能應付覓奇的需求。

暖意散布四周，覓奇的腳步慢慢回復靈敏，滿是青紫傷痕的手總算不抖了。他從雜物堆裡摸出裝燈蕈的盒子，靠觸感挑出一小片，往冰冷的牆壁上塗。

深綠色的螢光照亮斗室，覓奇眨眨眼睛適應光線，確認四周完好無缺。覓奇回頭收起梯子，側耳確認地熱爐運作正常，不會太熱或太吵引來懷疑。他的雜物堆在爐子旁邊，再過去就是他的床鋪。剛找到這裡的時候他還能平躺在上面，如今他已經得縮著身體，褐色的草墊才能幫他抵擋土地裡的霜氣。在小窩的另一頭，是他的寶庫所在——一大片破裂的石磚，還有裂縫裡的腐土。

他解開褲袋上的結，找出臭掉的八寶芋小心翼翼地放上去。蘑菇們長得不錯，草菇的蕈傘也開始看得見形狀。他得小心一點，才不會讓肥料壓壞這些珍貴的寶貝。他試了好多年，好不容易才摸索到訣竅。只要定時為這些小寶貝提供肥料，腐壞的蔬果也能變成珍貴的食物。

他要用這一小片石縫裡的田，種出珍貴的猴菇。等他大顯身手，其他人會目瞪口呆、口水直流，瞪著覓奇大快朵頤。

他甩甩頭拋開這些想法，別這麼自私，他可不是為了自己一個人做這些事。覓奇翻出破損的鐵鍋，深吸一口氣，下定決心摘下長成的蘑菇放進去。沒有鹽在手邊，他只能將就著用碎掉的八寶芋調味。他把鍋子放在爐子前，地熱爐散出的熱會慢慢幫他加溫，等到他再次睜開眼睛，就和其他人家一樣有頓熱呼呼的早餐。

處理完這些瑣事，覓奇又挖開一塊石磚，把書和隕劍放進去。看著書和隕劍躺在泥土堆裡，身上的瘀青隱隱作痛，覓奇又抽出隕劍綁在小腿上，再把石磚蓋回去。誰知道呢？說不定哪一天，真的會有逼不得已，一定要拿出武器反抗的時候。

覓奇躺下時把快散開的草墊再集中一點才躺上去。隕劍壓在的小腿上，冰涼的感覺非常奇妙。他何其幸運，又何其滿足了？覓奇閉上眼睛，想著食物的味道入睡。他能聽見地熱爐前的破鍋裡，八寶芋和蘑菇滋滋作響，香氣瀰漫在狹小的地下室。他很清楚自己睡著了，否則不會有這美夢。

菌絲會接受八寶芋，他的小園地能繼續蓬勃發展。眉開眼笑的他會忘了身上的寒冷和飢餓，跑上街頭告訴其他人這個好消息。他們住的骯髒地下室不再是悶熱的死城，而是充滿希望的園地。

他有頭巾，頭巾上的記號是他記下的資訊，好知道該去哪些地方弄到這些東西。等到上面的訊息都過時了，他會再找一條新的取代舊的。有這條頭巾，他就能在鬱光城每個角落無往不利。等地上的世界濛濛醒來，驅趕嚴寒的老大逐漸黯淡，嚴謹的老二會回到崗位，黑色的天幕轉為深藍，新的一天在世人睡意迷濛間到來。

覓奇翻了個身，躲開左腰附近凸起的石塊。

他得先找一條新褲子以免雙腿被凍壞。明天是紡織作坊每個月例行清倉的日子，第四哨的時候會出清不良品。他沒有錢買新的褲子，但總會有不少想撿便宜的主婦擠到作坊的後門，搶購作坊織壞的布頭；這是覓奇的機會。賣藥的霍老頭會把藥鋪的垃圾倒進後門的水溝，等老三輪值結束之前去轉一圈，說不定能有意外的收穫。明天書店苛薄的老闆娘在家，好心的小荷不知道有沒有機會露臉？

他躲過達老大好幾個月，不需要繳規費或戰利品給他，上次欠的錢也做工抵掉了，覓奇還忘記了什麼嗎？

對了，梔子花，他還記得。

梓柔拿著卡片微笑，長辮子垂在肩膀上。

覓奇可以回頭找賣卡片的阿凱，或者和賣貨郎問點事情。

小園地才剛起步，也該多找些材料厚實土壤。

有光！

覓奇在夢中奔跑，感覺冷風吹進衣服的縫隙；他真的需要一件新褲子。

明天又是鬱光城全新的一天。

# 3、碼頭

梓柔被地熱爐的溫度熱醒，睜開眼睛時，窗外的二王子已經大放光明。她伸了個懶腰，猜想爸爸如今應該正守在港邊，等著大船將腐木送進賀家的倉庫。這種來自日顯的珍貴資源，只有賀家的大家長賀維新，才知道其中的價值，願意親身到碼頭上監督進貨。

她打了個呵欠，考慮要不要再回床上多躺一下。但是在梳妝台上躺著寫到一半的卡片，媽媽已經答應帶她和妹妹出門採買，不能再躺下去了。梓柔搖鈴呼喚女僕。

在床上用過鮮魚湯當早餐後，梓柔稍作整理，到另一邊的廂房把妹妹帶出房間，結伴去找媽媽。賀夫人正在房間裡，指揮女僕搬出新衣服好讓兩姊妹挑選。平常兩姊妹在街上亂晃時隨便穿無所謂，但要跟著賀夫人出門，連頭巾都不能隨便馬虎。

女僕幫母女三人紮好辮子，繞在頭上用頭巾固定。梓柔換上白色的燈籠褲，加上綴滿亮片的圍裙。裙子上的亮片宛如傳說中的神魚之鱗，在燈蕈的光芒中閃閃發亮。穿上簇新的皮襖背心，看著鏡中的自己，梓柔忍不住生出一股傲氣，雙臂交握在胸前想像玉裘大哥就站在她身旁，溫暖的大手抱著她。無庸置疑，他們是最相配的一對。拿家主婦的披肩將會披在她身上，和她的家世並陳，羨煞鬱光城的社交圈。

碧琪派小幸和小青兩個手腳比較俐落的女僕，提著燈籠和籃子跟在他們身邊，一行人浩浩蕩蕩走出家門。好熱鬧的三王子在天上大放光明，今天萬里無雲，晴朗得一點都不像有大事要發生的樣子。燈塔投下一大片淺藍，確認河道暢通無阻，和船桅上的巨大燈蕈遙相呼應，夥同沿岸的燈柱照亮港區。碼頭旁的議價所裡，坐滿了鬱光城的商人和主婦，賀家一行人走進門，管理員馬上親切地迎上來，引導他們到慣用的位置上。賀家在議價所有個專屬包廂，半開放式的空間能提供隱私，也能讓簾幕後的主人觀察走道上是否有新的機會。

福態的賀夫人先讓兩個女兒坐進包廂，自己坐在最外面的位置，拿起桌上的菜單點茶。兩姊妹伸長脖子，探看來來往往的人。

「今天好像特別安靜呢。」梓妍說：「平時到處都有人在大吼大叫，今天不知道怎麼了，大家的聲音都變得扁扁的。」

「被你們兩姊妹鬧了一個早上，現在安靜一些，讓我耳朵休息不好嗎？」賀夫人心不在焉地說。她的心思放在茶和茶點上，胖手指揮兩個女僕去廚房拿食物回來祭五臟廟。說起茶點，放眼鬱光城沒有第二人能比賀夫人講究。

梓柔沒心思去注意議價所哪裡出了問題，她頭剛抬起來想找個可靠點的賣貨郎，就看見覓奇被管理員抓住，兩人在入口的光圈下吵鬧不休。

「怎麼了？」梓妍抬頭想看清楚發生了什麼事。

「你看那邊，那個賣貨郎是不是上個月帶亮片裙來的賣貨郎？」

「不是他，那個咒闍利來的傢伙臉上有個鷹勾鼻，像夜閃鳥一樣嚇人。」梓妍脖子伸得老長，沒理會姊姊的問題。「好像是——喔，星海女神保佑，又是覓奇。不知道他又惹了什麼事？我說這隻百伶巷的老鼠，還真是無孔不入。」

「覓奇？百伶巷？」賀夫人放下菜單，突然來了興趣。「你們說的不會是以前住在巷子後面，髒兮兮的罟覓奇吧？」

「沒錯，就是那個姊姊三不五時掛在嘴邊，說我們住過的破地方。」

「我哪有三不五時掛在嘴邊。」梓柔為自己叫屈。「你說想知道，我才告訴你的。」

「多虧你倚老賣老，老愛說那些我記不住的事，我才會記得這麼清楚。」梓妍對她吐舌頭，賀夫人用手上的茶單敲小女兒的手背。

「沒規沒矩，難看死了。」賀夫人說：「是說也難怪了，你小時候常常和罟覓奇玩在一起，他爸媽那時還沒被日顯人推進霧渺山的山溝裡。」

「我哪有和他玩在一起！」梓柔的臉變得好燙。「媽媽為什麼要亂說？」

「先別說小時候了，霧渺山的山溝是怎麼回事？」梓妍眼睛亮了起來。

「唉唷，只是傳聞而已。誰叫他爸爸愛跟日顯人打交道，和賣貨郎牽扯不清。被人騙進霧渺山一把推下去，也只是剛好而已。他現在過得如何？聽你們的口氣，不會有人背著我和他來往吧？」賀夫人說。

「別傻了，就是我們好心腸的姊姊也不會做這種事。」

梓妍左右兩手各被狠狠敲了一下，痛得她縮起雙手，放在裙子上猛搓。

「為什麼打我？」

「不許說這種話。」賀夫人罵道：「要是給其他人聽到，到處亂傳打壞你姊姊的名聲，你賠得起嗎？」

「那也不用打我呀！」

梓柔才不理會她怪聲亂叫，像她這樣到處亂說話，受到教訓活該。覓奇被粗壯的保鑣架著，往議價所外面扔出去。梓柔不禁鬆了一口氣，小青和小幸端著茶和點心上桌，後面跟著今天的客人。

「唉呀、唉呀，我說這是誰呢？」賀夫人馬上站起身來揭開紗幕，接過客人的手。「我說拿家夫人，真是巧呀，我們前腳剛到，你也跟著出場了！」

拿夫人雖然瘦，但是皮膚和賀夫人一樣白皙油亮，彷彿同父母生出的姊妹。梓柔連忙指揮女僕把椅子擺正，歡迎拿夫人就座。

「梓柔和梓妍兩天不見，更加標緻了。我那昨天晚歸的兒子，把求婚的事全告訴我了。恭喜小倆口呀！」拿夫人輕輕拍了拍梓柔的手，賀夫人格格笑個不停。

「小莉呀，我們以前還愁說要是這兩個年輕人不合該怎麼辦，現在想想真是白操心，自尋煩惱。你要不要猜猜今天早上，我在梓柔妝台上找到什麼？」

梓柔羞紅了臉，一句話也說不出來。只好抽出裙子暗袋裡的手帕，偷偷在座位下扯。她全身發熱，感覺燈蕈的光刺眼又難受，想找個黑暗的地方鑽進去躲起來。只可惜天不從人願，媽媽緊緊握住她的手腕，不許她逃跑。周圍的人好像都盯著他們，眼睛滴溜溜地轉。奇怪了，兩個老女人坐同一張桌子，講小兒女的事和他們有關嗎？每個人都盯著她們不放，要不是還有一片簾幕擋著，她們母女不就萬箭穿心了嗎？

「既然如此，這一季的贊助就拜託你們了。」拿夫人說。梓柔的心思都在議價所的注目禮上，沒聽清楚她們說了什麼。「如果玉袠和梓柔的婚事成功，對我們兩家是再好也不過了。」

「我等不及看賈賜的女人眼紅了。不是我自誇，我們家的梓柔，可是人見人愛。如果不是你們玉袠，我們老爺絕對捨不得這麼一個好女兒。」賀夫人回答說。

拿夫人格格輕笑，手伸出簾幕外，對著一個賣貨郎勾了勾手指。宛如某種魔咒一樣，賣貨郎馬上抱著滿懷的商品目錄，直奔他們包廂。

「我剛才也看了一點東西，只是一直沒辦法下定決心買回家，不如請梓柔和梓妍幫我看看，出點主意如何？」她說。

「那有什麼問題？」賀夫人大手推開茶盤讓賣貨郎把目錄擺上去。議價所的通譯隨後出現，站在桌邊等著幫忙雙方交換訊息。

「告訴他，我們想看看紗巾。」賀夫人說：「新娘出嫁用的那種。」

表情木訥的通譯對賣貨郎說了一句話，日顯人隨即眉開眼笑，興奮地翻開一本厚重的目錄。特殊的目錄夾層上不僅有文字介紹，還細心貼上一小片一小片碎花般的樣本，讓顧客用手指親自體驗紗巾纖維的觸感。

「問他有沒有能在婚禮上使用的白紗，我女兒出嫁時要用最好的。」

聽完通譯說話，賣貨郎露出了然的怪笑。太好了！梓柔心想，她這下可是丟臉丟到國外去了。

興奮過度的覓奇被人拎出議價所，直接扔到垃圾堆裡。兩名保鑣拍掉手上的灰塵，比較醜的那個還特別拋下一個侮辱的手勢。接下來他們會提高警戒，跟在其他商人身邊混進去這招失效了。

他被趕出來是正常了。覓奇沒錢又沒認識的人，放他進議價所要是嚇壞了哪個太太或小姐，議價所的管理員不被罵到臭頭才怪。賀伯雖然認識他，但覓奇可沒傻到自己貼上去攀關係。他只是假裝要鑽進議價所，引起一點騷動讓人注意他。

可是說也奇怪，覓奇在垃堆裡躺了好一陣子，除了偶爾提著燈籠走過去，對他的腳踝吐口水的碼頭工人之外，沒有半個人找上他。垃圾堆不夠隱密嗎？還是他誤會了梓柔的意思？覓奇望著不遠處的燈柱發呆，回憶起爸爸媽媽帶他來碼頭的往事。他們在工人群聚的攤販買飲料，爸爸偷偷讓覓奇喝一口苦中帶甜的啤酒。發現陰謀的媽媽，會氣得把覓奇搶過去，他能趁機把媽媽抱緊，不用怕周圍的人笑他長不大。在那個時候，就算是無星天也暖得使人冒汗，議價所所裡不同的語言口音，向來都是他的搖籃曲。

覓奇躺在髒帆布和歪七扭八的金屬架上，有根鐵條頂著他的肋骨，剛好壓住他胃部咕碌碌的聲音。愛熱鬧的老三累了，貪吃的老四準備上場，四周隱隱飄來食物的香氣，又到吃飯時間了。壯觀的銀河像是一把糖鹽，撒在寬廣的餐桌上閃閃發光。老四的狗群星在天幕邊緣蹦蹦跳跳，仙女座抓著裙子快步跑過星空的正上方，躲避餓狗的腳印和口水。七條微笑的巨龍盤踞在西方的天空，對這場爭執袖手旁觀。

覓奇看著星空發呆，沒發覺有人偷偷靠近他。

「你躺在這裡做什麼？」

覓奇撐起脖子，聽出梓柔略帶焦躁的聲音。

「我問你躺在這裡做什麼？」梓柔說：「躺在這裡張大嘴巴望著天幕，像個傻瓜一樣。怎麼？難道星海女神用星星寫了什麼祕密在天上，等著你參透嗎？」

「我有看見你。」覓奇放鬆脖子把頭擺回去。「你的亮片裙有點太誇張了。」

「不用你多事。我要的東西呢？」

「就這樣？你找我只為了那些東西？」

「不要鬧了。」梓柔的聲音總算放軟了一點。「我不是無情的混帳，只是現在我被人看見和你在一起不太好。我、我——該怎麼說——我要結婚了！」

「結婚？」覓奇嚇得從鐵架子上滑下來。「你和我一樣才十六歲，還不能結婚！」

「那是你還不能結婚。我十六歲，只要爸爸、媽媽同意，好多女孩在我這個年紀都早早訂好婚約，等著明年結婚。」梓柔拍拍裙子，裝出不在乎的樣子，讓人看了就有氣。

「這種事不該是這樣。你要結婚了，那你嘴裡每天說的玉裘大哥又該怎麼辦？你的婚姻可不是媽媽亂買的地攤貨，隨隨便便就能決定。」覓奇故意提起拿玉裘，他知道梓柔最迷戀的人就是他。

「這點就不勞費心了。」梓柔說：「來和我談婚事的，正好就是拿夫人。」

「喔，這還真是糟糕——我說，真是幸運，我沒說錯吧？」

「謝謝你的祝福。」梓柔沒好氣地說。

「恐怕我也不是真心的。」覓奇說。不知道為什麼，他突然覺得全身沒勁，肚子餓得發慌。這也難怪了，他這大半天都在城裡到處跑，到碼頭後又忙著找常歌，根本來不及好好找頓飯來吃。梓柔看起來就沒這種煩惱，她往前站到燈柱下，整張臉閃閃發光。即將成為新娘的喜悅，足以蓋掉任何不悅的情緒。

看到好事發生在朋友身上，說什麼也要為她歡喜。

覓奇從地上爬起來，平視著梓柔。有記憶以來第一次，他真希望自己能再高一點。

「你覺得怎樣？」梓柔問。

「我想也沒什麼好覺得。」覓奇把頭髮往後撥，把黏膩的頭髮固定頭頂上，以免掉下來蓋住眼睛。

「結婚禮物我得花時間準備。」

「你不用送我那種東西啦。」

「我們是好朋友，你結婚我送禮，理所當然。」覓奇說：「倒是你一個新娘子，沒帶燈籠就跑出議價所，媽媽不會罵你嗎？」

「她忙著喝茶，沒時間管我。說到禮物，我差點忘了有帶東西給你。」梓柔從圍裙暗袋裡拿出幾片乾燥的蠔菇遞給他。「你肚子餓了吧？我從桌上拿了一點東西，你拿去吃。」

覓奇看著梓柔手上的禮物，頓時百感交集。他想說不，但是咕嚕嚕叫的肚子和酸澀的喉嚨不讓他說話。梓柔露出微笑，把蠔菇乾塞到他手上。

「我要快點回去才行，不然媽媽會開始找人。我等著你的禮物，拿到之後到老地方給我。先跟你說聲謝謝了。」

說完話，梓柔匆匆跑開，身影在燈蕈的光下忽明忽暗，一下子就不見了。覓奇甩甩手把食物丟掉，用手背拚命揉眼睛。他眼睛突然好難過，該不會是生病了吧？眼睛生病要用什麼藥，他得努力想想才行。說不定是因為風吹來了孢子，才會刺得他熱淚盈眶，有口難言。

只可惜，肚子餓到痛，全身瘀青，頭上腫了一個大包的覓奇，實在想不通眼睛為什麼會痠這點小事。

# 4、旅社

親愛的媽媽：

我是佳佳，瑟隆王的私生女，來自牙門山別墅的公主。

我不知道這樣是否不對，我居然在寫給你的信件上端正地自我介紹。~~畢竟，你是我的母親，你應該知道我是誰才對。~~

親愛的媽媽，抱歉上面的汙漬，安奈雖然是個好朋友，但一直不是個好僕女。她和我一樣笨手笨腳，廚藝驚人的差。有她作伴，牙門山別墅的日子溫暖許多，不斷重複的科學實驗也變得有趣。有她的幫助，我完成了實驗報告取得學士資格，也在羯摩騎士團的見證下通過聖白會的考試。即便是最頑固的修女，現在也不能否認我的學術地位。

我做的研究是關於風土菌，觀察並培養各種不同的風土菌種，看它們在不同的環境下是否會有不同的變種。雖然人們都說夜境的氣候單調，但是光是闐國裡蒐集到的風土菌，因應不同的環境條件會產生多少變種，就已經夠我完成一份厚達七百頁的研究報告，更別說再加上其他三個大國裡的特有品種。蕈類維繫了我們的生命，三身女神將我們的生命維繫在這種神奇的生物上，巧妙得宛如神蹟。

你該看看蘇羅昨天聽我唸出這一段文字的時候，眼睛瞪得有多大。鏑力要我別捉弄他的學生，這個小傢伙剛離開孤兒院，沒見過什麼世面。他想加入羯摩騎士團，目前連見習生都還稱不上，但是鎬力看好他的潛力。夜境人成為羯摩騎士的個案不多，但也並非沒有先例。這世界充滿驚奇，處處都是希望。

我已經到達蔚城，向海瑟院長提出會面要求，期待能早日與你見面。請別擔心我的安危，有羯摩騎士守護我，父王的官員也很用心替我們安排了一家不受打擾的旅社，在蔚城的日子暫時風平浪靜。比起混亂的角儀宮朝廷，這裡足可稱得上是度假勝地了。

最後，祝你身體安康，靜待回音。

佳佳，初抵哈勒旅社

# 5、學徒

親愛的媽媽：

睽鏑力、墨席尼、雙胞胎佛斯與史諾、老庫翰、小馬奇，當然還有安奈和蘇羅，哈勒旅社的房間愈來愈擁擠熱鬧了。

我從來不知道世界上，會有像雙胞胎一樣愛搞笑的騎士。他們好愛惡作劇，總是有說不完的雙簧笑話，早上他們騙到蘇羅把哈勒的地板刷得晶亮，晚餐時又哄到安奈為我們跳溜冰舞助興。有他們在場，永遠不怕笑聲缺席。

留著大鬍子的老庫翰是馬奇和鏑力的老師，也是我們這一行的領隊，雖然我覺得自從墨席尼和我們會合之後，真正在發號施令的人就悄悄換了。你永遠可以信任墨席尼，他身上不管是制服還是便服，都是整潔俐落的完美形象。馬奇那個關不住嘴巴的傢伙偷偷告訴我，如果沒有意外的話，這個在騎士團中備受敬重的成員，將是未來拉普大伽業卸任之後的接班人。

由此可見羯摩騎士有多重視我這次拜訪蔚城的安排，但我想見的人，卻一直沒有給我回信。

媽媽我——父王叮囑過我，說這次任務非常敏感，一不小心很可能會危及四大國的外交平衡。夏美娜的研究，不偏不倚戳中了聖白殿的痛處，福波愛蘭收留她雖然是無心之舉，但是現在說什麼也不可能拋下面子，乖乖讓我們把人帶出蒔文麗亞。這些外交問題弄得我頭好痛，分辨大鷺蕈和小鷺蕈的孢子也沒這麼令人焦躁。

老庫翰說往年這個季節，各地的新生都會集合到蒔文麗亞的騎士團總部，開始一連串的見習課程。為了讓蘇羅回總部時能跟上其他人，鏑力決定私下教授他劍術。這違反規定，但就像鏑力說的，規矩有時候其實可以彈性處理；淘氣的小滑頭。只能說蘇羅來得不巧，騎士團的成員不可能拋下任務送他到蒔文麗亞，又不願他冒險獨自上路；有些日顯人對夜境人的態度非常不友善。

在墨席尼的默許下，鏑力弄來兩把木劍，在馬廄旁邊的空地立了木樁，要蘇羅對著木樁練習劈砍。看他矮小笨拙的樣子，不只是雙胞胎哄堂大笑，連計都和疾鵬兩匹狡猾的大畜生都噴著響鼻，跟著哼哼竊笑。說起來牠們在騎士團的資歷要比蘇羅多上好幾年，見識過無數為了學識自由奉獻的英勇騎士，也難怪這兩匹馬兒看不起連見習生都不算的蘇羅。那可憐的小傢伙，先是對著木樁揮了大半天的劍，再來還要跟著鏑力練跑，回房間的時候連背都挺不直，幾乎是用爬的爬上樓梯。

我要鏑力別對他太嚴苛，蘇羅畢竟是夜境的蕈菇，不是日顯的街頭野童，有雜草般的生命力。結果你猜怎麼著？鏑力還沒回答我，旁邊的墨席尼倒是先開口訓我，說正因為蘇羅太柔弱了，才需要更多的鞭策，刺激他成長茁壯。可惡的鏑力居然附和他說的話，扯些什麼關於騎士的信念和訓練。兩個又高又壯，熊一般的男人像找到知音的孩子，在馬糞堆旁高談闊論說得好不愉快。

我想我永遠弄不懂男人，更摸不清來自日顯的騎士。馬奇私下告訴我墨席尼是如何瘋狂愛著訓練小姐和信念女士。這兩位受人敬重的淑女，在爭取墨席尼的芳心競賽並駕齊驅。

趁著晚餐前的空檔，我搬出實驗器材，好在日落後觀察那些玻璃罐裡的小東西，看看蔚城的日昇日落是否會影響蕈傘發育。實驗做到一半的時候，可憐的蘇羅敲我房間的門想找安奈。真不巧，累壞的他忘記安奈每天這個時候，都會在廚房裡監督我們的晚餐成型。這可憐的準騎士，只是想要一點安奈舒緩肌肉疼痛的祕方，歷經千辛萬苦卻撲了個空。我不知道安奈的祕方是什麼，不過我可以給他一杯熱蜜菇茶，讓他坐在我的扶手椅上看我做實驗。

蘇羅像個犯了大錯的馬童，因為傷了父王的愛馬嚇得全身發抖，窩在椅子上等著我處決他。我要他別拘束，解釋公主和王女的身分天差地遠。我只是個私生女，住在宮廷見不得光的那一區。我的童年和他孤兒院的生活並沒有什麼不同，同樣要倚靠別人的善意過日子。

蘇羅說他完全不知道這些事，好個幸福單純的孩子。

我們聊了一下，蘇羅對我透漏他想學波動魔法，想和鏑力大師一樣厲害，自由操弄溫度與時空。聽這些話就知道，這傻小子關於波動魔法的認識全都來自於童話故事，或是街頭的謠傳。但是他也說到羯摩騎士團有多偉大，掌握這些知識的騎士們不畏強權，勇於和四大國的每一個人分享，為了追求真理的學者出生入死。

這部分他倒是說得不錯；如果不是這樣，知道自己的研究會招來追殺的夏美娜，也不會離鄉背井，帶著家人和研究資料遠赴福波愛蘭尋求庇護。我忍不住想到如果當年媽媽也像夏美娜一樣，或許分離便可以避免了？二十年真的太久了，王太子成了國王，襁褓裡的公主成了頭戴學士帽的女人。媽媽呢？如今的你又是什麼面貌？

我們聊得正愉快時，鏑力正好出現。他要蘇羅去休息，不要纏著我不放。我知道他真正的意思是什麼，為他的醋意感到好笑。他紅通通的臉在燈蕈淡綠色的光下變得好奇怪，想必上樓之前又受了其他人調侃。這個容易害羞的大傢伙，和他的學徒一樣扭捏可愛。

我等不及介紹你們互相認識，期待你的回音，還有來自修道院的訊息。

佳佳，夜，於哈勒旅社

*Intermission*

# 間幕
# 過往的結局

騎士把腥臭難當的水喝下肚，潤濕嘴唇和喉嚨。

「老傢伙，你也喝一點吧，不然你也要死了。喝下去，我們才有命回到陽光下……」謊言。

四周一片漆黑，騎士只能憑感覺抓著韁繩，逼老馬低下頭喝水。沒有清水，沒有糧食，連燈蕈都耗盡了。他抓著手上的隕劍，如果他腦子夠清楚，就會連這東西都丟棄。這是他和羯摩騎士最後的牽連，騎士團背叛了他，他也以此回報，以騎士的身分帶著這把隕劍是天幕下最可悲的笑話。

老馬打著響鼻甩頭掙脫。牠嗆到了，只有女神知道惡臭的水裡藏了什麼毒蟲病菌，而他卻如此狠心對待這個忠心耿耿的夥伴。

「對不起、對不起、我很抱歉。老傢伙，是我的錯，我不該把錯怪在你頭上，是我的錯……」騎士幾乎要哭出來了。他抓住韁繩，把老馬拉回身邊，甩掉無用的手套撫摸牠。隕劍落在地上，稀疏的毛皮擦過他麻痺的指掌。

「原諒我，老傢伙，是我錯了。可是你看，我也喝了那受詛咒的水，我們失敗了，再過不久就要死了。這是我們應得的，你猜猜腐海中的巫母，什麼時候會把床單蓋在我們頭上，送我們躺進腐臭的墓穴？」

天上群星閃爍，獨漏了一位原該保衛天空的王子。騎士仰望天幕，空白的腦子沒有任何的思緒。他該想些什麼？他的人生走到盡頭，這裡就是他的終點了。他曾經鍾愛過的人都死了，對他付出關心的人也被他出賣光了，當那些人死去的時候，是否也和他一樣感嘆此生虛度？

遼闊的海岸響起馬蹄聲，遠方的綠色光圈漸漸接近。如果騎士的預感沒錯，來人會是取他性命的劊子手。

他可不想坐在這裡，乖乖送上人頭。騎士靠著老夥伴站起來，想像個有尊嚴的男子漢一般迎接死神。只可惜他全身關節顫抖，腰背彎得彷彿千斤壓頂。他不是騎士，只是一個未老先衰，被全世界唾棄的可憐蟲。

他想起不小心落下的隕劍，趕緊彎下膝蓋跪到地上，雙手胡亂摸索找回武器。一個騎士面對敵人的時候，可不能手無寸鐵。為什麼他的身體這麼沉重？這股由內到外，不斷麻痺他筋肉的惡毒脈動是怎麼回事？

對了，他剛才喝下死國的海水，劇毒正奪走他的性命。老馬氣喘吁吁，痛苦地彎下腿腳，癱倒在地。綠色光圈愈來愈近，馬背上的劊子手來了。

「你找到我了。」騎士說：「我想知道為什麼。」

「因為你是我的學生，我了解你，一如你了解我。」劊子手坐在馬背上，從身後的行囊裡抽出一本書扔在騎士面前。「更重要的是，你把這個東西留在蒔文麗亞。」

「這是佳佳的遺物，你不該動它。」炙熱的怒氣衝上騎士的眼睛。「你這叛徒，是你害死了她。」

「我不曉得你居然還愛著她。這麼多年了，你早該把她拋諸腦後才對。我把騎士團的未來交在你手上，你卻辜負了我的期盼。我不懂，難道這十年來我忠誠勤奮的學生只是一個偽裝，只是一個欺瞞日夜諸國的幻影？」

那是痛苦的眼神嗎？騎士不知道專司死刑的劊子手，也會有心軟哀慟的時刻。

「都過去了。不管你有多少自欺欺人的謊話，通通都過去了。」騎士舉起手上的武器，用浮腫的手掌夾著劍柄。「我是你教出來的，我們都知道彼此實力到哪裡。現在，給彼此一個痛快，其他囉嗦的東西，就通通埋進腐靈地獄裡吧。」

「我會盡量快一點，減少你的痛苦。」馬背上的劊子手抽出長劍。
「你一向如此。」騎士舉起無鋒的隕劍。
末了，人頭落地。

# 6、交易

在議價所外晃了好幾天，覓奇一直沒有等到維利的消息，時間久到讓他以為忘恩負義的日顯人忘了生活在黑夜裡的老鼠，獨自回到永日的國度。這真的很奇怪，平時他們抵達時會找一次覓奇，離開時也不會忘記他才對。如今賣貨郎失約，覓奇覺得自己好像被朋友背叛了。

就像傳說一樣，日顯人都是吃人不吐骨頭的野獸。看看他們的骨架就知道，哪有正常人的肩膀會這麼寬，褐色的皮膚暗沉無光，要最亮的燈蕈才有辦法令其在黑暗中顯現。三身女神為了保護夜境的無辜百姓，撕開日夜兩邊的世界，讓六兄弟輪值守護他們的決定真是太對了。日顯崇拜野獸，連體毛顏色也和野獸一樣淡，怪物、雜種、惡魔⋯⋯

覓奇不知道為什麼自己這麼生氣，不管他做什麼都沒有辦法紓解心中的挫折感。挫折和飢餓壓著他的肚子和胸口，害他看人都得抬高下巴，才能與人對視。都怪日顯人，覓奇就是不聽修道院的修女警告，和日顯人來往才會長得像老鼠，難怪梓柔和她說話不想被人看到。這才是真正的原因，是覓奇自己沒有察覺。

他對著鏡子扮鬼臉，然後拔腿快跑。賣鏡子的老闆娘揮著燈桿破口大罵，靠髒話驅逐鼠妖的邪眼。

現在是老四當值，議價所周圍的人潮差不多散光了。結束值班的通譯和管理員三三兩兩走出來，圍在賣飲料和菸絲的攤販旁，手裡捧著菸斗和杯子閒聊。以前爸爸也是他們其中一員，媽媽也會幫人抄文件貼補家用。如果他們兩個還在，覓奇說不定——

想這些做什麼？碼頭旁的人群散得差不多了，看來今天又會是失望的一天。

他的小園地也讓他失望了。除了第一次收成的幾朵蘑菇，接下來就長不出東西了。他確認過菌絲還活著，蒐集到的材料放進去依然會變灰變白，只是覓奇左等右等，就是等不到收成來填飽肚子。他只好又走回老路，繼續在市場上東摸西摸過日子。其他人要是知道了，一定會非常失望。覓奇到底得罪了誰，非要受這種罪不可呀？他回到空家倉庫後的洞，挖出預備交給梓柔的包裹，再加上昨天好不容易找到的禮物，背在身上前往白牆院。

和混亂骯髒的百伶巷相比，白牆院簡直是另外一個世界。這裡也不需要什麼住址，光看綿延不絕的白牆圍著一大片高高低低的豪華房舍，馬上就能認出賀家的位置。

覓奇繞著白牆邊走，小心躲開正門和側門。那些門房都不喜歡他，總是守在後門不做正事的廚娘更是放話，說每看到他接近一次就要揍他一次。三身女神在上，覓奇只是看起來偷偷摸摸，他可從來沒偷摸過賀家的東西。

他依約來到白牆盡頭的黑色破口。這裡直通地下室出入口，平時只有早餐和晚餐兩個時段會有僕人出入，處理白牆院的廚餘。不過規矩總有特例，比如私下和覓奇約好時間的梓柔。

「你遲到了。」梓柔的口氣不無責備。「我得翹掉刺繡練習，要是被發現，下次要溜出來就更難了。」

「希望我的禮物能彌補你了。」覓奇露出大大的笑臉，把燈蕈抹在牆上補足梓柔手上黯淡的燈光。

「你的燈蕈怎麼是藍色的？」梓柔問：「又跑去垃圾堆撿東西了？」

「物盡其用嘛！只要還能發光，我這隻街頭老鼠就心滿意足了。先別管這個，你看看我帶來的東西。」

覓奇遞出手上的布包，梓柔迫不及待地搶過，打開上面的繩結。布包裡有幾條來自日顯的絲質手帕，和一疊厚厚的卡片。卡片上用油彩畫著形貌服飾各異的男男女女，每個都美得彷彿從神話中走出來的人物。

「福波愛蘭最新一季的劇場巨星，保證每張都新得像是老六帶來的霜。」覓奇為梓柔介紹。「這和看過就丟的服裝手冊可不同。在福波愛蘭的歌劇場，你只要拿這些卡片簽好名，附上小費拿去給排節目的管理員，他們就會依照每個歌手收到的卡片數量，排定下一季的節目該由哪些人擔綱主角。這些不起眼的卡片，在日顯歌手的眼裡，可是觀眾決定他們舞台生命的審判槌呢！」

梓柔的手不經意摸過手帕，像在檢查手帕的品質，但是覓奇看見她的眼睛正盯著布包裡的卡片。卡片上的畫暗示還有形形色色的人，生活在一個大異其趣的世界。梓柔會有這樣的表情覓奇懂，他也曾經為書本上的敘述著迷，想像人生還有另外一種可能。

梓柔拿起卡片，塗過漆的卡片閃閃發亮，上面的金髮女人擺出女王般的表情，身上穿的乞丐戲服彷彿會發光。

「有這些東西，辜家的討厭鬼和她的跟班就不敢小看我了。」梓柔入迷地盯著卡片。「你都不知道上次茶會，他們不過是買了兩枝玫瑰瓶，對我就傲慢的像是接見臣民一樣。」

「玫瑰瓶？」

「沒錯，玫瑰瓶。那種東西不就只是把花封在蠟裡而已，日顯人的垃圾玩意，有什麼好炫耀的。」梓柔埋怨道。覓奇不打算告訴她在議價所上如果有門路，一枝玫瑰瓶也能賣到幾千刃金，讓賣貨郎滿載而歸。

「別說這個了，我還有東西要給你。」覓奇轉移話題，以免梓柔難過。他從口袋裡拿出一張皺巴巴的紙交給梓柔。紙張碰到空氣的剎那，正如覓奇盤算的，梔子花的香氣散布在空中，小小的光圈頓時成了異國的花園。

「星海、腐靈、暴風三身女神庇佑，這是什麼味道？」梓柔瞠目結舌拿著卡片。「你從哪裡拿到這個東西的？」

「這是你的結婚禮物。」覓奇說：「我可是花了好多功夫，才說服阿凱賣卡片給我。那個小氣鬼，還堅持不能賒欠，要我一次拿出三十刀幣才肯給我卡片。」

「我不是說卡片，我是說這個、這個──味道。」

「你就當成街頭老鼠的魔法就好了。」

「覓奇──」

「好啦、好啦，我說就是了。這個味道是梔子花，我從賣貨郎那裡拿到的。」

「拿到的？」

「這次我可是堂堂正正掏錢。」

「喔，覓奇，你真是……」梓柔沒把話說完，只是看著卡片發呆。最近這幾年也只有在這少少的時分，覓奇才認得出以前那個傻呼呼的鄰家女孩，趁著母親不注意，和他一起坐在百伶巷的垃圾箱上，交換童話繪本的殘頁。隨著時間過去，梓柔愈來愈漂亮，也愈來愈陌生了。女神呀，她還要結婚了呢！

梓柔收下皺巴巴的卡片，覓奇拿出今天最後的驚喜，一小支厚實的玻璃瓶。

「給你。」

「這是什麼？」

「梔子花香水。」覓奇說：「我用掉了一點讓卡片變香，以後你要是用完了，說一聲我馬上就幫你弄到新的。你如果不想浪費在衣服上，只要像這樣把瓶蓋鬆開一些放在房間裡，房間就會一直有梔子花的香味，一整季都不會散。給我東西的賣貨郎說這種香水，不管放在閨房還是新房都非常適合，當成你的結婚禮物再適合也不過了。」

「你對我這麼好，我該怎麼回報你？你上次問的那本培養菌種二十條規則，我還要多找一下。那本書好舊了，連爸爸都很少拿出來看。」梓柔說：「我弄不懂你怎麼這麼喜歡書。書裡的字我一看就煩，比刺繡還要無聊。」

「我只是想要知道而已，而且我想拜託你一件事。」

「如果是要找《夜行船大冒險》，抱歉第四本真的沒了。」

「不是夜行船第四集，我想要拜託你的東西是別的。」

「你想要什麼？」

「你家裡有剩下的祝福聖水嗎？」

「祝福聖水？聖白殿修女的祝福聖水？」梓柔漂亮的眼睫毛連掮了好幾下。「你要那種東西做什麼？」

「我在——做實驗。」

「什麼實驗？」梓柔質問：「你這受日光詛咒的小老鼠，做什麼實驗這麼偉大，要用上聖白殿的祝福？我爸爸每季花了大把奉獻金換來的聖水，可不是隨便給你浪費的燈蕈。」

「唉呀，這麼說就太難聽了。」覓奇把姿態放低。「只要一點點就好了。我保證拿到聖水之後，絕對不會隨便浪費。你知道我從來沒對你失約過，我還可以發誓給你聽。」

梓柔看起來還是不大相信他，但至少僵直的肩膀稍稍放下了一點。有她幫忙，會比把腦子動到修道院頭上明智多了。女神庇佑，修道院的修女對付他們這些街頭老鼠，比摧毀船隻的暴風女王還要嚴厲百倍。

「我會幫你問問看，但是我不能保證任何事。」梓柔說。

「有你這句話，什麼都夠了。」覓奇笑嘻嘻說。他就知道梓柔狠不下心拒絕他。

「但是你得告訴我你在做什麼實驗。」

覓奇愣住了。告訴梓柔自己打算發展菇蕈小園地，從各方面來看都是蠢主意，要是她誤會覓奇打算挑戰賀家的事業該怎麼辦？他沒事先準備藉口，這下子糗大了。

「你打算做什麼實驗？」

「我打算、打算……」覓奇拍著胸口和口袋，四處找靈感。「我打算做什麼實驗，這該怎麼跟你說呢……」

「覓奇？」

覓奇急得滿頭大汗，靈巧的舌頭完全敵不過梓柔的逼視。驀地，他褲袋的最深處，有個東西在他亂拍口袋時打中他的小腿。

「你得發誓不能告訴其他人。」他壓低聲音說：「這東西有點噁心，我不想破壞你的胃口。」

「你只管拿給我看就對了。」

「不要後悔。」看梓柔漸漸緊張起來，覓奇知道自己成功了，接下來只要把謊話說完就行了。他從褲袋裡摸出隕劍，把劍刃從皮鞘裡抽出來。這個皮鞘是他從皮革匠的垃圾堆裡找材料，再加上紡織廠的阿姨提供的針線，東拼西湊弄出來的。維利如果看見騎士團的信物被他用一團垃圾包著，絕對會當場氣死。

「這是什麼？」梓柔問。

「這是封印。」覓奇壓低聲音。「我老實告訴你吧，我從日顯的賣貨郎手上，買到了這把劍，還有一本受詛咒的古書。」

聽見謊話會有很多反應，但覓奇沒料到梓柔的反應會是皺一下眉頭，然後瞪大眼睛彷彿遭到雷擊一樣。

「你是說真的嗎？」她直視著覓奇的眼睛厲聲問。

「是啊。」覓奇硬著頭皮往下說：「這把劍本來是插在古書上的封印，卻被我不小心拔起來了。」

「再多說一點書的事！」

「書？」覓奇滿頭霧水。「要說的話，就是——那本書很臭！對，那本書很臭，像腐爛的屍體一樣。女神在上，我第一次翻開書頁時，還以為自己會被臭死呢！不過好在這把劍能壓制詛咒，所以我才有辦法脫身來見你。」

覓奇謊話愈講愈順口，不自覺編起故事。「我真的很害怕。想來想去，我只認識你一個，有辦法拿到聖白殿的祝福聖水。他們都說女神是世界上最強大的神祉不是嗎？現在只有依靠女神的力量，才有辦法淨化書頁上的詛咒，救我一條小命了。」

「女神呀！怎麼會發生這種事？可憐的覓奇——」梓柔一把抓住覓奇的手。「你放心，今天拿伯和玉裘大哥都會來家裡，我會幫你想想辦法，擺脫這個可怕的詛咒！」

「不需要驚動他們。」覓奇連忙說：「我只需要一點聖水，驅走邪魔就行了。護法官這麼厲害，要等我真的沒辦法的時候，你才能去拜託他們！」

「我會試試看。我知道爸爸把聖水收在哪裡，一定盡全力幫你。」

覓奇忍著不要露出傻笑。梓柔抓著他的手，沒有放開的跡象。

「可憐的覓奇，為什麼倒楣事都發生在你身上呢？」她略帶哭音說：「先是你的爸爸媽媽，然後又是你……」

「別這樣。」覓奇說：「你不也救了我一次嗎？我相信有你提供的聖水，再惡毒的詛咒也會煙消雲散。」

「你真樂觀。」梓柔放開他的手——覓奇差點伸手抓回來，好在最後忍住了——把地上的雜物提起來。「你放心等我消息，我一定盡快幫你把東西拿到手。」

「太好了。」覓奇有些言不由衷。「夜市時間快到了，我得先走了，等你的好消息。不不不，你留著那塊燈蕈，以免等一下走進去跌倒。我身上還有，不怕用完。」

覓奇向她告別，搶在梓柔把燈蕈從燈籠拿出來前，跑進黑暗的巷弄裡。燈蕈在鬱光城幾乎和刀幣一樣好用，但是覓奇不想給梓柔機會施捨他。他躲在暗處看梓柔提燈走進白牆的破口，接著是覓奇熟悉的腳步聲，慢慢遠離低矮的小門。

這樣偷看她似乎不太健康，但覓奇就是沒辦法說走就走。或許他不該再看養蕈菇的書，而是該找浪漫的愛情小說，裡面應該會有更多這類的描述。

傻子，梓柔住在白牆院的大房間，而覓奇住的是百伶巷的地下室。兩個地方的距離，可不只是幾條街而已。他搖搖頭，把謊言和幻想拋在腦後，吹起無奈的口哨回到他熟悉的街頭，繼續在燈蕈的光圈間討生活。

梓柔在發抖。

她希望覓奇沒有發現。

那一天拿玉袠說得不多，但是該聽的她都記住了。

他向梓柔求婚，跪在地上拿出完美的手套，請求梓柔嫁給他。梓妍在一旁尖聲怪叫，因為拿玉袠說的鬼故事躁動不安。來自日顯，遭到詛咒的可怕邪書，警備隊派出大隊人馬祕密追緝的魔物。

他們遍尋不著的日顯罪犯，原來早就把東西脫手，陷害可憐的罟覓奇。怎麼會這樣？為什麼可憐的覓奇總是要去惹這些麻煩？梓柔不斷幫他掩護，真的好累好累了。為什麼他就不能好好找個工作，安安穩穩過日子呢？

她走過走廊，心臟不停砰砰直跳。她要去拿聖水拯救覓奇，穿過庭院，存放聖水和菌種的暖房就在眼前了。梓柔知道鑰匙在哪裡，可是事到臨頭，應當義無反顧的決心卻突然遲疑了。

拿伯和爸爸的聲音由遠而近，梓柔這才想起今天媽媽邀了拿家人到白牆院喝茶。她手腕上還掛著一疊來自日顯的油彩卡片，如果被人撞見不羞死才怪。

「國王和宰相大人已經打定主意，要將日顯在寧國的眼線澈底清除。我們已經抓到主謀，接下來就等著把這些日顯人送上死刑台。」

「這些消息是真的嗎？」

這是爸爸的聲音。他沙啞的聲音聽起來很興奮，有什麼好事要發生了嗎？梓柔往後退回走廊，把手上的東西塞進放燈蕈的壁龕裡，再拉上燈罩掩蓋。

「我告訴你這些消息，不只是警告你和賣貨郎劃清界線。」拿伯說：「更重要的是，我會在適當的時機，選出和警備隊合作的商人，配合我們清點查封的資產。逮捕行動已經開始了，你要確定你的人隨時都能上工，接下這筆生意。」

「我當然清楚，這可是我們兩家合作完成的大事。更何況你今天都帶兒子上門，不拿點成績和保證給你看，我要怎麼把梓柔嫁給他呢？」

「玉裘領隊掃蕩有功，日顯的間諜幾乎都進了我們的大牢。如果沒有意外，將犯人斬首正法的那天，也會由他擔任護法官，負責刑場的所有安全工作。」

「護法官？」

「我想也是時候，把拿家的地位往上提升了。玉裘陞職是第一步，再來——」

拿伯的話嘎然而止，三個大男人瞪著走廊上的梓柔。進退兩難的她，臉紅可不是演出來的。拿玉裘一看到她，立刻挺起身體，整個人一下子高了好幾分。周圍的燈蕈沒有很亮，但是他興奮的臉怎麼樣都不會看錯。

看這些大男人的服裝，就知道今天不是隨便的場合。他們穿著潔白的燈籠褲和半開襟衫，窄袖外套上的刺繡精細得像妖精的手藝。拿玉裘還在頭上加了一條金蔥頭帶，讓人不由得把視線投向他的臉龐。相較之下，拿伯的輪廓雖然與他相似，但是畢竟年紀大了，和兒子比起來少了幾分青春光輝。

「梓柔來得真巧，才說到你和玉裘的事，馬上就出現了。」爸爸這幾年是愈來愈福態了。據說媽媽當初就是被他的漂亮臉蛋迷倒，才會點頭答應婚事。如今隨著時間過去，他們兩人感情愈加堅實，夫妻臉也愈來愈令人稱羨。

「我想去暖房拿點東西，再去茶室，結果就遇上你們了。」梓柔向拿家父子行禮。「拿伯、玉裘大哥。」

「我都忘了對你們年輕人來說，今天的正事是另外一樁。」拿伯的聲音有些陰沉，梓柔還記得自己第一次認識這位長輩時，被他嚇得全身發抖，好半天才恢復過來。

「我說威全，不如你到我的書房，我們這些長輩好好談一下細節，讓年輕人自己說話如何？」賀維新呵呵直笑。不管他們剛才在談什麼，內容似乎令他非常開心。

「這樣也好。」拿威全在賀維新的指引下往前走。笑容可掬的賀維新，臨走前不忘給女兒一個調皮的眼色，羞得梓柔無地自容。爸爸一點都不懂女孩子的心情，只顧著開她玩笑。

「帶我參觀一下白牆院好嗎？」大人們離開之後，拿玉裘輕聲問道。

「當然好。」梓柔很想抓辮子，好確認自己的頭髮沒有散掉，可是又怕被拿玉裘看笑話。

「你好像很緊張。」拿玉裘說：「發生什麼事了嗎？」

「沒事，只是……」

「只是？」

梓柔知道在他面前藏不住心事。更何況他們就快要成為夫妻了，如果連祕密都不能分享，還說什麼互相關懷呢？

「放心，不管你說什麼，我都會幫你保密。」

看著他的笑容，梓柔放下心防，相信拿玉裘會為她解決任何麻煩。

「你還記得覓奇嗎？那個偷過你東西的覓奇？」

「罟覓奇？」

「我認為他惹上大麻煩了。」梓柔將剛才聽到的故事，一五一十告訴拿玉裘。這位年輕的警備隊隊長先是繃著一張臉，接著才露出恍然大悟的表情。

「原來如此，原來這才是他們的打算，我抓到的只是餌，他們早把東西轉手了……」

「玉裘大哥？」

「梓柔，你說的沒錯，覓奇遇上麻煩了。」拿玉裘說：「正如你聽到的，我們在追查來自日顯的邪書。詛咒如果強到要用隕劍當封印，絕對是所有的詛咒中最致命的一種，無頭騎士的召喚令。」

「無頭騎士？」梓柔嚇壞了。她聽過無頭騎士的傳說，那個在暗夜路上獵殺旅人，用鮮血餵馬的惡魔。

「事情再拖下去，只怕不只詈覓奇，連他身邊的人都會跟著遭殃。我沒辦法接近他，但是你可以。你應該盡快把聖水帶去給他，讓他知道事情的嚴重性。你是鬱光城最善良的女孩，你應該不會拒絕吧？」

「不會、當然不會！」梓柔激動地說：「我當然會救他，他是無辜善良的覓奇。如果連他都不能得救，我想不出誰有資格獲得救贖！」

拿玉裘的嘴角抽動了一下。「你真是個好女孩。快去拿聖水吧！我去賀伯的書房幫你看著大人們，以免你被發現。」

「玉裘大哥你人真好。」梓柔不禁有些感動。他果然是個寬宏大量的人，當初東西被偷的小事，他說不定早就不放在心上了。是梓柔心裡有鬼，才會一直惦記著他對覓奇的怨恨。

「有任何消息，記得通知我。」他調皮地眨眨眼睛，匆匆走向賀維新的書房。聰明機智的拿玉裘、急公好義的拿玉裘、善解人意的拿玉裘……這麼多面貌的玉裘大哥，梓柔真不知道哪個更吸引人。

不對，不要再傻了，她得快點去拿聖水，覓奇等著她救命呢！

# 7、聚會

有時候在鬱光城見不到光的街頭，有些意想不到的交易，藏在祕密的房間裡悄悄進行。為了這些交易，偷搶拐騙這些伎倆只能算是基本功，要加入這些街頭團體，有時候你還需要一點創意。

為了這筆交易，覓奇在四王子下哨時偷偷扛著包裹，摸進焚香街後。這附近滿是垃圾，彷彿有個專司維持城市體面的精靈不眠不休，持續將鬱光城裡的垃圾往這僻靜的小巷裡扔。

覓奇確認左右沒人之後，深吸一口氣，推門走進廢棄的空屋。

好幾雙眼睛從黑暗裡望著他。覓奇打了個冷顫，如果不是事先知道來的人有誰，他說不定會嚇得奪門而出。

覓奇舉高手裡的燈蕈，讓光圈把房子裡的人照亮。

「覓奇。」

「阿峰。」

帶頭的阿峰從弟弟手上接過拐杖，撐著半邊身體一拐一拐走向覓奇。覓奇亮出大大的笑容，給街頭的朋友一個擁抱。他和弟弟阿旗都穿著上次見過的綠色燈籠褲，土黃色的襯衫更髒了。其他人也差不了多少，個個看上去蓬頭垢面、髒兮兮、嘴歪唇破。

「我看看，小鬼頭、阿蟑、草菇、阿本、小南……」覓奇一個接一個點名。他們圍到覓奇的燈光旁，各自用腳踢開灰塵和老鼠屎，清出地方坐下，或是拉來廢棄的家具，想辦法坐在勉強維持平穩的凳子上。他們期待著什麼發生，所以圍在覓奇身邊。

「加上阿峰和阿旗，大家都在——你又是誰？」有個生面孔躲在阿旗背後，燈籠褲比其他的小男生還要寬鬆。「一個小女生？」覓奇眨眨眼。

「等她下個月年紀夠了，我會把人送到磨藥鋪的老西嫂那裡。」阿峰說：「在那之前，我覺得她先跟著我和阿旗會比較好。我們是要窩幾天地板沒錯，不過無星天還沒到，地板凍不死我們。」

「你們真是女神的天使。」覓奇說：「賀伯的農圃怎樣？」

「沒把我們趕出來，就還過得去。」

「樂觀一點，阿峰老大。下一次我還要拜託你帶我進去參觀呢！在那之前，我們乖乖當野菇，熱騰騰的湯鍋就暫時不會找上門，為了這個犧牲一點享受也是應該的。」

阿旗搬了一張高腳凳給阿峰，自己坐在倒扣的空箱子上。覓奇解開包裹上的結，拿出大大小小的布包。彷彿收到暗示一般，其他孩子也各自拿出自己帶來的東西，傳給坐在身邊的人。

這是一場迷你的街頭饗宴，孩子們帶來的多半不是什麼好東西。事實上，除了分量多一點之外，覓奇帶來的和他們手上的也沒有多少分別。發黑的八寶芋、一把枯黃的苔菜、幾包乾燥的雞肉菇，了不起再加上幾朵小鬼頭找到的新鮮香菇。

「乖乖我的女神呀，小鬼頭這次賭上老本了！」覓奇接過香菇端詳了一陣，還給笑得合不攏嘴的小鬼頭。「配上我的蠔菇，這頓飯就是國王也要流口水了！」

野孩子們連聲驚呼，阿峰敲著拐杖要所有人安靜。覓奇繼續在人群裡穿梭，協調食物發送，確定每個人都有拿到適當的份量。這才是他需要的，大家在一起完成一件事。雖然有點誇大，但是覓奇確信自從他們聚在一起之後，生病的次數變少了。

「我們也許沒辦法讓每個人吃到撐，但也不要虧待任何一個。」覓奇輕快地說：「我看到了，阿蟑，把那片雞肉菇給阿波。多拿一點八寶芋，蔬菜對小草菇有好處知道嗎？至於你——」

小女生抓著阿旗的燈籠褲，完全不肯鬆手。

「多吃一點。」覓奇多拿兩塊雞肉菇給阿旗，給他眼色當暗號。這小女生臉太白了，長太漂亮對她日後可沒好處。他把食物通通發完，只給自己留了一瓶清水，翹腳坐上一個倒扣的鐵桶。

「接下來，才是我們的重頭戲，夜行船漂流到暴風洋之上。」

他拿出包裹裡最後一樣東西，攤開布滿霉斑的書頁，就著綠色的光圈朗讀。

「多九思帶著一船滿滿的寶藏，一個個仔細裝在密封的瓶子裡，再鎖進有三道鎖的樟鐵箱。這種特殊的樟樹做成的箱子，每天都會滲出些許濃烈的香油，不只是蛀蟲，連惡毒的黴都會害怕，用這種箱子保護他的寶藏再適合也不過。行李已經裝箱上船，縱使暴風女王親自降臨，也無能阻擋多九思回鄉的決心。他看遍了世界，準備要把他見到的富麗景象，帶回故鄉。

「但是追逐他的怪物沒有放棄。

「那肆虐於德菲山脈的惡龍，奪取少女生息的毒蟲爬下高山，一路追到海上。牠的胸腔裡燃燒著憤怒，四顆貪婪的眼睛掃視世界的每個角落。他要討回多九思騙走的寶藏，那些醞釀智慧的寶石，混圓、豔麗、果實般的寶石，飽含血一般濃郁的顏色。他把爪牙探入海水裡，召喚來自遠古的魔法，強壯到能撼動汪洋的邪力。

「起先，沒有人察覺異狀，只有逐日號上的多九思對著湧向船舷的浪花皺起眉頭。『海浪找上我了。』他說：『來自太陽之國的海浪，日顯的波濤將隨我進入夜境。』

「船員們笑他，覺得他多慮了。他們說天空依然清澈，淡紫色的夜即將覆蓋天幕，他已經安全了。「惡龍的力量愈來愈強，躁動的水氣凝結雨雲，像惡魔的鳥群一樣撲向逐日號。多九思看見了惡兆，唉聲嘆氣說：『來了、來了，抗神者的末日。我違背了偉大的意志，如今牠要追殺我到天涯海角。不，別說那是無害的晚霞，我踏遍日顯與夜境，我知道歹毒的烏雲和晚霞有何分別。我已不再是十年前，那個剛跨出卡戎碼頭的寧國孩子。我的髮鬚白了，就像我的心也寒了。』

「沒有人相信他。對其他人來說，多九思只是一個孑然一身的怪客，一個來自夜境的邊緣人。他身懷祕寶，但並沒有使他深謀遠慮的心被人透徹，或換到生死與共的友誼……」

覓奇把聲音拉長，製造氣氛。有些孩子嘴巴還嚼個不停，有些放下手上的食物，兩眼發直看著他。夜行船逐日號的故事就是有這種魔力。當然，覓奇練習好久的朗誦功力幫上了一點忙，這點他可不會自謙。

「繼續說下去，我知道智者都會看到三個惡兆，後知後覺的要等災難發生才會察覺！」小鬼頭拍著大腿說。這個矮小子滑頭歸滑頭，該他挺身爭取福利的時候可是一點都不會錯過。「多九思看見了什麼？惡龍會不會追上他？」

覓奇放下書，抓抓頭說：「我也不知道，接下來這邊寫下集待續。」

所有人大聲抱怨，哀嘆聲此起彼落。

「你真不夠意思。」阿峰帶頭埋怨道：「第四集還沒拿到手嗎？」

「我還在想辦法。」覓奇不情願地承認：「你也知道書不是我的，我已經盡量把能弄的都弄到手了，可是有時候這種事也不是說有就有。」

「你是說我們聽不到夜行船的結局？」阿峰睜大眼睛。「那我們這幾個月浪費這麼多時間又是為了什麼？」

「我們聚在一起，聽了前半段故事了不是嗎？」覓奇說：「你們也學了不少生字，我可不是白吃白喝你們。」

「比起多學生字，我會更想知道多九思有沒有逃出暴風洋。」阿峰撐著拐杖，走上前從覓奇手上接過書本。他翻到最後，默念了幾句文字。「真的是最後一段了，真慘。」

「放心啦，如果真的沒有下一集，我再自己寫結局給你們。」覓奇說。

「你要自己寫？」阿峰挑起眉毛。「不要隨便亂發誓，我們這些人都能當見證。需要的話，他們說不定會抓你到聖白殿發誓。」

「我不知道有什麼不可以。我會讀也會寫，還能挑戰用日顯話寫作，讓你們知道什麼叫原汁原味的境外故事。」

阿峰哈哈笑，把書還給覓奇。「我很期待那天到來！」

「那在結局出現之前，我們先來挑下次的書單。」覓奇趁勢拿出事先寫好的紙條，上面條列的著作，有一大半都是賀家的藏書。好在賀家人平時都不看書，只把珍貴的紙本當牆上的擺飾，覓奇請梓柔幫忙借個幾本出來根本不會有人發現。有時候他忍不住會想，這個從小玩到大的朋友，到底知不知道自己把多貴重的東西借給覓奇了？

不過這才是他們友誼珍貴的地方，梓柔不會問他們之間的關係是否等價，覓奇也不會在該給她的東西上討便宜。他們是永遠的朋友，一輩子的好朋友。如今她要嫁人了，覓奇會含著淚送她出閣。

含著淚？這是哪個妖魔塞給他的蠢想法？他要笑著送梓柔出嫁，就算對象是那個令人噁心的拿玉裘。媽的，他好想哭。

「怎麼了？」

覓奇趕緊用力揉眼睛。他想梓柔想得太入神，都忘記阿峰還站在他身邊了。

「沒事，只是被光圈刺到眼睛了。」

這是謊話，他們都看得出來光圈已經慢慢黯淡了。覓奇拿出新的燈蕈折斷，重新把光圈張開。

「你不大對勁，有心事嗎？」阿峰問：「如果有需要幫忙的地方，我們這些兄弟都在這裡。」

「真的沒事。」覓奇擠出笑容。「我只是在想，什麼時候可以去農圃參觀一下。我覺得我快要摸到訣竅了，等我成功，我們就再也不用到街上偷東西，只要在大家住的地下小窩挖地板就能過日子了。」

「我不像你這麼樂觀。」阿峰說：「如果事情這麼簡單，我們這些街頭的孩子，怎麼會一直在星光下乞討？」

「有時候有些事沒做不是因為困難，而是沒人想到。」覓奇說：「我們可以當第一個，就像多九思第一個跳下卡戎碼頭，游向逐日號一樣。」

「你看太多書了。」阿峰搖搖頭，走回阿旗身邊。街童們吃飽喝足，故事又沒有後續，三三兩兩收拾東西準備離開。他們帶著約定好的東西走向覓奇，把各式各樣的髒東西放進覓奇的包裹裡。覓奇的小園地需要實驗的材料，街童們替他帶來各式各樣腐敗的東西，如果不是親眼見識，他還真不知道鬱光城裡有這麼多死掉、爛掉的髒東西。

死老鼠、乾蟑螂、穿孔的皮靴、變綠的香草豆、黃色的狗骨頭……等等，一一讓覓奇檢查過，再放進他的大包裹裡。等這次任務結束之後，他的包裹大概也毀了。覓奇吐吐舌頭，接過長滿蛆的貓尾巴，他實在不敢想像這條尾巴原先的主人如今身在何方。有個八寶芋看起來非常完美，等湊近一看，才發現是一層紫色的黴菌複製了它的原貌。

街童們離開空房子，阿旗和阿峰帶著新來的小女生待到最後，跟著他一起回百伶巷。不說話的小女生一路抓著啞巴阿旗，成了一對詭異的組合。

「她怎麼了？」覓奇問：「她好安靜，靜得很奇怪。」

「我們只知道她從來不說話。我看過她的舌頭，舌頭沒有問題，不像阿旗動過刀。我猜她是耳朵有問題，可是沒有醫生幫她檢查，我也不敢斷定。」

「可憐的小東西。」覓奇嘆口氣。不知道為什麼，他最近愈來愈常這麼做。

「我們也是這樣過來的。」阿峰說這句話的口氣意外平淡。再幾步就是百伶巷，阿峰三人在巷口和他道別。他們住在商展街後面的大雜院裡，還要再往市中心走一點路。覓奇不顧阿峰反對，把剩下的燈蕈分給他們一半，補足阿旗手上愈來愈暗的光圈。

他目送三人的身影遠去後，才拐進巷弄裡，意外看見一張熟悉的臉孔。

「我可總算等到你了。」臉色蒼白的梓柔提著燈籠站在覓奇的老家前面。「你怎麼出門這麼久？我還怕我記錯地方了呢！女神在上，你臭死了，踩到了髒東西嗎？」

梓柔不知道他已經搬家了，覓奇也沒有糾正她的打算。看見思念的好朋友讓他太高興了，頓時忘掉疲憊。

「為什麼你會來這裡？」他問：「我們不是昨天才見面嗎？這麼想我這個老朋友，迫不及待下一次會面日了？」

「不要亂說話，我只是要拿東西給你而已。」梓柔說：「你不知道我花了多少功夫才拿到這個，又是說了多少謊才從賈太太的店溜出來。」

她要覓奇幫忙拿著燈籠，從口袋拿出一個三角形的玻璃瓶，玻璃瓶裡裝著半透明的液體。

「這是什麼？」覓奇一下子看呆了。在燈蕈光圈的映照下，玻璃瓶裡好像有無數的螢火蟲漂浮著，螢光點點在瓶中的小宇宙裡漂流。

「你心心念念的聖水。」

「這就是聖白殿的聖水？」

「沒錯。」

「好美……」

「沒錯，真的很漂亮。你快點拿去，我們動作要快。」

「好、好。」覓奇接下脆弱的玻璃瓶，把燈籠還給梓柔後，趕緊用上第二隻手捧著。這東西太美麗了，好像把星星裝進玻璃瓶裡。慢慢恢復思考能力後，興奮化作熱血湧上他四肢。有了聖水，他的實驗就能完成了。

「你快點拿出來。」梓柔說。

「拿出來、對拿——我要拿什麼？」覓奇眨眨眼。

「你那本被詛咒的書呀！」梓柔說：「那本受了詛咒的書你快拿出來。我現在用聖水幫你淨化，再幫你把書交給聖白殿。」

「你說那本書……」看梓柔這麼認真，覓奇有點哭笑不得。那本書可是無論如何，都不能交給聖白殿呀！誰叫他大嘴巴，愛在梓柔面前炫耀，這下子有兩張嘴巴也說不清了。

「你快拿出來，我知道淨化咒語，要驅邪得趁早。玉裘大哥說這個東西很危險，事情再拖下去，你的小命就不保了！」

「不行啦。」覓奇眼睛往旁邊飄。小命不保？梓柔也太誇張了。「我把書藏在一個祕密基地，要繞過去拿才行。」

「怎麼這樣？」梓柔失望地說：「我馬上就得回去喝茶，沒有時間等你去拿書了！」

「不如你把咒語告訴我，我自己回去念也是一樣。」覓奇說。

「如果事情有這麼簡單就好了。」梓柔抿著嘴唇，左右看了兩下，把聲音壓到極低。「那書上的咒語是無頭騎士的詛咒，玉裘大哥特別告訴我的。他說那個東西不只會危害到持有者，連身邊的人也會遭殃！」

「這下可不妙了。」覓奇吐吐舌頭。他倒是很確定維利不會拿這種東西給他，只怪他自己上次謊話說得天花亂墜，害梓柔跟著當真了。拿玉裘真是糟糕，居然跟著相信這種蠢話，警備隊平常都在做些什麼呀？

「你的書讓我很不安。」梓柔手心壓在胸口上。「昨天玉裘大哥告訴我一些事情，和你的書有關係的事。我不知道他為什麼要說那些話，可是我覺得一定和你的書有關。爸爸和拿伯在討論怎麼把日顯人趕出去，賣貨郎可能會有好一陣子不能出入碼頭。我感覺之前發生過的事，又要再來一次了。」

她的暗示像桶冰水，對著覓奇當頭澆下。爸爸被人拉出家門，媽媽在混亂中把他鎖進垃圾箱，等梓柔把他放出來的時候，百伶巷的舊房子已經什麼都沒有了。

「不會有事的。」覓奇硬擠出微笑。「你儘管放心，這一次不會讓你看到我拉屎在褲子上。」

「不要開玩笑！」

「我沒有開玩笑。」

他沒有開玩笑。這一次沒有人能找到他的住處，就連梓柔也不知道垃圾箱下的小窩在哪裡。必要的時候，他會帶著行李跳進羅布河，一路游到日顯去。

「我馬上回去把事情處理好，你放心等我的好消息。等下一次無星天的時候我會去找你，到時候你一定要把試吃宴的剩菜拿給我。」覓奇說。

「你真的沒問題嗎？」梓柔問。

「不要太擔心了。你看，我活蹦亂跳的，能出什麼問題呢？」覓奇把聖水收進口袋，感覺瓶子的尖端壓在大腿上。「你要當新娘了，記得多吃多睡，才不會帶著黑眼圈進禮堂。」

「我才不會帶黑眼圈進禮堂。」她用手套甩覓奇的肩膀。「四王子快離哨了，我也該走了。這是我抄來的咒語，你帶著回去照唸知道嗎？只要把聖水灑在詛咒物上面，再照唸三次就可以了。」

「我知道了。」覓奇接過紙條收進口袋。

「拿到書立刻照做知道嗎？」

「一定。」

梓柔遞出紙條，重新把手套戴好，頭也不回地快步離去。覓奇看著她的背影走過一個又一個光圈，最後消失不見。冷風吹進巷弄裡，有個不知道是開心還是難過的詭異感覺，盤旋在覓奇的心頭上，令他難受極了。

「他媽的沼澤鬼怪。」覓奇咒罵一聲，用髒話掃去挫折感。如果梓柔是對的，他該快點回小屋，把所有的東西整理好。不管要不要跑路，先準備總是沒錯。他心臟跳得好快，老五吹來的寒風暗示時間流逝。覓奇把沾著光液的手舉高，快步跑了起來，直奔垃圾箱下的小窩。他要快點完成實驗，然後把方法傳給其他人。如果他真的出了任何事，他研究出來的成果也不能因此浪費。

他沒遇上任何人，百伶巷的後半段一到老五當值的時間，就靜得像墳墓一樣，連老鼠也不肯到這個荒涼的地方找食物。沒有人會想到覓奇躲在這裡。

覓奇用肩膀抵住垃圾箱用力推開，抓穩梯子，一溜煙跳進小窩裡。

他翻出新的燈蕈塗在牆壁上，淡藍色的光照亮他的小窩。覓奇翻開小園地旁的石磚，確定書和隕劍都還在。他遲疑了一下，又伸手把隕劍從石縫裡取出來，連鞘塞進褲袋裡。緊急狀況，隨身帶著武器總比什麼都沒有好。

他把石磚蓋回去，不小心匡噹一下把老舊的石磚打碎。一團糟，不過算了，聖水比較重要。聖水的光芒沒有因為他急匆匆亂跑而消失，反而更加耀眼。他打開封印，小心將聖水繞著石縫間的泥地，按照六位王子的星位滴下。覓奇用手肘撐著自己，把梓柔寫的紙條攤在前方，嘴巴湊近叢生的菌絲喃喃頌念。

「敬奉女神聖名，星海、暴風、巫母，頂禮恩賜永夜的福。安紐宓娜波達。」

打開宓娜之門？這句日顯話是誰加進去的？

聖水有點稠，禱詞念完的時候還停留在泥地上。聖水裡的星光繞著水珠的表面打轉，宛如活潑的流星繞著迷你的天幕打轉。覓奇單手爬起身，往後退開一步，摒著呼吸等待結果。

水珠裡的螢光先是像亮粉一樣貼在泥土上，然後光芒滲入泥土裡，只留下淡淡的水痕。一切歸於平靜。覓奇不知道該鬆一口氣，還是站起來鼓掌拍手。儀式就這樣嗎？他確定沒有念錯字，或是心懷任何不敬的想法。當然他不期望唸完禱詞就馬上長出一顆栗樹——長出來反而會造成困擾吧？——只是感覺上好像少了什麼，某個關鍵、能引來奇蹟的東西，是覓奇急就章的祈禱中缺失的。

是什麼呢？

覓奇把身體撐直，望著小園地沉思。

說不定他要等個幾天，到時候——

不知道為什麼，踹在他後腦勺的感覺很熟悉，想必是隻皮靴。

## 8、兇殺

「你這日婊生的鼠輩，真以為自己配得上女神的恩典嗎？

「你以為我不知道梓柔背著我和你偷來暗去嗎？你生來就是個賊，連女神不肯賜與的，你也要偷到手！你骯髒的父母學了日顯的語言，暗地裡偷渡日顯的邪書和思想，你以為我們什麼都不知道嗎？如今你非但學了他們的伎倆，還把腦子動到梓柔的頭上！」

首先是後腦杓，再來是臉、手、側腹。拿玉裘每吼一句，皮靴就用力踢上三下。措手不及的覓奇被人打得毫無招架之力，整個人趴在地上，只能憑著本能縮成一團保護要害。慌忙間他只感覺到手一鬆，接著傳來令人驚惶的碎裂聲，細小、戰慄、碎了一地。玻璃碎片擦過他的手，割出細小的血痕，潮濕柔軟的菌絲在他身裡下糊成一團。

他的實驗！

覓奇趕緊往旁邊一滾，靠著腦中湧出的愚勇抽出隕劍，硬是逼退拿玉裘。

「亮刀了？」拿玉裘抽出軍刀，軍刀映著淡藍色的冷光，彷彿凍了一層霜在上面，寒氣鑠鑠逼人。他的眼睛像瘋子一樣跳動著光芒，刀尖步步進逼。「瞧瞧你拿了什麼在手上呀？」

「你不要過來！」覓奇雙手握劍，指著拿玉裘的鼻子。他的手抖到幾乎握不住劍，身體左邊的痛幾乎癱瘓了他的反應。他腳步踉蹌，連站都站不穩，只能想辦法往後退靠在牆上。他鼓起勇氣往下瞥了一眼，心臟險些被劇痛撕裂。

實驗全毀了。曾經生機昂然的菌絲，現在只剩一片骯髒的爛泥地。打破的聖水在他掙扎的時候通通被泥土吸乾了，只剩碎玻璃反映著軍刀的冷光。他努力了這麼多年，梓柔、阿峰、阿旗還有其他街童不斷提供他協助，好不容易才長出來的菌絲，如今全毀了。

「你為什麼會來這裡？」覓奇說：「我什麼都沒做！我只不過是想幫自己種一點東西，為什麼你要來破壞一切？」

「垃圾、下流、人渣，你以為我們不會注意到你？你不知道領主大人手裡有一份名單，清清楚楚寫著過去三十年來，曾經意圖危害過秩序的大小敗類。至於你們這些甘受日光誘惑的毒蟲，警備隊更是一個也不漏牢牢盯死。就算是死，你的骨頭也要爛在我的眼前，不許跨出鬱光城一步！」

拿玉裘的笑容讓他看起來像個瘋子。他的眼睛盯著隕劍不放，覓奇警覺自己的錯誤，但是為時已晚。

「看看你拿了什麼，我們辛辛苦苦搜索羅布河，結果東西一直藏在我們的腳底下。多虧了梓柔，否則我還在河床上挖掘不存在的寶藏。」

「我什麼都沒做！」覓奇喊道：「我不知道這些是什麼，我只是看賣貨郎拿來玩雜耍，才會好奇買下他的劍。你看，這根本還沒有開鋒，不是違法的武器，我拜託你看呀！」

他拿隕劍割自己的手，奇蹟似的沒流出半滴血。

「你看我沒流血！」他又急又喜，對拿玉裘亮出紅腫的手掌。「我沒流血！這把不是武器，我沒有違——」

他的喉嚨瞬間緊縮，將所有的聲音關在喉嚨裡。覓奇雙手握拳跪到地上，用力想喘過一口氣。

「日顯間諜居然把這麼重要的東西交給你，果然是狡猾的野獸。但他們沒料到我蒙受女神庇佑，終究還是找到你了。」拿玉袞說：「領主大人喜歡審判和處決表演，可是我知道不能放你這個鼠輩苟活，那怕只有一天也不行。我能殺了你，隕劍和邪書會是你的罪證。」

覓奇望著將要殺他的兇手，啞口無言。

「割斷喉嚨比較快，痛苦也比較短。不過何必呢？我還會更厲害的。」他右手握著軍刀，左手屈成爪狀，從覓奇的角度看過去，好像拿玉袞能隔空取物一樣。緊縮的感覺漸漸加強，燥熱從覓奇的喉嚨蔓延，一路往上燒灼他的口腔，燒痛他的眼睛。

「我能把你的腦子煮熟，過程夠久夠苦，最後你整顆頭會只剩一團熟透的碎肉。要是我夠用力，連你的骨頭都能炸掉。你聽過嗎？這就是波動魔法，女神親自贈與我們這些榮譽守衛，利用她的神力主宰天地法則，摧毀邪惡敵人的神奇法力。」

他的確做得到，而且他還要慢慢來，讓覓奇多受點苦。再也支撐不住的覓奇身體猛然一抽，啪的一聲側向倒下，像發癲癇的病人一樣抽搐扭動。他要死了，只等拿玉袞最後一擊。

他不甘心，可是他只能眼睜睜看著拿玉袞動手。他什麼也沒有，什麼也不會，除了想活下去的愚蠢念頭，沒有任何武器握在手上。

「再來呢？你這個沒用的臭蟲，如果你繼續躲在垃圾堆裡，說不定我還會饒你一命。但是你碰了我的東西，先是我的書，再來又是梓柔，碰我東西的人只有死罪。如今我總算把你握在掌中，永別了，貪得無厭的鼠輩！」

拿玉袞放開束縛，但這只是暴風雨前的寧靜，他收手只是為了蓄積更多力量。一瞬間覓奇似乎看見無數無形的波紋往他左手集中，密度之高、能量之強，甚至扭曲了空間，使淡藍色的光圈隨之變形。短暫恢復行動能力的覓奇，只剩一個本能——縮成一團抱緊自己的腦袋。

他從來沒想過要傷害任何人，他只是想過一點好生活，不想餐風露宿。

他希望梓柔多看自己一眼，而不是她遊蕩街頭的跛腳寵物。

他只是想要朋友，就算這些朋友來自日顯也無所謂。

拜託不要……

來了！

灼熱、暴戾、殘酷的魔法向他撲來。剎那間，覓奇手上的隕劍爆出火花，拿玉裘傾盡全力的一擊意外偏離，閃電與火焰交織而成的毒蛇逆衝，直撲主人的頭臉！

他們兩人在那一剎那睜大眼睛，覓奇和拿玉裘四目相對。時間不知為何暫停了幾秒，讓他記下那張疑惑、不解、徬徨的臉。接著，他看見眼睛從眼眶噴出，頭顱隨之炸成一團血霧，紅色的蒸氣掩蓋視線。爆炸的聲音很小，幾乎聽不出一條生命就此逝去。覓奇被魔法的餘勁撞上，呈大字形撞上石牆，足足有三秒鐘被壓得無法呼吸。

漫長的三秒後，他聽見木板倒在地上的聲音。這很奇怪，因為覓奇的小窩裡沒有這麼大塊的木板。他趴在地上，膝蓋和背痛得像被鈍斧劈過。牆上的光消失，他緊縮的心臟重新跳動。

不管剛才的魔法是什麼，熱力都把燈蕈的光液烤乾了。小窩裡漆黑一片，覓奇試著活動手腳，好讓僵化的思緒能跟著身體動一動。他丟掉隕劍，手上的水泡痛得他掉下眼淚。燈籠褲不知道什麼時候濕透了，額外的重量掛在他屁股上，騷味令人反感噁心。

覓奇覺得鼻子癢癢的，伸手把沾到鼻子的東西拿下來。

他用沒受傷的左手，從褲袋裡摸出備用的燈蕈。他想握拳卻辦不到，只能把燈蕈放在地上，用手掌壓破。綠色的光圈照亮小窩，覓奇低頭查看手上的髒東西。

那不是什麼髒東西，而是一塊鼻子的碎片。

覓奇今天第三次趴在地上，對著拿玉裘的無頭屍大吐特吐，吐到連五臟六腑都翻了出來。

「真是完美的一天不是嗎？」

梓柔嚇了一跳，趕緊把視線拉回來，不再盯著窗外猛瞧。商展街上雖然有燈柱，只是光圈到賈太太的店這邊已經變弱了。靠那微弱的光，其實根本看不到半點街景。

「唉喲？想到誰啦？」白髮長臉的賈太太呵呵笑，又替她倒滿一杯茶。「不用害羞，我看多你們這些急著出價的女孩子了。」

梓柔不大確定自己有沒有聽錯，畢竟她剛才恍神了一下子。

「你考慮好了嗎？」賈太太用眼神暗示她，茶桌旁的箱子裡，內衣花俏到能讓阻街女郎心跳加速。

「我還在考慮。」梓柔紅著臉說：「我不知道媽媽為什麼要讓我自己過來這裡。」

「這是正常的。每個女孩子結婚前，都會獨自到我這裡來，買第一件新婚內衣。」

雖然知道可能會有些特殊的事情，但梓柔沒想到會這麼刺激。媽媽只讓女僕跟她出門的時候，梓柔就該知道事情有異了。賀家姊妹開始發育之後，媽媽就會定時帶他們上賈太太的店買內衣，如今早已是常客了。只是這次的經驗有別以往，她是獨自一人，買的東西也不是少女會用到的商品。

這是女人用的東西，說得精確一點，是身為一個妻子提供丈夫的特殊服務。雖然多少有點心理準備，但實際來到這裡的時候，還是嚇了梓柔一跳。她也不是全無期待，但是覓奇說的話也有幾分道理，這一天來得太快，她一點準備也沒有。

「我有點緊張。」梓柔老實承認。

「所以才去廁所這麼久？」

「只是有點緊張。」梓柔強調。「最近有好多事要忙，連在家裡吃頓飯都不能安心。媽媽要我挑一堆東西，又東不准西不准，弄得我頭昏眼花。」

「每個女孩子出嫁都是這樣的。」賈夫人點點頭，一副非常有經驗的口氣。「我還記得我阿麥表姊嫁女兒的時候，他們拜託我準備了好幾套的特別內衣，還要日顯的賣貨郎帶蕾絲裝飾給他們。結果弄半天，碼頭和警備隊一個命令下來，不准紡織品下船，結果東西通通都得換掉。」

「為什麼要換掉？」

「因為沒東西裝飾婚禮現場，只好改變風格啊！」賈夫人的臉拉得更長一點。「那個可惡的阿麥，東西通通退掉，貨款也沒結清。」

「真是糟糕。」梓柔說：「為什麼警備隊不讓紡織品下船？」

「只有女神才曉得他們啥時心情好，打算禁止什麼開放什麼。我們這些小老百姓，天天跟著他們的禁令和特許團團轉，想輕鬆過日子都不行。」賈夫人聳聳肩，拿起茶壺幫兩人倒茶。「不過往好處想，這些蜜茶菇有你爸爸的農工照料，就算碼頭不給進貨，鬱光城自己同樣有東西享受。」

梓柔跟著微笑。她很習慣有人稱讚父親的時候，要跟著陪笑臉。父親是她的英雄，對大多數的鬱光城的居民來說也是。

「不過這次他們禁的東西可奇了。」賈太太話還沒說完。「我知道書會被禁，可是這次連紙都要檢查。」

「紙？」

「沒錯，前兩天剛下的禁令。我本來要給你看一款紙花胸衣，結果沒材料趕不出來。不過沒關係，我這裡還是有些好東西，比如這件銀薄片串成的胸衣，內裡襯著綿墊，可以使你像座華麗的銀燈架。」

賈夫人撈起胸衣高舉在面前，梓柔的笑臉頓時有些緊繃。「真好看。只是為什麼要檢查這些紙呢？真是令人想不透。」

「還不都是他們寫在紙張上的東西。依我聽到的消息，他們還真逮到了一些不守規矩的賣貨郎。」賈太太壓低聲音說：「想想這些賣貨郎，把討厭的書偷渡進城，和城裡的宵小們偷來暗去。我聽說拿隊長正準備來場大搜查，好給這些壞傢伙知道厲害。我說這些刑臺、絞架也早該搬出來了，有時候流點血，才能給這些壞蛋一點教訓——」

啪！

梓柔趕緊把杯子扔回桌上，只可惜脆弱的瓷手把已經和杯身永遠分家了。

「唉唷，沒想到賀小姐的手勁這麼大。」

「我只是在想……」梓柔抿了一下嘴唇，她不能被人發現異狀，要給這老女人一點猛藥才行。「我在想，我一次買個五套會不會太多了？又或者說，低調一點，三套會比較合適？」

「五套好，五套很好。」賈太太的笑臉能照亮黑夜。

# 9、汙辱

到最後她用盡手段，卻依然沒有辦法阻擋悲劇發生。

不斷穿梭來回的身影在昏暗的走廊上交錯，相貌兇惡的日顯人守在走廊的出入口，令蔚城修道院裡人心惶惶。海瑟院長從暗處看著這一切，扁臉的塔雷莎修女站在她身邊，用憤怒的低語表達情緒。

「來自日顯，為所欲為的毒蛇猛獸！」她壓低聲音喃喃唸道：「王子的聖刀制裁他們，背離夜境的罪人將付出代價。高高在上的女神吶！引領風暴摧毀我們的敵人，令腐敗的沼吞噬他們。」

沒錯，腐敗的沼，這是一池腐敗的沼澤。海瑟院長看得太多了，很清楚這些世俗的手段，還有無數次聖白殿被逼著做出的決議。他們只是群破壞者，只思毀滅卻不知如何維持，以為繁榮的盛世能靠空口說大話完成。聖白殿維持了夜境千百年的和平，絕對不允許一對離經叛道的母女破壞。放蕩的母親如今已在聖白殿的掌控中，要對付魯莽的女兒易如反掌。

他們日顯的盟友私底下也承認這一點。

「看著他們，有任何異狀，立刻到我房間通知我。」海瑟院長留下指令給心腹，雙手交疊在胸前，在內心激動的這一刻保持外貌莊重，走上通往私人房間的螺旋梯。有個腳步聲尾隨在她身後，院長置若罔聞，自顧自地往上走。

燈蕈的光圈從壁龕裡透出，映照在空白的牆面上。海瑟院長不需要浮雕提醒她神殿過往的豐功偉業，所有的功績和美德都在她心裡，指引她未來的道路。她其實能體會塔雷莎的憤怒，看著人民自甘墮落走向毀滅，任何道德意識高一點的教徒，都沒有辦法忍受這種折磨。在黑夜裡迷途的人們需要指引，聖白殿能成為他們的明燈。

只可惜，有時候聖白殿也得抉擇，劃出救與不救的界線。他們得為群眾著想。

腳步聲跟得愈來愈緊。海瑟院長走進自己的房間，留著敞開的房門。

腳步聲跟進。

「我不能離開太久，恕我說話直接一點了。你不該刺激她。先不論依莉莎是否把對抗神殿的壞因子傳給她，就算只是私生女，但任何一個王室成員都不會容忍明目張膽的汙辱。」

直接，明快，來者不是拖泥帶水的角色。

「我希望她知難而退，如果瑟隆佳佳不知好歹，那我們也要有所應對。」海瑟院長說：「蒔文議會也該做出結論了。」

「奧戴良議長認為還不到福波愛蘭表態的時候。但是他也同意，在適當的時候，我們可以採取必要的措施。和平是我們的第一考量，犧牲有時候是必要的。」

「那羯摩騎士團呢？」

「大伽業給了我充分的授權。」

意思就是說該有的，來者一樣也沒少。

「百朞和萬有必須維繫下去，我們的世界全仰仗它們了。」海瑟院長握緊領口，告訴自己這是唯一正確的道路。「我會把指令送出去，在一切無可轉圜之前，遏止災難的腳步。」

「你是個有決心的人，我期待你的決心能帶來相應的好結果。小心腳步，別因為魯莽誤事了。」

他對她行禮，結束對話離開房間。這下事情都確定了。

海瑟院長的房間不大，和其他修女同樣只有一扇對外的窗。在她硬挺的床板旁，有一組不成套的桌椅。小書桌不像樓下文書廳的辦公桌那麼雄偉，只是一張小小的漆木桌子，附上三個淺淺的抽屜。每個抽屜都有不同的鎖，海瑟院長鎖上房門，從腰間的五支鑰匙中挑出一支，打開最底下的抽屜。

雖然不太理性，但是抽屜彈開的時候，她還是嚇了一跳。從外人的眼光來看，裡面其實沒有什麼特別的，只有一個烏黑的陶碗，和一個手掌大的油布包。這兩樣東西都不該出現在夜境，更遑論一個視火焰為毒蛇猛獸修道院。海瑟院長將碗和油布包捧出抽屜，擺到敞開的窗台上。

她把手探進袖子裡的暗袋，找出來自角儀宮的信件放進大碗裡。然後她再小心翼翼打開油布包，油布包裡沒什麼驚人的東西，只有幾根長火柴，和一張黑色的藥紙。

這東西，能召喚日光的分身，引來妖魔的火焰。

這是指令要求的。用瑟隆王愛女心切的信，招喚毀滅她的怪物。

她依照指示點燃火柴投入碗中，橘色的火星先是在信封上遲疑了片刻，隨即變成紅色的妖物，吞噬了脆弱的紙張，火柴裡的特殊成分將火焰染成紫色，喚醒黑暗國度的權柄。

坐在聖白殿的屋頂下，瑟隆佳佳忍不住搓著雙手。就是今天了，她終於能見到依莉絲，她那遭王室驅逐的母親。

聖白殿的修道院雖然不是以藝術成就著稱，但仍然有不少可看之處。三角形的石柱上刻著三身女神的三個面目，沉睡的星海女神、怒吼的暴風女王、眉眼低垂的巫母。灰色的石牆上反覆刻著相同的神話場景；星海女神遮住面目，不忍卒睹蒼生受難。王子們手持兵器迎戰敵人，其中一個卻反持軍刀，藏身在塵囂之中，俊美的眼睛被貪婪的火扭曲。這雙眼出現在每個角落，看得佳佳非常不舒服。每幅浮雕之間挖出壁龕擺設燈蕈，淺綠色的光圈照在浮雕臉上，賦予石頭臉孔一種僵硬感。時間在他們臉上暫停，永遠停在歡喜憤怒的那一刻。

祈禱廳有不少蔚城的百姓來來去去，路過時不忘對他們投去懷疑的眼神。這也難怪了，就算換上了闐國人的便服，羯摩騎士壯碩的體格和來自日顯的五官，怎麼也藏不住。

馬奇和老庫翰坐在佳佳面前的座位，替她注意前方的動靜，史諾和鏑力分別守在她兩側。她看不見身後的墨席尼，那完美的騎士獨自承擔守衛後方的責任。佛斯帶著蘇羅留在旅社待命，焦躁的安奈坐在佳佳身邊，抖著腳不住發除嘖嘖聲。他們都很緊張，緊盯聖丁字下方的修女們為信眾解答疑惑。

會選在開放給所有人進出的祈禱廳，而非具有高私密性的禮拜堂見面，已經足以看出海瑟院長輕視她的態度。來回的書信不知道送了幾封了，依莉絲總是草草寫了幾句制式化的問候，又把佳佳的信原件退還。每當看見信封上的封緘遭人胡亂扯開的痕跡，佳佳忍不住怒火中燒——那是她與母親的通信，輪不到這些自私的修女窺探！

但是她得忍耐，惹火了聖白殿，最後絕不會有好結果。他們守著她與依莉絲之間的門，能否見到自幼分別的母親，就看佳佳能不能忍住脾氣。夏美娜的論文波及太廣，瑟隆王室還需要聖白殿穩定闐國國民的心，一旦民心鬆動，夜境的繁榮穩定又將再次受到威脅。

強壯的手掌握住佳佳的手背。

「沒事的。」鏑力在她耳邊說：「他們會遵守諾言，讓依莉絲與你會面。」

佳佳吐出一口長長的氣，鏑力的聲音穩定了她的心跳。他也許不如那些貴族公子多金俊美，但是佳佳知道他是屬於自己專有的騎士。當夏美娜在世界各地引起軒然大波，瑟隆王室上下爭吵不休時，是鏑力不顧危險度過暴風洋來到她身邊。

「我知道。」佳佳反握住他的手。「我知道，有你在我身邊，我不會怕的。我等不及要讓媽媽見見你了。」

鏑力眼中閃過一絲猶豫。

「怎麼了？」佳佳問。

「你覺得依莉絲會接受我嗎？我不只是日顯人，甚至連所謂的出身背景都沒有，只是一個專門收容孤兒的騎士團成員。」鏑力說。

「父王承諾過，只要我們完成任務，他樂見羯摩騎士和闐國聯姻。」佳佳說：「最重要的是，你是我的騎士。我不要空有外表的王子，我只要你，睺鏑力。」

坐在前排的老庫翰用力咳了兩下，引來路人的側目。佳佳和鏑力趕緊放開彼此的手，羞得滿臉通紅。都怪他，沒事又提起出身聯姻什麼的，害佳佳又想起那些誓言與承諾。只要任務順利完成，她就能和其他闐國的女孩子一樣，在父母的見證下嫁給鏑力。

依莉絲，只要依莉絲出現就好。

快日落了，祈禱陽光退散的修女又換了一批，隨同唱和的民眾也減少了。昏暗的光線漸趨微弱，燈蕈投在聖丁字上的光圈沒有太大的幫助，微薄的光圈似乎隨時都要消散。

一個灰衣修女沿著走道向他們而來，低著頭讓頭上的紗巾蓋住面容。鏑力和老庫翰站起身，馬奇的手搭上腰際的短劍。

「諸位來自墨之都的客人你們好。」修女輕聲說：「奉院長的指示，可以帶諸位進入內院了。」

佳佳心下一動，慢慢從椅子上站起來。「你……你是來帶路的嗎？」

灰衣修女說：「是的，我知道她的房間在哪裡。你就是公主吧？」

「沒錯，是我，瑟隆佳佳。」

灰衣修女沒再多說什麼，轉身折返往內院裡走。一時間，佳佳不知該作何反應。

「再不往前，我們就要失去她的蹤跡了。」墨席尼的聲音宛如遠天的悶雷般低沉，喚醒了佇足的眾人。

佳佳趕忙追上去。鏑力和安奈趕忙追上她的腳步，其他騎士也隨之跟上。

她沒有回頭給他們任何暗示，只是舉著燈台一個勁地往前走，彷彿在躲避什麼。佳佳追著她走，鏑力也拿出自己的燈蕈，為身旁的人照路。比起祈禱廳的石雕，內院的磚牆簡樸許多，陰冷的氣息從縫隙裡傳出，凍人骨髓。這就是依莉絲這些年居住的地方嗎？

兩個光圈一前一後，繞過冷清的庭院，走出前方廳堂的範圍。行走在這片單調的空間裡，窒息的感覺壓著緊張的佳佳，邁步喘息都不敢失了分寸，就怕驚擾了哪個藏身黑暗中的禮儀教師，否決她跟隨前人的權力。

終於，灰衣修女在一處死巷停下腳步，掏出房門鑰匙打開窄門，縮著脖子走進去。

「進來吧，我不喜歡客人站在走廊上。就算是在墨之都的時候，我也不會如此失禮。」

這就是依莉絲的聲音。帶隊的老庫翰使了個眼色，墨席尼和史諾往後退回剛才的叉路上，消失在黑暗中。安奈什麼都沒說，提著籃子往壁龕上一靠，給佳佳一個鼓勵的微笑。有這麼一個貼心的朋友，佳佳此生無憾了。她和鏑力縮著脖子跟在老庫翰身後，小心避開擦過他們後腦杓的門框，擠進矮小的房間。

房間和門一樣矮得令人窒息，但橫向的空間還夠擺進修女的私人物品和數量可觀的書籍。依莉絲的身材和房間意外合適，矮小的她自在地穿梭在雜物之間，拖著椅子和書箱替客人安排座位。

「我習慣坐在書箱上，這把老椅子就讓給我們的老騎士吧！至於你們兩個就坐床上吧！」她對佳佳和鏑力說：「只是在我們面前坐著不會有問題吧？」

佳佳縮著脖子坐下，鏑力抿著嘴唇，像做錯事被抓到的小男生一樣窩到她身邊。

「別害羞。如果我是那種保守的人，就不會睡了國王又跑來和修女廝混。」依莉絲格格笑說：「不過我們可以等一下再談你們的事。福波愛蘭還有閬國到底發生什麼事？我太久沒接觸政治圈，有些人事物都疏遠了，光聽街頭的流言不夠我理出一個所以然。」

她說話時順手把頭巾摘了下來，任光溜溜的腦袋出來見客。雖然房間裡的燈蕈沒有很亮，但還是足夠把她的光頭一覽無遺。她果真是特別的人，其他修女急著遮掩的特徵，她卻能毫不在意地亮在陌生人眼前。

除去身材不說，她的面容幾乎和佳佳一模一樣。除了幾分歲月的痕跡，還有世故的眼神之外，連佳佳自己都分不出他們之間的差異。高聳的白晰額頭，深褐色的柔順眉眼，她的確就是佳佳的母親，當年瑟隆王太子的學士情婦。

佳佳說不出話，這是她自有記憶以來，第一次見到母親的容顏。

「我已經聽院長訓過話，再加上流言，事情也知道個七八分了。」依莉絲對老庫翰說，而不是面對自己的女兒。「有什麼事儘管直說吧！你們來找我，可不是坐著發呆而已。」

老庫翰先是愣了一下，不過依莉絲坦然的態度有種鼓勵意味，當他開口說話時，沒有太多的遲疑。「羯摩騎士團正處於非常難堪的困境。」他說：「我們被自己立下的誓約綁死，福波愛蘭的議員們磨刀霍霍。而這一切，全和你過去的研究脫不了關係。因為某個急躁粗心的學者，約書韃百碁塔即將暴露在世人眼前。」

「蒔文麗亞的議員可以為了三枚銀幣背叛任何人。如果你們相信蒔文議會有多高貴，那羯摩騎士衰落也只是剛好而已。百碁塔存在與否，從來沒人有過定論。」依莉絲說。

「但你也說維繫我們生命的不是女神的庇佑，而是沸騰毒辣的太陽。」

目光頓時往佳佳身上集中，看得她好不自在。

「想不到真的有人看過我寫的東西。」依莉絲點點頭說：「不錯，不愧是瑟隆的公主，那些敢笑我們沒腦袋的臭男人該知道厲害了。」

「我們不是為了炫耀學術知識才聚在這裡，外面有更嚴重的事，更值得我們注意。」老庫翰焦躁地說：「我們支持所有前往福波愛蘭的學者進行研究，可是當你的研究踩到了聖白殿和夜境的痛腳，羯摩騎士卻要為此付出代價。」

「騎士團宣示只為支持學識而戰的誓言，不正是為了從赫利愛蘭的崩毀脫身嗎？」依莉絲說：「過去保護你們脫身的誓言，早已不是羯摩騎士的屏障。歸順福波愛蘭這麼多年，今天才招來報應，也算你們走運了。」

鏑力和老庫翰抿著嘴唇，一副有口難言的委屈模樣。依莉絲繼續往下說，佳佳看不出她是故意忽視，還是真的沒看見騎士痛苦的表情。

「讓我猜看看事情怎樣發展，你們再修正補充吧。福波愛蘭出事之後，聖白殿暴跳如雷，你們找上闐國出面協調。誰知道我的老情人不肯出面，反倒是我熱心公益的女兒插手了。」

「雖然你宣稱自己遠離政治圈，敏銳度卻一點也沒有減少。」老庫翰說：「大致上來說沒錯。只是你說錯了一點，主動聯繫的人不是騎士團，而是角儀宮。」

「角儀宮？王室家族？這下有趣了。有人要解釋一下嗎？」

「重提你過去的研究，提出百碁塔理論的人不是雇用羯摩騎士的學者，而是闐國的鄉下研究員。這位夏美娜女士帶著自己的論文，度過暴風洋上到福波愛蘭發表著作，震驚了四大國。」

依莉絲呆了一下，接著呵呵笑了出來，愈笑愈大聲。尖銳的笑聲在石頭房間裡迴盪，回音刺耳難受。

「真想不到——很好！這才是我們闐國的女人，真有一套！」她激動地說：「她人在哪裡？我要見她，一個有膽識挑戰聖白殿權威的女人，要是能親自見上一面，我窩在這個鳥地方這麼多年又算什麼？」

「你不能見她。」老庫翰說：「你們已經惹出夠多麻煩，不需要再擴大事態了。」

「我倒要看看誰能阻止我。」依莉絲站起來。「叫你的騎士從門邊閃開，我窮死了。要是我衝出去的時候把人撞傷，休想我會付錢賠罪。」

佳佳跟著站起來，可是她太高了，只能歪著頭用奇怪的姿勢看依莉絲。「請你先冷靜一點，事情沒有這麼簡單。」

「什麼簡單不簡單，被趕來這個鳥地方，我早就想出口惡氣了。現在正好，有人能給他們一點教訓，我也來個火上加油燒死他們！」

「媽媽，我和鏑力要結婚了！」

依莉絲猛然閉上嘴巴，瞪大眼鏡看著她。

「你們要結婚？你要嫁給一個日顯人？」

佳佳在最大限度內點點頭。鏑力從床上爬起來，彎腰駝背站在她身後。

「這是真的嗎？羯摩騎士，用你的誓言當抵押，告訴我實話。」

「我愛她，她也願意接受我。」

依莉絲深呼吸。

「親愛的老庫翰，讓我和媽媽單獨說說話好嗎？」佳佳說。

「這件事羯摩騎士也有份。」

「我會把騎士團和闐國視為同等，絕不會委屈你們任何一邊。」

老庫翰張開嘴，似乎還想說話，但最後只是聊勝於無地搖搖頭，起身離開房間。佳佳推了推鏑力，暗示他離開房間。鏑力想搖頭反對，佳佳趁他行動不便，湊近他臉龐印下嘴唇。

「不會有事的。」她在他耳邊細語：「相信我好嗎？」

鏑力嘆氣，鬆開佳佳的手走出房間。佳佳隨後把門關上，背對著母親不敢看她。

「他真的愛你嗎？」依莉絲問。

「上次有人要殺我，是他奮不顧身救了我。」

「男人為了下半身什麼都做得出來。要不是我自願進聖白殿當修女，你爸爸當年還準備召集軍隊包圍聖白殿呢！」

「父王愛你。」

「需要他愛的人太多了，不缺我一個。」依莉絲說：「你坐著，我開扇窗戶透氣。這麼多亂七八糟的事，房間裡的空氣都快把人悶死了。」

她藉著微弱的光在牆上摸索了一陣，拉開一扇小窗，冰冷的風吹進矮房間，佳佳的手臂上泛出疙瘩。

「有些事玩玩就好，談到結婚就太過分了。」依莉絲坐回書箱上，揮手要佳佳坐回床上。床上只有一件灰色的被單和粗糙的背墊，又冷又單薄，坐在上面總有股寒意直往背上直竄。

「我好久沒見到你了。」佳佳說：「上次是你離開墨之都的時候。父王帶我站在塔樓上，告訴我你是搭哪一條船離開。」

「他們不許我待在你父王附近。聖白殿要我待在這裡，乖乖當王室和神殿的和平象徵。」依莉絲說。

「你的研究——」

「我的研究和夏美娜比起來，已經變成笑話。如果我當年夠謹慎，就該像那個女人一樣，把成果藏好，直到離開聖白殿的掌控才公諸於世。那女人也的確有腦筋，我當初只不過提出假說就被指控瀆神，如果她真的提出堅實完整的論述，逃過死劫算她走了狗運。。」

「父王說那是為了對付王室，才故意放大你說的話。」

「有差別嗎？」依莉絲冷冰冰的聲音，比吹進室內的寒風還嚇人。「我被迫離開牙門山別墅，丟下所有的研究，最後還得離開墨之都，被人軟禁在蔚城裡替他們研究神學。聖白殿是不是為了對付王室根本不重要，因為我的人生已經被他們糟蹋光了。」

「媽媽……」

「他們就是不懂。遮住了眼睛，以為就能天下太平。這一切為的是什麼？就為了讓聖白殿繼續愚弄我們，把規則套在每個人頭上。他們想教你什麼？她們只想告訴你要好好活著，學女神的教條成為一個好人，一個又好又蠢的人。神殿贊助？研究基金？對，當然有，只要是神殿贊成的，你就能拿到一切好處。如果他們不喜歡，最後你只能淪落到修道院的深處，每天讀詩篇混日子。」

她倏地傾身向前抓住女兒的手。

「聽我的話，不要結婚。」她說：「你們不會幸福的。羯摩騎士只是一群偽裝得很好的人，剝下偽裝之後，他們不過是一群沒有家世背景的流浪漢，聚在一起以便保住性命。」

「他們有他們的信條。」佳佳試著幫鏑力說話。

「信條？他們的信條是為了保障自己不被蒔文議會追殺。」依莉絲丟開佳佳的手，尖聲說道：「他們的信條有什麼？欺騙孤兒院裡的孩子，強迫他們終身忠誠，等他們成家立業之後再把人趕出群體？保護學者也是他們的信條，可是當贊助人變了臉色，騎士團同樣把信條當垃圾拋下，像妓女一樣跪在地上哀求恩客回心轉意。羯摩騎士團沒有信條，只有為了妝點門面，大聲說出來的好聽話！」

「不是這樣的，鏑力絕對不是那種人！他有信念，也恪遵執行。把成家的騎士送出騎士團，是為了避免家族掌握騎士團。他們不只要保護學術，還要協調各國糾紛，絕不像你說的那樣把誓言拋下，輕易出賣曾有的堅持！」

「你太容易相信人了。」依莉絲說：「如果他們真有你說的那麼高尚，為什麼你得代替角儀宮，擔任你父王的私人代表和我見面？他想要什麼不能直接開口，需要透過你來討？」

佳佳遲疑了。她該說嗎？雖然多年來不曾待在佳佳身邊，但依莉絲依然是個聰慧敏銳的女人，也許誠實會是當下唯一的選擇。

「那女人的論述還有缺失，你的研究正好能刺進她的弱點，瓦解她的理論。」她說。

「也就是說，你之所以來找我，是為了叫我替你們出力，打擊這個可憐的女人？」依莉絲的胸膛鼓了起來。「你好大的膽子，居然想用我的研究去壓迫其他的學者？我怎麼會生出你這種女兒？如此陰毒、邪惡，算計手腕宛若沼妖？」

「不是這樣的。」佳佳急忙為自己辯護：「我不是要打擊夏美娜的研究，我只是想，如果能藉著這個機會，讓聖白殿重新接納你，那我們就可以……」

她說不下去了。她來到蔚城是為了把母親帶回墨之都，期盼她能在婚禮上給予祝福。可是如今，佳佳在依莉絲眼裡看見的只有恨，沒有半點母親的溫柔。

「請你聽我解釋。」佳佳哀求道：「事情不是表面看起來這樣，如果我們能用你的資料，說不定有機會——」

「我不要你給的機會，我的資料絕不許你使用！我帶進墳墓也好過成為你們這班人的匕首，刺傷那可憐的女人！瑟隆的公主，你好毒的心腸，居然擺出女兒的低姿態，來欺騙我這個孤苦無依的女人。」

「媽媽，求求你，聽我說完！」

「不用了。」依莉絲說：「公主恐怕找錯人了。我是守貞的修女，不能生育任何孩子。今天想必有什麼誤會，我們才會在這裡浪費時間。請你離開，訪客待太久，院長會不高興的。」

她從書箱上站起來，決絕的口氣明示對話結束。佳佳低下頭，難以言喻的挫折壓得她說不出話。她期待了這麼久，計畫了這麼久，最後卻是如此作結。她想像過她們母女會面的各種狀況，卻從來沒想過兩人可能撕破臉，像陌生人一樣瞪著彼此。

「我是一片好意。」她說：「我看過夏美娜的研究，也知道你提出的假說，我向你保證我絕對不是為了打擊她才來這裡。我還會再來，只希望你稍微平靜一點之後，能夠聽我把話說完。」

依莉絲背過身去面對窗外，窗外沒有燈蕈的光圈，四周漆黑一片。

「我還是會嫁給鏑力，不管發生什麼事，或是任何人說了什麼。」她把這句話當作道別，低頭離開依莉絲的房間。靠在門上的安奈嚇了一跳，趕忙後退讓她走出房間。

「發生什麼事了？」安奈問。佳佳不知道該說什麼，拉上門循著剛才的走廊離開。安奈沒有追問，靜靜跟在她身後。走廊的盡頭，鏑力正等著。

佳佳想也不想，快步投入他的懷抱。鏑力摟住她的肩，什麼都沒問。

「談判破裂了。」她說。

安奈嘆氣。鏑力把她抱得更緊一些。

「我們會想出方法的。」他說。

佳佳不想思考，她只想當個沒用的廢物，靜靜流一陣子眼淚。在她的幻想裡，母女重逢從來就不是這番場面。

# 10、噩耗

致佳佳公主：

依莉絲身亡，速回。

墨席尼

*Intermission*

# 間幕
# 屍體與死亡

劊子手割下騎士的頭，淚與汗在他臉上結成薄薄的霜。騎士接受死亡，卻留下心痛給劊子手。

事情不該是這樣的。他們自稱擁有信念，可是看看信念帶他們走向怎樣的末日？

老馬癱在地上嘶嘶哀鳴，牠老了，再也站不起來了。

事情不該是這樣。

該由年輕的騎士騎上他的馬，再次回到喧鬧的世界。年老的劊子手會和老馬一起死在這裡，被光明與世人永遠遺忘。可是死的不是他，至少今天還不是。劊子手走向老馬，握著劍卻下不了手。真諷刺，他殺自己的徒弟和手足殺得又快又狠，如今卻沒辦法給這匹老馬一個痛快。

「老計都，你為騎士團奉獻心力多久了？」他說：「我們都老了，要死了。如果我把你留在這裡，你會怪我嗎？」

老馬對他猛噴鼻息，張大鼻孔把厭惡表露無遺。

「你是對的，我是個下流齷齪的劊子手，根本沒資格決定你的生死。」

劊子手帶著人頭跳上自己的馬，掛在馬兒胸前的燈籠搖晃著，光圈邊緣晃過老馬的臉。地上的無頭屍體躺在血泊裡，胸口上的致命傷染著血紅，不斷湧出鮮血的劍痕脈動漸漸平息。

「我會把你的首級和遺物帶回福波愛蘭。如果這還不能平息四大國的憤怒，也許不久的將來，我們也要隨你跨入腐靈地獄。永別了，老朋友，我會確保你能長眠在陽光普照之處。你是真正的騎士，我們有愧於你。」

劊子手掉頭離去，馬蹄聲逐漸遠離死國。綠光消失之後，只剩點點星光還有微末的喘息聲，老馬低下頭，用鼻子輕輕頂著主人的屍體。四周好安靜，末日之後也許便會是這般死寂。

可是喘息聲愈來愈響，彷彿不甘心的鼓點，砰砰敲出違逆自然法則的節奏。瀕死的老馬撥弄屍體的力道愈來愈大，張大嘴巴呼呼吐氣，烽煙般的白色氣息不斷從牠口鼻裡湧出。牠身上的汗水受熱蒸騰，遠望宛如一座星光下的狼煙塔。

騎士的手指因為搖晃動了一下。

斷首處不再流出鮮血，胸口的劍痕漸漸乾涸，最後密合。灰色的菌絲縮入傷口裡，留下灰色的疤痕作紀念。

騎士的手掌動了。

老馬先伸直兩隻前腳，緊接著後腿一撐站了起來，狂亂的眼睛幾乎認不出原先溫順的脾性。地上的騎士舉高手臂，抓著老馬的韁繩，慢慢把身體從地上拉起。他摸索著老馬的身體，要老馬平靜下來，殘缺的手指四處探索，確認這還是他熟悉的世界。

他沒了雙眼雙耳，被奪走了嘴巴和鼻子，如今他和世界的聯繫，只剩一個脖子上的斷口，還有一雙殘缺的手。

不只如此。

有兩股力量在他體內運作，一個是外來的，一個是天生的。

外來的力量抓住他殘餘的生命，餵養血肉增強成全新的形態。天生的力量正全力彌補他感官的損失，靠著感應物質元素的活動，構築全新的知覺。

力量。

這兩股力量都代表同一件事，他要繼續活下去。

復活。

如果他有嘴和腦，現在會哈哈大笑，還是嚎啕大哭？
騎士不知道，他沒有辦法思考，從現在開始支撐他的是本能，而非意志。
老馬頂頂他的臂彎。沒錯，他還有一個同伴，一同進入死國，接下來還要一起回到活人世界的同伴。
騎士跳上馬背，戰馬人立嘶鳴！
計都的鐵蹄重臨人世。

# 11、復活

不知道過了多久，滴滴答答的滴水聲始終沒有消失。覓奇窩在牆角，抱著膝蓋發抖。今天是無星天，是天上的王子們每過五輪輪替之後，必有一次六王子脫離崗位的日子。這一天通常比其他日子來得更冷，來得黑暗恐怖。

他不是故意的，他不知道為什麼會發生這種事。拿玉裘死了，而且是慘死在他的小窩裡。除了他自己，沒有人知道發生什麼事，連他自己也說不出個所以然。他能想像大王子回到崗位時，大批的警備隊湧入百伶巷，帶著軍刀遍地搜索失蹤的小隊長。等他們找到覓奇，把他從小窩拖出去，拿玉裘的屍體會被發現。他會和爸爸、媽媽一樣，死後連個躺下的土坑都沒有。

更慘的是，他很確定這一次警備隊不會粗心大意，放任他躲在上鎖的箱子裡。

「我不是故意的，我真的什麼都不知道。為什麼你就不能放過我，放過你自己呢？」想到未來，他怕得直流眼淚，不停地囈語。「我不知道為什麼會發生這種事，我不是故意要傷害你，都怪這把劍、都怪你……」

邪惡的隕劍就落在屍體前方，像條噁心的毒蟲。覓奇不敢碰它，手臂和小腿都不敢離開身體超過一個掌距。到底過了多久了？他全身溼透，熱騰騰的尿和汗水混在一起冷卻，黏膩的血沾得到處都是。

如果媽媽看見他這個樣子，會說些什麼？梓柔如果看見他這個樣子，又會說些什麼？他如果這個樣子見到其他人，他又該說些什麼？街上每個細小的動靜，如今聽在他耳中，都彷彿無頭騎士的馬蹄聲，隨時要拖他這個罪人墮入煉獄。

「拜託、拜託、不要帶我走！我真的不是故意的——真的！拜託誰來救救我，我真的不是故意的。如果是夢拜託快點醒吧，這一切都是假的，都是假的，不會有人知道……」

他們會知道的，覓奇很肯定。

他快瘋了。他的掌心能感覺到刑具刺入血肉的觸感，剝皮據說都是從脖子往下，好讓犯人能清醒到最後。他很確定這正在眼前發生。

沒錯，剝皮。

他剛才搗爛的燈蕈，裡面的光液足夠點亮小窩直到大王子離哨。覓奇試過把光液和嘔吐物擦掉，但是最後的成果只是讓自己沾上更多髒東西。光液被他塗得到處都是，他從來沒這麼仔細看過小窩裡的各個角落，清晰得像攤在日顯的陽光下。

他也能看見拿玉裘的屍體。

他一開始還沒意識到發生了什麼事，直到剝皮這個字眼反覆出現，才總算反應過來。

他看見細細的灰色菌絲正從沾滿鮮血和聖水的泥地裡長——不，是爬出來！

那些菌絲像活的一樣，一絲一絲鑽出泥土，將尾端接上拿玉裘的脖子。參差不齊的傷口很快就附上整層平滑的菌絲。菌絲持續成長，根部深入血和泥中，菌傘向前向上延伸，老舊的被新長的蓋過。從覓奇的角度看過去，他能清楚地看見某個形似骨頭的東西正在成形。

那到底是什麼？

宛若回應他的問題一樣，血管組成，原本停歇的血流重新啟動，染紅了新生的菌絲。淺灰、嫩白、透明的菌絲不斷增生分化，組織成各個部位。一條靈活的舌頭就定位，森森白牙帶著血絲刺出牙齦。

如果覓奇剛才沒叫，現在會是很好的時機。

他放聲尖叫，他不知道有沒有其他的反應能比尖叫更合理。他用指甲抓牆，想在石牆上抓出一條路逃出去。

眼珠差點就掉出來了，幾條及時生出的紅線，把圓滾滾的球體拉回正確的位置。腦髓接著出現，像棉花糖一樣盤旋纏繞，再由堅硬的骨片包覆。淺色的皮膚爬上鮮紅的肌肉，點點毛髮從毛孔裡穿出。

拿玉裘的手動了一下，覓奇把拳頭塞進嘴巴裡擋下尖叫聲。發生了什麼事？到底發生了什麼事？拿玉裘復活了嗎？拿玉裘變成屍妖復活了？

不對，絕對不是。

本來是拿玉裘的屍體掙扎著從地上爬起來，那張醜陋的臉絕對不是俊美的拿玉裘。覓奇就算再驚慌個上百倍，也不會把差別這麼大的兩張臉認錯。怪物的方臉上有兩條粗陋的眉毛，大鼻子和闊嘴無不使人聯想起故事裡的食屍鬼。他睜開眼睛，加上隨之擴張的五官，寬闊的方臉被擠得連一絲剩餘的空間都沒有。

屍妖的眼珠正對著覓奇，在強光中他能看見深色的虹膜放大縮小，臉頰和頂上的細毛像刺蝟的針一樣往外張開。屍妖小心翼翼扭扭脖子，最後幾條灰色的菌絲縮回脖子的接縫處，一陣扭動之後，他的脖子看上去渾然天成。如果不是親眼目睹，覓奇絕不會相信這條脖子曾經換了腦袋。

屍妖將手舉到眼前，看著原先屬於拿玉裘的白皙手掌。他動動手指，闊嘴嘲諷似地歪了一下。他拍拍身體，對於身上的血跡毫不在意，只顧著用手探索、確定身體完好無缺。最後，等他確認完畢，無可避免地移動視線，望向覓奇和地上的隕劍。

覓奇倒抽一口涼氣。

屍妖跨步一踩，隕劍向上彈進他手中，劍尖指著覓奇的喉嚨。

「波賽雷內？波衣梅內？」

「回答問題！」

「我說、我說、不要殺我！這裡是鬱光城，是寧國的城市！」

「是寧國不是闐國？現在是哪個皇帝在位？」

「皇帝？現在哪有什麼皇帝？闐國改組議會共和了，寧國只有國王，就連福波愛蘭的眾議王也改回議長了。」

「眾議王卸職了——那咒闍利呢？他們又做了什麼？萬有呢？羯摩呢？」

「我拜託你把刀子拿開一點，我不知道什麼結膜還是孢膜！我從來沒聽說過什麼萬有，拜託不要吃我！」

「你不知道羯摩？」

「我真的一點都不知道。如果我說謊，就讓我和我早死的父母一樣，被無頭騎士拖進煉獄裡。拜託你，我不好吃，不要殺我……」

「你沒有父母？」

「他們都死了。」

沉默。

「現在是幾時了？」

「現在？今天是無星天比較冷一點，老六應該升上天空了。修女說現在不能吃東西——」

「我問的是今年是哪一年。」

「今年？圓合曆一二六年呀。」

「不是帝盛曆。」

「帝盛曆停用都快兩百年囉。」

「兩百年？兩百年？已經過兩百年了？所以他們都死了，我也死了，所有人都死了……」

「你還好嗎？」

「所以羯摩騎士團消失了？你究竟知道些什麼！」

「我說過我不知道什麼騎士團！你抓得我好痛——那些日顯的東西我不知道，我和他們一點關係也沒有，也不想和他們有關係！話說回來，你到底是誰，為什麼會從土裡冒出來？」

「先說你的名字。」

「我是罟覓奇。」

「我是——」

羅睺。

這是覓奇聽過最古怪的名字了。

他也是覓奇見過最古怪的屍妖。

按照傳說寫的，屍妖復活第一件事應該是進食，把這種妖怪喚醒的人就是牠們第一份祭品。可是這個叫羅睺的傢伙，完全不像書裡寫的那種猥瑣噁心的屍妖。他問完問題之後放開覓奇，站在原地靜靜沉思，像尊石雕一樣沉默。對這個從泥地裡長出來的鬼騎士來說，骯髒的小窩似乎不成問題，拿玉裘的碎片對他來說和地板上的碎石塊差不了多少。

他真的很醜，大方臉、招風耳，除了寬闊的前額之外，五官和深色的短毛佔滿了整顆頭。他還穿著警備隊的制服，但是那個身體已經沒有半點地方，能讓覓奇聯想到拿玉裘了。

羅睺突然從沉思中清醒，彎腰搬開覓奇的地磚，徒手開始挖藏書的地洞。

「那是我的——」

「這些都是我的東西。」羅睺就算跪在地上，氣勢依然比窩在牆角的覓奇強。覓奇當下決定閉上嘴巴，靜觀其變。

羅睺挖出泥土中的書本，大圓眼隨即盈滿熱騰騰的淚水。書本上的灰色菌絲不知什麼時候消失了，濃烈的臭氣也不見了，其貌不揚的書封沾滿濕泥巴。羅睺把書捧在手心裡，全身微微發抖，好像隨時都會哭出來。

「那是什麼書呀？」覓奇小心翼翼地問，怕又不小心刺激到他，被屍妖抓著脖子問事情可不好玩。

「夜境的傳奇。」

「神話故事？維利大費周章送出日顯，又害常歌被人抓起來的書，居然只是一本神話故事？這本書在舊書攤還賣不到兩刀幣哩！」

羅睺把書放回地洞，將破裂的石磚蓋回去。

「你說的沒錯。它的主人已經死了，我只是代為保管，如今是該放下了。」

就算有人在他身上砍上一刀，恐怕也沒有辦法換到這麼哀慟的表情。看見屍妖也有這麼人性化的一面，覓奇忍不住想自己是否看錯人，也說錯話了。

他的儀態很怪，很像一個長時間練習，靠著時時警惕鍛鍊，成就出來的壓抑儀態。他這個人應該習慣藏著心事，時時用另外一張臉面對其他人。那本書想必屬於某個他非常在意，甚至是深愛過的人，才有辦法讓他的面具出現裂痕。

「如果你真的需要那本書，拿回去也沒關係。那本書給我惹來夠多麻煩了。」覓奇說。

「你不用道歉。我只是想再看看那本書而已，要道歉，也該是我向你道歉。這裡是你的地方，身為主人的你有資格決定這裡的規矩。」

「你這樣說我會不好——唉唷！」

覓奇痛得把手縮在胸前。他剛才一時忘記用右手抓頭，傷口頓時吃痛。

「你受傷了？」羅睺問。

「只是一點水泡而已。」

「你手上有傷，要快點處理。」羅睺將隕劍收回皮鞘，順手綁在腰際上。「我這一身髒也不能繼續穿在身上。你是在地人，知道有那裡符合我們的需求嗎？」

要他帶路離開小窩，難保不是要在半路把覓奇吃掉。

「我知道一個地方。但是我們得等到老大露臉。現在外面是無星天，出去馬上會被凍死的。」覓奇說：「這一點小傷我可以忍到老大上哨。」

羅睺輕輕哼了一聲，伸出手指指著他。覓奇原先不懂他要做什麼，接著暖意馬上從他的衣服滲出，濕熱的氣息包覆著他，驅散了凍人的寒意。

「這是怎麼一回事？」

「波動魔法。」羅睺說：「永遠有好時機問問題，現在先趁著還有魔力留在你衣服上，快點移動腳步離開這裡。無星天是偷偷摸摸的好時機，要多多把握。」

「你如果不要酸我，我會很樂意接受你的建議。」覓奇非常小聲地說，確保只有自己聽得見。

真奇怪，他居然和一個死而復生的妖怪鬥嘴。更詭異的是，不知道為什麼，被這麼一個從泥地裡長出頭顱，傷心欲絕的屍妖纏上，感覺要比遇上活生生的拿玉裘安心多了。覓奇的腦子一定被魔法弄壞了。

回頭想想這一天發生的事，愈來愈覺得自己闖進了奇幻故事，像作夢一般用別人的眼睛看著這一切。但是像歸像，他手上的水泡和脖子上揮不去的緊繃感，可不是想像出來的。

這一路上，他可得多注意一下自己的小命。

覓奇搜出剩下的燈蕈收藏，帶羅睺爬出小窩。羅睺不費吹灰之力，就推動了巨大的垃圾箱，幫他封好小窩的入口。雖然六王子不在天幕上守著，但是吹過巷弄的冷風還是一下子讓人頭皮收緊，繃得像剛做好的鼓。如果不是衣服上還有一點暖意黏在身上，他的血管說不定會馬上結冰。

只是這種暖意維持不了多久，而且他們兩個都得快點把衣服換掉。否則讓警備隊撞見了，光假冒公務員和違反宵禁這兩條罪，連查都不用查，馬上就能打斷他們雙腿再關進監牢。如果再給他們問出拿玉裘的事，覓奇的小腦袋也要跟著掛在城門外。

他故意挑了一塊顏色比較暗的燈蕈折斷，以免太快暴露行蹤。但即便如此，看見墨綠色的光從燈蕈裡滲出的時候，覓奇的心臟還是緊張得砰砰直跳。他剛才的尖叫，會不會已經把警備隊引來了？

「哪個方向？」羅睺問。冷風對他唯一的影響，也只是讓他的聲音稍稍變僵。覓奇很想好奇他是怎麼辦到的。

「往這邊走。」覓奇指著百伶巷深處說。他的心情糟透了，不知道自己是怎麼扯上這團混亂。為什麼拿玉裘會突然發了瘋要他的命？那本書和隕劍到底有什麼祕密？他看見覓奇拿著隕劍的時候，興奮的眼神像是在嘉年華抽到大獎一樣。

隕劍。

隕劍和覓奇的皮鞘正繫在羅睺的皮帶上，和他整個人的氣質融在一起。也許覓奇想了這麼多問題，其實答案通通都在羅睺的腦子裡。

覓奇得想辦法問出來。

他忍痛用雙手壓著燈蕈，只用非常微弱的光照亮前路，以免百伶巷為數不多的住戶，因為某個機緣湊巧打開防寒板往窗外看。他放輕腳步，也要羅睺照做。雖然穿著皮靴，但是羅睺壓低腳步聲時卻沒有遇上困難，甚至比覓奇做得還好。他以前到底都受過什麼訓練呀？

進翁老娼的舊房子之前，他手心交疊捧著燈蕈，好好地感謝了一下翁老娼，才推開只剩一半的大門。覓奇記得她有很多男朋友，也許死後會留了一點東西在家裡。

走進黑暗的房子裡，覓奇總算敢把燈蕈舉高，深綠色的光圈照亮灰敗的房子。房子裡的家具東倒西歪，櫥櫃抽屜被人開膛剖腹，東西通通翻在外面積灰塵。蟑螂、老鼠急匆匆躲避擴散的光圈，沿著牆角鑽出房子。

覓奇幾乎認不出這個地方了。以前翁老娼總是喜歡窩在絨布貴妃椅上，要覓奇站在旁邊說街上的事，一手捧著糖果罐隨時給他一點甜頭潤喉。覓奇不是很喜歡柑糖菇的味道，但是他喜歡說故事，就算是隨口亂編的，翁老娼也聽得津津有味。

他閉著眼睛，在心裡又道歉了一次。

「你說的東西在這裡？」羅睺等他張開眼睛了才開口問。

「翁老娼都把東西藏在壁櫥裡。」覓奇舉著燈蕈帶路，兩人穿過狹窄的客廳和走廊，找到缺了門的房間。裡面的四柱大床已經垮了，原本掛在窗邊裝飾的窗簾也通通被人扯下。這裡的櫥櫃和外面的抽屜一樣慘，所有值錢的衣物都被搬個精光。好險他們用不到那些漂亮花俏的衣服。

羅睺把傾倒的櫥子翻身，覓奇在最底下的抽屜發現積滿灰塵的黃內衣，還有幾件長了霉點的燈籠褲。撢掉灰塵，這些東西都還算不錯呢！

趁著覓奇東翻西撿的時候，羅睺皺著眉頭拐進房間裡的浴室。

「這裡還有水。」他在浴室裡說：「不過有點黃，管線太舊了。」

覓奇本來想問他期待什麼，但是浴室裡突然冒出蒸氣嚇了他一跳。

「你在做什麼？」

「髒熱水總比髒冷水來得好。」羅睺走出浴室，解開衣領，三兩下就把身上的衣服脫個精光。他還真不怕羞。但說句實話，如果覓奇有這樣高大健壯的身材，他也不會怕羞。如果社交禮儀允許拿玉袞再穿得少一點，他的床一年到頭都會熱得像沸騰的溫泉。

「倒楣透了。」羅睺看著自己的身體罵了一聲。「這娘們的腿比我的手還細，你們這些瘦巴巴的夜境人平時到底都在做什麼？」

覓奇假設他說的手和腿是屬於不同的人，因為在他看來，原先屬於拿玉袞的手腳長得令人忌妒。

羅睺把手伸向覓奇。

「你要做什麼？」一個全裸的男人突然逼近，嚇得覓奇跳得半天高。「不要吃我！」

「你到底把我當成什麼東西了？」

「你不是屍妖嗎？」

羅睺連解釋都懶。他花不到兩次呼吸的時間，就把覓奇身上的髒衣服剝個精光，像拎小狗一樣抓進浴室。他沾濕襯衫，幫覓奇把身上的血汙擦掉，再撕開一件發黃的內衣包紮右手。

「等明天再幫你把水泡解決掉。」他說：「現在我先幫你弄掉其他的東西。」

羅睺伸出左手食指，隔空指著覓奇的脖子，原先捆著他的緊繃感，神奇地慢慢消失了。覓奇傻傻地張大嘴巴，不知道該說什麼。他還以為脖子上的緊繃感是因為緊張，沒想到居然是因為魔法。

「有個混帳凝聚你的脖子，只差一點就毀掉你的聲帶了。我現在把最後殘留的凝聚除去，你就不會呼吸困難了。」

「什麼、什麼是、凝聚？」

「波動魔法的一環，用來緊縮物質粒子。波動魔法這個統稱其實不大精確，其中的內容其實分為波力和凝法，兩者也不全然和波動有關係。」

「是、是喔——」

「去把衣服穿上，你在發抖。」

「好、謝謝……」

覓奇幾乎是逃出浴室。他沒有這種經驗，上次看見他脫光光的人，是死去十年的媽媽。在街頭生活不論男女，長得好看只有一種下場，覓奇很慶幸自己不是其中之一。畢竟誰聽說過有權有勢的人，會對弱小的傢伙沒興趣？這傢伙到底是從哪裡來的？

羅睺跟著走出浴室，覓奇趕緊裝作沒事，拿起衣服往身上套。衣服對他來說都太大了，他勉強找到一件燈籠褲和內衣，再配上一件袖口被撕壞的襯衫。羅睺身上的衣服都太短了，不得不把褲子和襯衫末端的束口割開，好給他的大手大腳通過，露出腳踝和手腕。

「再來只要生把火，把這些東西解決就行了。」羅睺把髒血衣堆在房間中央。「窗戶上有防寒板，應該不會有人看見火光。你去找能燒的東西，我看能不能冒險再來一點魔法。」

「你要生火？」

「沒錯。」

「絕對不行！」覓奇嚇壞了。「要是你把地獄之門打開怎麼辦？」

「什麼？」

「火焰是通往地獄的通道，絕對不能生火！」

「迷信。」羅睺哼了一聲。

「我——」覓奇瞪著他，扁著嘴不知道該說什麼。

「你還是不信任我。」羅睺說。

「如果屍妖能復活，火裡開出地獄之門也沒什麼好驚訝的。」覓奇壯著膽子說。如果不解開疑惑，他沒有辦法安心。「你到底是什東西，為什麼會從我的小窩裡長出來？」

「從你的小窩長出來？」

「你一點都不好奇自己為什麼在這裡嗎？」覓奇問。

「所以是你把我復活的？」羅睺絲毫沒有掩飾的意思。「原來如此，我知道了。沒錯，我死過一次。說得簡單一點，我的怨魂附在書本上。如果我沒記錯，讓我復活的要素有聖靈之水、腐沼之土、新死之軀。很顯然，有人完成了這些條件，把我從巫母的沼澤拉回人間。」

覓奇張開嘴巴，想說些什麼，卻又悽慘地闔上。

「所以，說說看到底發生了什麼事。」羅睺問。

覓奇嘆了口氣，把拿玉裘打算殺他的事，去頭去尾簡單說了一遍。羅睺一邊聽一邊點頭，好像這個故事裡有什麼重要的人生啟示一樣。

「我懂了，聽起來是你在不知情下用隕劍，倒轉了波動魔法。結果他死了，正好成了我復活的材料。」

「為什麼會這樣？」覓奇哭喪著臉問：「我從來沒有用過任何魔法呀！」

「隕劍的材質特殊，除了是騎士的象徵，更是為了對付法師特別打造的。算你運氣好，聽起來這個小混蛋打算用波動魔法煮熟你的腦袋。如果不是隕劍替你擋下攻擊，現在頭炸開的就是你不是他。小混蛋挑錯對手了。」

「我以為法師是路上幫人念咒的江湖術士。」

「你應該多看一點書。」

羅睺把癱倒的床架搬開，清出一小片空地，把破枕頭和床墊拖過去，弄得整個房間都是灰塵和棉絮。覓奇忍不住打了個大噴嚏。

「我看你對這個城市很熟。」羅睺一邊整理一邊說：「我死了兩百年，現在復活了，打算多看看現在的世界。你能做我的嚮導。」

「太好了，如果警備隊要追捕我，我正好也需要保鑣。」覓奇咕噥道：「女神在上，就算遇上了無頭騎士，也不會比現在更慘了。」

「你一直嚷嚷著什麼無頭騎士，那到底是什麼？」羅睺皺起眉頭，不甚愉快地說：「你好像相信很多鄉野迷信。你正處於求學階段的年紀，接觸迷信卻又不求甚解，對腦智成長會有負面影響。」

「無頭騎士才不是迷信。很多人都看過他騎著鬼馬，奔馳在羅布河和霧渺山之間的河谷，獵取死人的屍體，逼他們加入永恆的狩獵。如果活人遇上他，人頭就會成為他的戰利品，身體會像他一樣，永遠成為半死不活的妖怪徘徊在世上。你知道羅布河的河谷在哪嗎？就是我們這個鬱光城郊外！」

「迷信。」羅睺嗤之以鼻。

「你靠著一本書復活了。」覓奇說：「如果你做得到，憑什麼無頭騎士和他的鬼馬不行？」

「我做的事有科學根據。當初我早預料到自己的死亡，所以排下這一步棋，等待日後復活的時機。雖然說冒險了一點，但是如今證明我是對的。」

「那請問你等了兩百年，有等到你說的時機嗎？」覓奇忍不住說：「不要說我嘴賤，只是我看你復活的過程，實在很難跟合適的時機搭上邊。」

羅睺看他的表情，讓覓奇相信這個自稱騎士的怪物正努力克制揍他的衝動。口無遮攔的白痴！要是現在羅睺決定再來一具新死之軀，覓奇這次連隕劍都不在手上，只能直接送上小命了。

「我需要知道更多。」羅睺丟下手上的枕頭，枕頭砰的一聲激起一陣灰塵。「帶我去能知道更多的地方，這個時代一定有很多東西值得我去學習。只要有文字和紙，知識的冷火就永不熄滅。」

「我們讓知識的火繼續燒就好，這些髒衣服丟在這裡讓他爛吧。」

羅睺嘆氣。「你很堅持？」

「你剛逃出巫母的沼澤，我們就別拿地獄冒險了好嗎？反正這些衣服這麼髒，丟在這裡潑點水上去，過不了幾天黴菌就會幫我們處裡掉了。」覓奇順著他的話說：「當作條件交換，你不生火，我就當你的嚮導。」

「怪小孩。」羅睺搖搖頭說：「你堅持就隨便你。佳佳總是說要尊重，有時候我真不知道你們這種迷信的傢伙，到底有什麼值得尊重之處。」

覓奇很想反駁，但是為了小命著想，決定暫時吞忍。

「我們得再等一下。等老大上天空了，我們才能到街上。」

「那還有得等了。」羅睺朝著浴室裡揮了一下手，熱騰騰的蒸氣立刻從浴室裡湧出來，為房間帶來濕氣和暖意。「你睡一下，這棟房子接上的泉脈不太穩定，但我還是能稍微讓房間暖起來。」

「你有辦法做到這個？」覓奇真不知道自己該佩服還是驚慌了。這麼多異鄉人裡，只有少數幾個人知道鬱光城地底下有溫泉水脈，甚至連大多數的居民都對每天接到地熱爐的水一知半解。可是羅睺才不過跟著覓奇走過一條巷子，用了點熱水，居然馬上就發現了。

「水有特殊的味道，很明顯。而且我學過波動魔法，對物質元素本來就很敏感。」羅睺似乎能看穿他的心思。

「你能教我嗎？」覓奇問。

「辦不到。現在去睡覺，否則我就用騎士的方法讓你睡著。」

「什麼是騎士的方法？」

羅睺舉起拳頭。

「我超想睡。」

「所以你到底是誰？」

「我沒回答你是不會放棄了。」

「你知道就好。」

「看見死人復活照常理判斷要驚慌失措，不是巴著他學波動魔法。」

「比起死人復活，我要怕的事情更嚴重。」

「比如？」

「餓肚子，凍死在路邊之類。死人復活不是每天有，老六的霜風可是天天報到。你睡著了嗎？」

「我也餓過肚子，孤兒院裡吃飽的機會不多。」

「你待過孤兒院？」

「每個羯摩騎士都曾是孤兒院的一員。我們在騎士團贊助的孤兒院裡長大，等到成年之後才離開。」

「所以羯摩騎士到底是什麼？」

「他們曾經是一群有信念的人，但後來墮落了。」

「什麼信念？」

「知識，點亮黑夜的火。」

「他們被地獄裡的惡魔吃掉了嗎？」

「他們原先只是學者，但是為了前往世界各個危險的角落，蒐集隱藏在密林、深海、高山上的自然之密，他們練就了一身本事。他們招收學徒，團體日漸成形。」

「你褲子沒穿好，屁股露出來了。」

「可是國家害怕他們；他們害怕學者擁有武力，更怕他們擁有的知識。學者們召開會議，從成軍以來第一次，他們對政治勢力低頭，放棄了原生的國家，和另外一個新生的政權合作。騎士團正式成形，對外發誓要為全世界的學識而戰，讓全世界知道他們的決心和立場。但是在內部，有些人知道騎士團不再純潔，信念已然蒙塵。他們過往的誓言遭人扭曲，墮落的騎士掌權，知識的火成了腐化人心的毒藥。」

「你還好嗎？」

「一切惡事根源於此，騎士團日漸分裂，最後賠上了她的性命。」

「她是誰？」

「她是個公主，是世上最好的人，不該得到這種下場。」

「聽起來有點太通俗了。」

沉默，難得眨眼。

「你剛才沒聽見我說了什麼吧？」

「你該睡了。」

「不要——」

# 12、改變

在噩夢中，覓奇看見沒頭的屍妖追著他。

屍妖揮舞著軍刀，不斷寸寸進逼。他背後的黑夜長出了眼睛，警備隊全副武裝噹噹作響，跟在屍妖後面，跟隨他的指揮追殺覓奇。覓奇拚上全力想逃出一條生路，碼頭邊有船正等著他。可是他腳步一剛跨出去，土地卻突然把他絆倒。回頭一看，堅硬的石磚路不知怎麼成了斷崖，阻絕了他的生路。覓奇往下墜落，不斷往下墜落。有個東西落進他懷中，低頭一看，正是拿玉裘的人頭——

覓奇猛然睜開眼睛，綠色的光照亮羅睺的臉。

「我在哪裡？」

「你在翁夫人的閨房裡。」羅睺闔上手中的簿子。

「你在看什麼？」覓奇瞇著眼睛問。

「翁夫人的家計手札。她是個細心的女性，對自己的支出一絲不苟。只可惜沒有一個匹配她的男性與她作伴。」

「翁老娼如果聽見你這樣稱讚她，大概會樂得再死一次吧。」覓奇咕噥道。他把墊在背後的枕頭推開，好空出空間爬下床。他大概是睡到一半陷進枕頭堆的縫隙才會做惡夢。昨天羅睺不顧他反對，硬要把枕頭堆在床上，自己卻窩在牆角耍帥。愛現鬼，等他發現自己在睡覺的時候凍傷了指頭，還是腰或那裡凍僵斷掉了，覓奇再來看他笑話。

覓奇用床單擦臉，把眼屎和口水去掉。床單都是灰塵，沾到舌頭味道超噁心，不過現下物資短缺，也沒辦法講究了。

他拿下床單時，羅睺皺著眉頭瞪他。

「怎麼了？」

「一個真正的騎士，絕不會在條件許可的時候，放任髒汙侵蝕身心。」

「我們哪來的條件許可啊？」覓奇又問。

羅睺什麼都沒說，彎下腰把身後的小桶子擺到他腳邊。依照覓奇聽見的聲音判斷，裡面有半桶水。

「要幹嘛？」

「今天早上下過雨，我特別幫你留了一點水。正好，我也在頂樓找到了蟻土。」

「你找到什麼？」

「問題暫停，先洗臉。」

「我才不要用冷得半死的雨水洗臉。」覓奇說：「很謝謝你，不過我還想留著我的臉。」

「保持身體清潔是訓練的第一環。如果連個人清潔都不能重視，更罔論心靈的美善。」

「你念完了沒呀？」覓奇故意打了個大呵欠。「我肚子餓了，我們先去吃東西。」

「我念完了。」羅睺左手把水桶往前推，右手將拳頭舉在覓奇面前。「去洗臉。」

「你這句話早講，我們會省下很多時間。」覓奇警戒地瞄了一下羅睺嚴肅的方臉，才接過水桶，鼓起勇氣把臉埋進冷水裡。

一切正如他預料的，冷水冷得像冰塊一樣，感覺不像液體，更像固體直接砸向他的臉。臉一沾濕，他趕緊把頭拔出水桶，痛得尖聲怪叫。

「好冰！」

「再一次，你只把鼻子沾濕而已。」

「如果你要逼我洗臉，至少也先把水弄熱吧？我知道你只要動動手指就能做到，為什麼不肯讓我舒服一點？」

「波動魔法只為正道服務。」

覓奇很確定自己看見羅睺偷笑了。可是等他再定睛看時，騎士站在原地，面目嚴肅像尊石雕。

「再洗一次。」羅睺說。

他不達到目的是不會罷休了。覓奇深吸一口氣，把手伸進水裡，忍受刀割般的痛楚，撈起水潑在臉上。他下死勁用力連潑兩次水在臉上，冰冷的水打溼他的五官。覓奇死閉著眼睛，感覺水沾濕他的鬢髮，抓緊他的毛孔。他向上抬頭，鼻子和臉頰前所未有的緊繃。

「我的臉結冰了嗎？」他閉著眼睛問。

「別傻了。」

覓奇聽見趴擦一聲。他睜開眼睛，羅睺放下左手的剪刀殘片，伸出手指靠近右手上的另一半。魔法在只剩一半的剪刀上跳動，不斷碰出細小的火光。

「這又是哪招？」

「消毒。手過來。」

「我不會再上當了。」

「手過來或者我拳頭過去。」

「這招真的很賤。」覓奇乖乖伸出右手。羅睺小心把他手上的濕布解開，底下的水泡壓了一夜之後形狀變得很怪，顏色也變得紅紅的有點噁心。

「忍著。」

覓奇倒抽一口氣，但是刀尖刺下去的時候並沒有他想像的痛。

「其實沒那麼痛嘛。」他鬆了一口氣說。

羅睺的左手像鐵鉗一樣收緊，覓奇來不及尖叫，炙熱的刀刃便將一大片腐肉割了下來。覓奇張大嘴巴，彎下腰對著地板乾嘔，腦子一片空白，好像所有的知覺都隨那片腐肉落進陳年的灰塵堆。羅睺抓著他的手，以免他摔倒撞破腦袋。

「感覺怎樣？」羅睺問。

「我好像又尿出來了……」覓奇抖著腳，努力想站直身體。

「再換件褲子吧。」羅睺輕鬆地說。他放下刀片，從口袋裡拿出一個小布包，把裡面的黑砂子敷在覓奇的傷口上。

「這是什麼？」覓奇問。

「蟻土。螞蟻築巢用的土含有牠們的毒液，可以預防感染和黴菌。」

覓奇皺縮著臉，努力張開手掌讓他敷藥。

「過幾天就會好一點了。」羅睺沒有拿其他的繃帶，直接用裝蟻土的碎布幫他把手包起來。「如果能找到青虹膏，那就更好了。」

「那不是毒藥嗎？」

「用得好，毒藥也能成為良藥。」

羅睺打好結，總算肯放開覓奇了。他動動手指，卻不敢太用力，生怕把包紮扯壞。

「接下來，該你實現諾言。」

「不管我答應了什麼，在填飽肚子之前，我哪裡都不會去。」覓奇的手還在發抖。

「明智的抉擇，現在的確是早餐時刻了。」

覓奇用左手摸摸下巴。不知道日顯來的屍妖都習慣吃什麼早餐，希望不是人類小孩的手指才好。

令人驚訝的是，雖然羅睺說話囉嗦、站著囉嗦、走路囉嗦，可是對於食物他卻意外地非常隨和。覓奇沒錢，不過拿玉袞的口袋裡倒是剩了不少，夠他們兩個到早市上買一頓好吃的。

覓奇狠下心花十個刀幣買兩個蘑菇捲，再買一碗苔菜雜兩人分著吃。這樣算下來，拿玉袞口袋裡的刀幣還夠他們吃兩頓好料。一個警備隊口袋裡的零錢，居然比他東奔西跑一整天的收穫還多，想想真不是滋味。

「你知道這是我這幾天吃過最好的一餐嗎？真是奇了，一點日顯來的麵粉，就能讓這東西價值翻倍。」他對著羅睺揮著手上的蘑菇捲。「我應該去當警備隊的見習生，而不是像傻瓜一樣窩在地窖裡種草菇。」

「那是你的辛苦完成的結晶，你不該如此貶低。」羅睺說。

「你又知道了？」覓奇反問。

「你睡覺的時候在哭。」

覓奇就知道自己哭出聲音了。都怪那些惡夢，害他一直卡在半睡半醒之間，沒有辦法好好休息。

他抿了一下嘴唇，望著街上來來去去的人潮，不敢看羅睺的眼睛。他們坐在商展街的垃圾箱上，幾步遠的地方就是熱鬧的早市。平時他絕對不敢坐在這麼顯眼的地方，不過今天有人陪在身邊，再加上他實在太餓了，沒有力氣一邊找藏身處一邊應付羅睺的問題。好在羅睺裝扮起來還有七分像夜境人，只要不開口說話，應該就不至於暴露身分。

「我以前從來沒聽過鬱光城。」他奇怪的夥伴說：「如果你說的位置沒錯，這裡兩百年前只是個小村落，叫作搶光村。」

「他們還真是改了一個好名字。」解決了蘑菇捲，覓奇拍拍手站起來。「你第一站想從哪裡開始？」

羅睺想了一下問：「哪裡有書？」

「要找書，雯老頭的文庫書店最多東西了。」

「第一站方向決定了。」

其實覓奇不知道這是不是一個好主意。他故意帶羅睺去雯老頭的店，而不是資夫人的地方是有原因的。資夫人的東西更多更好，但是相對也有很多太太小姐，出入的人太多太雜了。只要哪個女孩子說閒話時候，不小心把他身邊跟了個沒見過的怪人這件事傳出去，再加上拿玉裘追捕他追到失蹤，警備隊隨時都有可能找上門。

不行，凡事小心為妙。

雯老頭的文庫書店擠在商展街的後段，髒髒舊舊的，是難得會在老三升上天空前營業的書店。覓奇帶羅睺走過前半段的商展街，燈柱的淡藍色光圈離彼此愈來愈遠。顯然聖白殿的點燈人，也不喜歡走進這後半段。只是相較於終年黑暗的百伶巷，還能繳錢點上幾盞燈的商展街後段，已經算得上熱鬧了。

覓奇只希望羅睺不要太失望，他們選擇有限，只能來這種小店躲著看書。這個騎士不以為然地擠過店門口，無視雯老頭熱切的招呼聲。覓奇趕緊端出微笑安撫店主，再追上急切的騎士。

相貌粗野的騎士不費吹灰之力，就找到了自然與歷史的櫃位，撢開表面的灰塵，嘰哩咕嚕用不同的語言念出每本書的書名和作者。覓奇拿出自己的燈蕈補強光圈，發現羅睺的眼睛居然能睜得比平時更大，著實嚇了一跳。

書繞著他一本一本攤開，彷彿雨後的蕈傘從書架上蔓生出來。騎士像是瘋了一樣攤開每本書，快速檢閱每本書的內容。愈找下去，他眼裡的光就更加熾熱，嘴裡叨叨念的聲音也愈來愈急。覓奇一開始還能跟上幾個字，但到最後只能勉強聽出音節，完全不懂他的聲音有什麼意義。

「因而得證，如此謬誤觀念雖早已深植人心，但因其科學論證成果，終能導正偏差，重新建構知識體系……」

羅睺放下一本厚書，覓奇只來得及瞥見書封上寫著世界的形狀。

「你知道嗎？」羅睺問。

「知道啥？」

「世界不是聖白殿宣稱的圓頂，而是一個巨大的球體。」

「知道呀，這不是常識嗎？」覓奇聳聳肩，不懂為什麼他要問這個問題。

「那你知道溫泉脈不是火神的血，而是——」

「火山和地下水脈共存，我知道，另外一個常識。我還知道天上那六個輪班的大星星不是什麼死人王子，而是六顆繞著我們天幕跑的石頭球。白癬不是沼澤女妖的詛咒，而是黏白菌寄生引起的皮膚病。」覓奇說：「這些不要說我了，你在路上隨便撿一個小孩子都會回答。怎麼？你來這裡就是要考我常識問答嗎？」

羅睺抖著嘴唇，大眼睛盈滿了淚水。

「你還好嗎？」

「阿萊亟！」覓奇嚇了一大跳；騎士丟下書本，跪在地上仰天大喊。「阿萊亟！」

「阿你個頭啦！你小聲一點，我們會被趕出去的！」

「阿萊亟！佳佳，阿萊亟！」

女神在上，他在哭嗎？覓奇澈底傻眼。這個老囉嗦，還真有辦法給他驚喜。雯老頭詭異的身影再次出現，躲在書櫃後偷瞄他們，害覓奇的耳朵都快燒了起來了。

「阿萊亟……」

「我不管你阿什麼，不過我拜託你小聲一點，要是雯老頭叫警備隊過來，我們兩個就完了！」

「佳佳毗李莎，歐波雷希，提厘斯阿萊亟……」

「你到底什麼是在阿——」

改變。

佳佳公主，如你所願，一切都變了。

羅睺不是亂吼亂叫，他太激動了，激動到直覺使用熟悉的語言，而非寧國話呼喊。

高大的騎士跪在狹小的書櫃之間，膝蓋壓著書櫥邊緣，腳跟壓在屁股下。他摀著嘴巴，手指循著行文的方向滑過去，眼淚沾濕了鬍鬚。恍然大悟的覓奇把燈蕈舉高，好替他照亮更多字紙。氣氛有點尷尬，覓奇為了給自己還有偷看的雯老頭找事情做，又拿出一大塊燈蕈給店主，要他放在店裡的燈台上。

羅睺看書看得如此入迷，好像整個世界都暫停了，只剩下他和他的書。覓奇踮高腳尖，把燈蕈放在頭上的吊燈上，蹲到旁邊自己抽了一本自然圖集來看。他得好好想想怎麼重新打造他的新園地，翁老娼的房子不錯，只可惜沒有地下室，沒有泥土能種東西。百伶巷雖然還有好些空房子，但他可不想應付隨時上門突襲檢查的屋主。

問題太多了，鬧得他沒辦法專心閱讀。羅睺不知道什麼時候才要放下書本，他光是蹲一下腳就痠了，沉浸在閱讀中的騎士卻好像打算跪到世界末日一樣堅定。

等覓奇腳麻了又好，好了又麻整整三次之後，羅睺才終於放下手上的書——暴風洋氣候概論——站起身，從書蟲換回騎士的儀態。

「要走了？拜託好心幫忙一下，喔！」

羅睺抓住他的上臂，也不顧覓奇腳麻得難受，一把將他的身體拉直。覓奇倒抽一口寒氣，把背貼在書櫥上，麻到不得動彈。

「下次我們可以找椅子坐著，而不是跪在這裡。」覓奇說。

「我懂你的意思。我的腳也麻了，跪在這裡是個笨點子。」

覓奇瞥了羅睺鐵桿般的雙腳一眼，強烈懷疑他是故意裝傻。

「你到底看見了什麼呀？你一直在喊的佳佳又是誰呀？」覓奇問：「雖然我知道你的情緒不穩，只是你剛那一下也太誇張了。」

「她只是個老朋友。」

他暗示得夠清楚了，覓奇摸摸鼻子沒再多問。

「抱歉，看見兩百年來世界變動如斯，我一時失態了。」

「你想買書嗎？我們剩的錢不多，不過如果你想要，我還是能幫你騙到一點折扣。」覓奇拍拍口袋說。

「騎士光明磊落，行騙是下下之策。」

「所以你到底要不要買書？」

「不用，我都看過了，這些書不過是把我知道的東西換個語言寫出來而已。如果要找更深奧的讀物，應該有更好的選擇。」

「也好，反正我也不想為這裡的書餓肚子。」覓奇決定不告訴他賀家的收藏有多壯觀。賀伯和他一家大小雖然不看書，但是他有很多錢買書，買來的量多到能用書脊當舞廳的壁紙。對於賀伯的揮霍，覓奇沒有怨言，畢竟受惠的人是他。

兩人踮起腳尖，偷偷從打瞌睡的雯老頭面前溜出去。覓奇順手把櫃檯上的燈蕈摸走，雖然不比他原先的大塊，表面也乾乾的感覺沒剩多少光液在裡面，不過不無小補。

天幕上不知不覺間，已經換上了三王子當值了。

「真的假的？」覓奇說：「我們居然看書看了一整哨的時間？」

「光陰飛逝，閱讀的瞬間更是如此。」羅睺嘆氣。「接下來，又是煩惱三餐的時候了。」

「我沒想到高貴的騎士也會說這種話。」

「騎士靠雙手拿劍，乞食也是兩隻手。」羅睺大步往前走，覓奇加快腳步追上他。

「要找什麼工作你有譜嗎？」

「我不唱歌，樂器也只會簡單的哨笛，樂譜對我沒用。」

照這回答看來，如果要騎士去偷去騙，覓奇倒不如先把自己賣給警備隊比較快。他抓抓頭，決定換個方式問。「你做過哪種工作？」

「我在貨船上當過水手和搬運工。」

「可是碼頭邊幾乎都是賣貨郎的船，上去之後我們就得跟著去日顯了。」

「正好，我也想回福波愛蘭看看。」

「不行！」覓奇趕忙阻止他繼續往前走。「要是去了福波愛蘭，我就、我就……」

「你就？」

就再也見不到梓柔了。

「我們會死在暴風洋上！」覓奇喊道：「所有人都知道海洋很危險。無數的風暴在海面上奔馳，隨暴風女神對抗炙魔神的軍隊。如果凡人踏進她的戰場，下場只有躺在汪洋之下，屍骨永世隨海水漂流。」

「你有時候很聰明，有時候又無知到讓人嘆氣。」騎士繼續往前走。「只要不靠近極圈，暴風洋其實沒那麼危險。福波愛蘭的學者早在一百——不，是三百年前，就算出界海上的風暴規律。只要遵循曆法的指引，任何一艘船都能平安度過界海。」

「那警備隊怎麼辦？他們會檢查每個出海的人。」

「夜境的海關兩百年前就是個笑話，現在能好到哪裡去？」羅睺嘲諷道：「海關檢查是針對攜帶鉅款珍貨的商人，或形跡可疑的間諜分子。骯髒的碼頭工人就算滿頭金髮也不會有人多看一眼。」

女神詛咒教這些騎士說話的人，覓奇有話辯到無言了。

「我不想去日顯。」他說。

「我聽得出來。」

「日顯有什麼好的？」覓奇質問：「那裡的人只吃麥和米，每個人都長得像野獸，活像書裡畫的猩猩。他們的女人都醜死了！頭髮是薑黃色的，皮膚黑得像山裡挖出來的煤炭。永日會在他們變老時燒壞他們的眼睛，瘟疫和猛獸橫行在他們的國土上，永無寧靜的一日。」

「我能保證，日顯絕對不像你說的那樣，永無寧靜的一日。而咒闍利的美女，會讓你恨不得多生四雙眼睛把她看個夠。」

「所以我們不要去。待在夜境裡，沒有受詛咒的陽光，你還能教我怎麼種出蘑菇。」覓奇並不打算聽他反駁。「我們可以把百伶巷的地下室都改建成我們的農圃，就像賀老爺做的那樣。先有一大片土地，再找出適合的菌種，只要順利繁殖成功，所有人永遠都不會挨餓了！你能幫我們完成夢想，所以不要去日顯！」

覓奇愈說愈興奮。羅睺懂這麼多事，其中一定有幾項和種出食物有關。他們能躲在地下作業，等警備隊追查拿玉袞的風頭過了，再把阿峰、阿旗、還有其他街頭的孩子一起找來幫忙。等他存夠了錢，就能帶著事業和名聲，到白牆院去……

覓奇不懂為什麼羅睺用那種奇怪的目光看著他。那是憐憫嗎？

「你真的無知得令人驚訝。」羅睺說。

「你這是什麼意思？」覓奇鼓起胸膛，擋在羅睺的腳步前。「說清楚，否則我絕對不讓你通過。」

「對看不清事實的人述說真理，好比對牛彈琴。」

「你說我是牛嗎？」

「不，你是被困在陷阱裡的老鼠，惶惶不知終日。」

覓奇一拳往他胯下揮過去，騎士一個閃身，輕鬆接下攻擊。只見羅睺身體一側，在覓奇反應之前已經抓住了他的手腕，將他的手反折到背後。

「啊——」

「以小博大時，這招很有效，但是你的速度得比對手還快。」

「嗚……」

「我放手後，你好好聽我說話。」

「好。」

羅睺放開手，他立刻轉身撲向騎士，正好撞上騎士擋在胸前的手肘。覓奇眼前一黑，摀著鼻子跪在地上。

「你應該確定我毫無防備之後再出手。」

覓奇沒有辦法回答，他痛到說不出話。

「靜下心，聽我說話。」

「覓奇！」

一聲悶響忽地傳來，覓奇抬頭望上去，阿峰整個人掛到羅睺的手臂上，舉著拐杖往他頭上猛敲。羅睺左手勾住阿峰，右手卻舉在一邊不知該如何是好。阿旗跑到他身邊，抓著覓奇的手臂幫他站起來。

「帶覓奇走，我處理這個流氓！」阿峰大吼。阿旗搖搖頭，掄起拳頭要上前助陣。

「等等！」覓奇趕緊攔住他，揮著雙手要所有人冷靜。「等等、等等，這是誤會，你們通通助手！」

「誤會？」阿峰舉著拐杖，眨眨眼像個傻瓜一樣愣在原地。

「是啦，不要再打了。」要是惹惱羅睺就糗了。這個騎士的脾氣不大穩定，如果打算大開殺戒的話，覓奇可不覺得自己攔得住他。

「他是誰？你認識他？」阿峰抓著羅睺問。這幕真的很好笑，因為就覓奇看過去，被抓住的人其實是阿峰才對。羅睺瞇著眼睛，單手撐著阿峰歪歪扭扭的站姿，來回打量三人。

「我欠他錢，想要跑路才會和他吵起來。」覓奇說。
「你欠他錢？他威脅你嗎？」
「沒有啦，我昨天要買東西，忘了帶錢，結果——」
「你去買什麼要向他借錢？」阿峰絲毫不肯放棄。「這個人逼你買了什麼？」
「蘑菇捲和雜苔菜。」羅睺冷冷地說：「這臭小子偷東西被人抓到了。如果不是我借他錢了事，現在他已經被吊在夜市的燈柱上了。」
「真的嗎？」阿峰問。
「真的啦。」覓奇的臉像火燒一樣燙。可惡的騎士，剛才還說什麼偷搶拐騙不好，結果自己撒起謊來臉不紅氣不喘，害他找不到台階下。阿峰慢慢放下拐杖，羅睺伸手扶他，以免他腳滑跌倒。阿峰沒預料到有人會伸手幫忙，頓時愣了一下。
「哦……謝謝。」
「覓奇的朋友就是我的朋友。」羅睺扶著阿峰，慢慢把他交還給阿旗。
「你是從哪裡來的？」阿峰站穩之後說：「我沒見過你，也沒聽覓奇提過你。」
「我是闐國人，跟著賣貨郎的船當搬運工。我偶爾來鬱光城的時候，會來找一下覓奇。他之前幫我解決過一點語言隔閡的問題，是個好朋友。」羅睺說：「我還沒自我介紹呢，你可以叫我——」
「老囉嗦。」
三個人不約而同把視線投向覓奇。兩個疑惑，一個不爽。
「老囉嗦？」阿峰說。
覓奇聳聳肩說：「他的名字用寧國話念起來就是這樣。闐國腔你們也知道怎麼回事，又長又黏，舌頭貼在上顎拔都拔不下來。你們可以跟我一起叫他綽號，不然要是把人家的名字念錯了很不禮貌。」

「老囉嗦？」阿峰又問了一次，目光偷偷瞥向羅睺。

「沒錯，他都習慣這樣叫我。」羅睺繃著臉說：「我不是很喜歡，以一個欠人錢的小鬼頭來說，他對禮貌重視過頭了。」

「哈哈，我懂你的意思。之前他跟我們借了一件背心擋雨，從來沒聽他說要還過。」阿峰說；介紹他們認識是天大的錯誤。

「我們可以不要再講這些糗事了嗎？」覓奇說：「現在是上工時間，為什麼你們兩個會跑到這裡來？不用去農圃嗎？」

「今天休工一天，賀老闆讓我們輪班出來參觀。」阿峰說。

「參觀什麼？」覓奇問。

「你不知道嗎？」

「我又該知道什麼？」

「你躲在百伶巷太久了。昨天老五下哨之前，警備隊跑遍全城公告消息。」阿峰壓低聲音說：「他們抓到非法偷渡違禁品的壞傢伙，昨天宣判死刑了。」

覓奇的心一下子揪了起來。

「砍頭？你是故意嚇我的吧？」他試著微笑，裝出不在乎的樣子。

「是真的。我和阿旗正要去廣場那邊，他們說四王子上哨時才要行刑。現在過去，犯人遊街示眾應該結束了，正好聽護法官宣判。」

覓奇手腳發冷。違禁品？如果昨天拿玉袞沒有死掉，那現在他也會被警備隊拖著遊街嗎？

「老囉嗦先生，你說你是跟著賣貨郎來的，要一起去看看嗎？」阿峰問。

「謝謝你的邀請，不過我急著找新東家，賺錢搭船回闐國。比起看別人掉腦袋，我得說這件事重要多了。」羅睺把手搭在覓奇肩膀上，微冷的掌心穩穩抓住他。「寧國太多死刑，每次來都要看人掉腦袋，我已經看膩了。」

「是嗎？真可惜，畢竟不是每天都有賣貨郎掉腦袋。聽說是警備隊追上河道，在白領口攔截到的罪犯呢！」

日顯人、賣貨郎，這兩個字眼穿過覓奇的腦袋，像針一樣刺痛他。

「我想我該跟你們過去看看。」覓奇說。

「真的？我知道你不喜歡行刑，不想去不要勉強。」阿峰的聲音聽起來好模糊，覓奇回答的時候得用上全身的力氣克制自己，才不至於發抖。

「我是不喜歡，可是我想去。我常和賣貨郎打交道，至少要知道出事的是哪款貨色，以免之後玩火上身。」他說。

「這麼說也沒錯。」阿峰和阿旗一起點頭表示肯定。「你是我們的重要成員，可不能出事了。那你就跟我們一起吧。老囉嗦先生呢？」

「覓奇去哪裡，我就跟到哪裡。他是我在寧國的嚮導，我全指望他了。」

「那我們走吧——請往這邊。」

阿峰人跟在羅睺身邊，說話都不自覺彆扭起來了。如果覓奇沒有那麼緊張，說不定會覺得很好笑。羅睺緊跟在他身旁，沒說話，但也沒有遠離。對覓奇來說，目前為止這樣就夠了。

只是他不知道待會需不需要更多。

# 13、恐懼

梓柔在房間裡繞了好久，才總算下定決心，把多出來的四套內衣塞到衣櫥後方。

她很不安，總覺得哪裡不對勁，卻又說不出個所以然。

賈太太說的那些話、拿玉裘說的那些話、父親和拿伯的對話，她隱約警覺某些她不曾看過，也不曾想像過的事正在發生。這些是行之有年了，多到其他人渾然未覺的毒物。某件事發生了，而且以前發生過，現在只是重演。

她一直到今天都不太敢靠近對箱子狀的東西。

她永遠記得那天打開箱子時撲鼻而來的臭氣。綠光照亮箱子裡的人形怪物，一個渾身沾滿深色穢物，有手有腳的畸形怪胎。怪胎的眼睛緊緊閉上，把手舉在頭上，雙腳蜷曲在衣箱底部。

梓柔嚇壞了，過了好一段時間，才聽見怪胎用覓奇的聲音不停地低聲求饒。

她有時候會想，就是從那天開始，她和覓奇才漸行漸遠。

他們曾經是最好的朋友，可是那一天改變了所有的事。

她被禁足了，覓奇消失了。等再次碰面時，梓柔幾乎認不出那個老練油滑的腔調。他和一群街童混在一起，全身穿得破破爛爛，像個沒人愛的小流氓。

他到底是怎麼了？

而她又是怎麼了？

想著他一點用也沒有，梓柔要結婚了，和覓奇的交情就和賈太太一樣。有個可靠的街頭小販能信任，總比裝清高，緊要關頭找不到人買東西來得好。梓柔相信有備無患，為了一個有備無患的朋友，窩在房間裡擔心受怕太蠢了。況且，她也沒有任何證據，能夠證明覓奇和違法的賣貨郎混在一起。

梓柔坐在床上深呼吸。沒做什麼不對的事，她不需要緊張。

她偷了一罐聖水。

聖水，沒錯，她偷了聖水。

梓柔的手指緊緊揪著燈籠褲，幾乎要把褲子的縫線撕開了。

如果覓奇被追到的時候，身上還帶著那罐聖水該怎麼辦？聖水不是人人都有，只要警備隊通知修道院，他們很快就會找出聖水可能是從那些人手上流出。到時候賀家將會成為搜查的目標之一，爸爸的生意會遭到挫敗，說不定還會連累拿伯一家，甚至她的婚事都會因此砸鍋。

梓柔不敢再想下去了。

她只想著要安撫覓奇，想快點和他撇清關係，她只是……

她到底想怎樣？

她自己也糊塗了。她原本以為只是無傷大雅的噁心東西，很可能是賈太太口中的違禁品，會害人身首分離的可怕邪書。她原本以為只要和覓奇完成交易，就能和他劃清界線，可是和賈太太說過話後，卻又不住地想起他，替他擔心。

又或者，她其實是擔心自己？

梓柔覺得自己好卑劣，覓奇有可能送掉一條小命，她卻只想著自己。

拿玉裘送她到賈太太家的時候，一定也看出她心神不寧，才會說出那種話。

「你放心去買東西。不管是什麼煩著你，我都會幫你處裡掉。別急著說謝謝，我要成為你的丈夫，不管是什麼阻礙我們的婚姻，我都會親手解決。」

如果不是已經把聖水帶在身上了，梓柔說不定也沒有膽子藉口離開，跑回百伶巷找覓奇了。如今，她已經不再確定這麼做是否明智。拿玉裘是否因此知道了什麼？或者他早就懷疑梓柔了？

「梓柔？」

梓柔嚇得跳起來，抓起被單的一角往角落躲。

「你一個人躲在房裡做什麼？」是賀夫人，她的大臉不像平時一樣紅潤。

「沒事，只是有點心神不寧而已。」梓柔勉強擠出微笑。「怎麼了嗎？」

「要出嫁了，自己知道一點分寸，不要整天和妹妹打打鬧鬧。」賀夫人說：「到客廳去，拿伯來了，有事情要問你。」

「拿伯？玉裘大哥來了嗎？」

「快去客廳，不要讓客人久等了。」賀夫人說。

不祥的預感在她心中昇起，鬱悶的壓力再次纏上她的神經。梓柔抓下衣架上的裙子草草綁在腰際，戴上手套、拍拍頭髮走向客廳和客人會面。她希望自己看起來夠堅強自信，不會露出任何馬腳。

爸爸也在客廳裡陪著客人。梓柔走進客廳第一眼，看見拿威全和拿玉裘相似到令人心驚的臉孔暴露在光圈下。如果不是那道橫過左臉的疤痕和歪曲的鼻子，他幾乎和拿玉裘一模一樣。拿威全穿著警備隊的鮮藍制服，這趟顯然不是友善的私人拜訪。

「梓柔，你見過拿伯了。」

「總算出現了。」拿威全說。

「拿威全你這句話是什麼意思？我說過了，梓柔不可能知道什麼。她昨天去了賈太太的店裡，你們也拿到那個老女人的證詞，還需要訊問我女兒嗎？」賀維新立刻說。

「訊問？」梓柔頓時一陣暈。「爸爸，我做錯了什麼嗎？」

「沒事的，梓柔，拿伯只是來了解一下情形。」賀維新說。

「什麼情形？」梓柔問

「有很多種，端看賀小姐怎麼回答我。」拿威全的口氣如果有絲毫溫情，梓柔也感覺不到。光聽他說話的語調，就足以使任何稍有心虛的人跳窗逃跑。

梓柔伸手抓住爸爸，手心不住地發汗。「出了什麼事嗎？」

「今天早上，玉裘沒向單位報到。這是他上任以來第一次，棄小隊長的職責於不顧，延誤早晨報到時間。鑑於他正負責追查高敏感案件，警備隊的人事處立刻查詢昨天晚上的崗哨和任務表。結果在拿玉裘昨天申請提早離哨，外出追查案件的文件上，我們找到兩個關鍵的名字。」

「什麼名字？」梓柔追問道。

「賀梓柔，罟覓奇。」

「我女兒和這件事無關！」賀維新大聲說：「他也有可能是為了陪梓柔到商展街去，才會溜班離開警備隊。你們無憑無據，休想栽贓給我女兒！」

「我們沒說梓柔是兇手，只是要釐清事情的始末而已。況且話說回頭，她有什麼理由對玉裘不利？」

話雖如此，但拿威全的口氣可不全然是和藹可親的長輩。梓柔聽得出來，如果拿玉裘出事了，這個磨刀霍霍的父親將會用盡手段，對付所有牽扯在內的嫌疑犯。

「你們問吧，如果我知道什麼，我一定會老實回答。」梓柔說。

「很好，你很配合。」

梓柔不知道這麼做是加分還是扣分。不管她怎麼努力，就是看不懂拿威全詭異的表情。

「告訴我，你昨天去了哪裡？」他問。

「我去了賈太太的店裡。」梓柔說。

拿威全盯著她的眼睛。「我們重來一次。昨天你什麼時候離開家門？什麼時候抵達這個賈太太的店？這家店在哪裡、賣些什麼？一項一項回答仔細。」

「我昨天約莫三王子準備下哨時離開家門，等我到了商展街賈太太的店，已經是四王子當值了。我常和媽媽一起去賈太太的店，她專門用手工做女孩子的衣服——貼身的衣服。」

「有誰陪你去？你什麼時候回家？」

「原本是女僕陪我出門，後來在路上遇見玉裘大哥，就換成他送我過去。我和小青分開前約好時間，要她在五王子上哨時接我回家。」

「玉裘沒有陪你到最後？」

「沒有。玉裘大哥送我到商展街之後，說還有公務就先離開了。」

「所以你在賈太太的店，待了將近一整哨的時間？這途中都沒有離開，或是見到其他人？」

梓柔舔了舔嘴唇。「沒有，只有我和賈太太。她認識我，知道我是為了婚禮採買，特別空出一整哨的時間為我介紹商品。」

「我瞭解了。」

他又開始點頭了。他每點一次頭，都讓纏繞梓柔的寒意更加沉重，彷彿一個套索綁著她的脖子，慢慢跟著拿威全的暗號收緊。

「你認識罟覓奇嗎？」

「不認識。」梓柔知道自己說得太快了，趕忙繼續接下去。「我的意思是，不太認識。他是以前的鄰居，自從搬進白牆院之後，我幾乎沒見過他了。」

「所以，你也不知道有人稱他為鬱光城的鼠輩？」

「有這回事？真是奇怪的綽號。」

「老鼠是世界上最可惡的動物。牠們破壞作物、四處偷竊，也是第一個背棄女神，將鼻子探入陽光底下的惡種。女神讓陽光燒毀牠的毛皮以為警惕，從此鼠輩只能披著一身悽慘的灰毛過日子。」

拿威全嘆了口氣。

「沒人想淪落到這個地步，你說沒錯吧，梓柔？」

「當然。」梓柔點頭附和。

「所以，你跟這個鬱光城的鼠輩沒有聯繫？」

「我記不清了。說不定在街上巧遇，他會不顧禮節跟我打招呼，以為能攀到關係，但我從來沒放在心上。」梓柔說的是事實，沒必要害怕。

「聽起來有點絕情。」拿威全說。

「我知道分寸。」梓柔握緊父親的手，即使隔著手套她也能感覺父親緊繃的情緒。

「那我請問一下，當你離開百伶巷的時候——」

「我昨天沒去過百伶巷。」

「我沒有說是昨天。」拿威全說：「不過既然你提起了，請問一下你昨天是否去過百伶巷呢？或者曾經在任何時候，背著你的雙親前往百伶巷，或和任何人見過面？」

梓柔站了起來。「我不懂這種羞辱是從哪裡來的。我沒有背著爸爸、媽媽做過任何事，和上不了檯面的人見面。我不想回答這些問題，只想知道玉裘大哥到底怎麼了，你們到底發現了什麼？」

梓柔讓父親抓著自己的手，卻沒有向後退卻。覓奇教過她，遇上兇惡的野狗，進退無路的時候只能往前進。如果你露出任何恐懼的跡象，惡狗會把你當街生吞。

「玉裘大哥人在哪裡？」她問。拿威全看著她好一陣子，伸出右手打了個響指。一個站在光圈外的警備隊隊員走上來，打開背上的包裹。包裹裡有一件制服沾滿了鮮血，還有各種梓柔認不出，也不敢細辨的髒汙。

「這是什麼？」她問。

「玉裘一延誤報到時間，警備隊便立刻出動搜查人員。我們的尋血獵犬沒有花多少時間，就找到百伶巷一座廢棄的空屋，並在裡面發現了這件血衣。據信，空屋原本的主人，是個從事皮肉交易的私家娼。」

「私家娼？」梓柔大驚失色。「你是說玉裘大哥出入不檢點的場合嗎？」

「我們認為更合理的答案，是他為了追查罟覓奇進入百伶巷，卻遭罟覓奇暗算，最後留下這件血衣。罟覓奇出沒的地盤和空屋非常接近，也有不少線人證實，罟覓奇近來時常出入焚香街，並和許多身分敏感的日顯分子有所接觸。」

梓柔腳步一軟，放開父親的手往身旁的貴妃椅撲上去，陷進柔軟的椅墊裡。

覓奇是殺害他夫婿的兇手？那個活潑愛笑，費盡心思送她結婚禮物的覓奇？難道覓奇種種示好，都只是為了接近她，好除掉情敵嗎？

「他的雙親也是犯罪分子，他有這種舉動也是可以想像。只可惜我們手上的證據還不夠多，罟覓奇的下落也尚在追查中。如果小姐有想起任何事，請一定要通知我。」拿威全揮揮手，他的手下收起血衣。「抱歉我們不能久待。今天有處刑，我得去現場安排人手。要處死日顯人，說不定罟覓奇也會出現。維新，你也要出席吧？」

突然被點名的賀維新趕緊跟著點頭。「我們家一定會出席。可以見證警備隊替鬱光城和領主大人除去害蟲，這是無上的光榮。」

「如果真是這樣就太好了。只可惜問題是，我能信任你們嗎？」拿威全問：「我原本以為這是一樁完美的親事，誰知道你們居然和犯罪分子有過瓜葛。」

「拿威全，那只是一個鄰居呀！」賀維新說：「我幾乎不認識他，更別說和他交際！如果只是這一點關係，就要定我們的罪，那整條百伶巷都該用烈火送進地獄裡了！」

「賣內衣的老太婆說你女兒不是從頭到尾待在店裡。」

「這是真的嗎？」賀維新跳上前抓起女兒的手。「他說的是真的嗎？」

「不是這樣的！」梓柔大喊：「不是你們想的那樣！那個時候我已經和玉裘大哥分開了，我根本不知道發生了什麼事。」

「你去了哪裡？快說！」

「我只是、只是……」梓柔說不出口。她編不出一套能讓自己安然脫身的謊，如果覓奇在的話，他一定能找出方法——腐海中沉睡的巫母呀！覓奇不能解決問題，他只會帶來麻煩而已！

「不要逼她。」拿威全說：「看來你的女兒也不是完全誠實。問出她偷溜去做了什麼，我們等到那個時候再談。不要說我沒警告過你，領主大人對百伶巷非常敏感，這次的事件如果傳到他耳裡，連我也不敢擔保任何事。」

噁心的酸味湧上梓柔的嘴，她緊張到想吐。拿威全不等僕人帶路逕自走出客廳，警備隊的人馬列隊跟在他身後離開。賀維新放開梓柔的手，顛顛倒倒走向客廳門口，大喊碧琪的名字。

「快幫小姐和夫人準備，我們要出門去看行刑！」他對趕來的總管說：「所有人都會到，我們也不能缺席。快給他們準備衣服，不能太花俏也不能太樸素，維持一切正常知道嗎？不能讓任何人看出一點異狀，我們還是護法官未來的親家！」

碧琪用力點頭，走進客廳牽起梓柔的手，扶著她離開。

沒有什麼是正常的，梓柔腦子裡突然出現這句話。就連美輪美奐的白牆院，都有可能瞬間成為宣告噩耗的死刑場。梓柔咬著指關節，在心中一次又一次道歉。都是她，是她害了全家，是她和不檢點的人混在一起，是她害死了玉裘大哥……

還有罟覓奇，都是他害的，都是他！

當史諾的屍體送進哈勒時，佛斯往前撲去，墨席尼趕忙擋住他。

「都是你！都是你害的！如果不是你堅持要來，這一切也不會發生了！」他大聲哭喊，胡亂揮舞的拳頭拳打在墨席尼身上。嚴肅的騎士沒有抱怨，眼底含著淚光堅定地把佛斯安置在一張椅子上。除了負責儀式的人之外，日顯人都不能擅動親屬的屍體，但是看見佛斯這麼痛苦，佳佳寧可讓他撲上去抱著屍體把眼淚哭乾。

他一定很難過。兩兄弟一起成長，一起加入騎士團，可是最後的結局卻是悲慘的永別。佳佳靠在鏑力身上，忍不住跟著哭了起來，臉色蒼白的鏑力摟著她，臉上掛著兩行熱淚。

「不該是這樣的……」他喃喃唸道。佳佳說不出話，只能把他抱得更緊。

這像一場不搭調的戲。所有人都穿著騎士制服，除了躺在地上的死者。老庫翰雙手抱胸，靠著抓緊手臂抑制情緒。他的學生馬奇站在陰影中，灰敗的臉比死者還難看。他是帶回壞消息的人，佳佳聽說如果不是墨席尼攔住他，他說不定已經當街拔劍自殺謝罪了。

如果他現在這麼做，可沒有人攔得住他。唯一還能保持冷靜的墨席尼正忙著安頓發狂的佛斯，其他人悲憤難當。蘇羅跟在安奈身邊，離雙眼血紅的騎士們遠遠的。

「錯了，一切都錯了。」

「怎麼了？」

「我該到前面去。」鏑力把佳佳推開。「我得對他表達一點意思。」

「做你們該做的事吧。」佳佳點頭表示諒解。鏑力對著蘇羅招手，師徒走向躺在餐桌上的史諾。佳佳把安奈叫回身邊，掏出隨身的印信，靠在吧台上草草寫了一張短信給惶惶不安的旅社老闆。

「給他們一點私人時間，把我的信拿去給蔚城的財政官，他會補償你的損失。記住，完全的隱私，在結束之前除非有人召喚，否則不許任何人打擾他們。」

哈勒旅社的老闆也許不善經營旅店，但是陰沉的威脅倒是聽得很清楚。他接過短信，連看也不看就匆匆離開大廳，要所有人出來幫忙封鎖門窗。佳佳帶著安奈上二樓，一直走到樓梯的盡頭，都還聽得見佛斯的哭嚎。還有一絲陽光透過窗戶，但也撐不了多久了。

「有什麼事情我們不知道。」佳佳猛然轉身，差點把安奈撞下階梯。「否則不可能這麼巧。我們才見到依莉絲，接著她馬上自殺身亡。有人知道我們關心依莉絲的生死，甚至知道史諾暗中保護她。」

「不只是騎士們，還有你。」臉色慘白的安奈絞著手說：「我們可能在墨之都的時候，就被人盯上了。」

「我們太快放鬆警戒，太快讓羯摩騎士和我自己曝光了。」

「可是為什麼？」安奈問：「我們已經準備要離開了，依莉絲會繼續待在修道院，一切又會回到從前的樣子。如果那些人以前不殺依莉絲，為什麼現在要急著動手？」

「不，事情不同了。」

佳佳用手按著太陽穴，感覺脈搏正砰砰跳動。這些想法從依莉絲的死訊傳來後開始在她腦中醞釀，見到史諾的死，更確認了她的猜測。

「有人不希望我們見面。有人害怕我和依莉絲見面，會威脅到某件我們不知道的事，或某個非常重要的人。」

「但會是誰？」安奈說：「我們有這麼多敵人，哪個會忍不住出手？」

「我不知道。」

沮喪的瑟隆佳佳推開房門，走進門廳扶著桌子慢慢坐下。安奈跟在她後面，熟練地拿來水壺，找出披肩幫她披上。門廳裡幾乎沒有光線了，安奈刺破燈台上的燈蕈，讓綠色的光補足陽光原先的位置。

「我們到底做錯了什麼？」佳佳自言自語說：「難道追尋知識也是一種錯誤嗎？」

「不要再想了，你知道你難過的時候就容易衝動。」安奈說：「現在最重要的是你的安全。已經死一個騎士了，我看我們最好快點回牙門山別墅。」

她的任務變得太危險，不能再執行下去了。安奈在門廳和房間兩邊亂跑，拖著衣箱把東西胡亂往裡面塞。佳佳把雙手縮在胸前，緊緊閉著眼睛，不想面對這一切。即使她不主動放棄，過不了多久，國王的使者也會來到蔚城，把她這個公主接回夜境深處。她會回到墨之都，繼續她中斷的研究，鏑力會陪在她身邊，接著……

「我們得快點準備上路。」鏑力連句招呼都沒打，就打開房門走了進來。「要非常快。蔚城不安全，下手的人顯然不在乎對方是誰，為了達成目標不擇手段。佛斯會帶史諾的遺體回蒔文麗亞，我們其他人要快馬把你送回墨之都。在抵達之前，我和老墨會日夜輪班跟在你身邊。」

「我不回去。」佳佳說。

「現在不是賭氣的好時機。」鏑力走上前，但是佳佳站起身躲開他。「佳佳，別這樣。」

「你說我在賭氣也好，但是事情不能這樣結束。他們是因為我才死的，我不能一遇上危險，就馬上把他們的犧牲拋在腦後。」

「現在不是講義氣的時候。」

「我還以為這是你們騎士團的宗旨，信念和訓練。」佳佳說：「我也許沒受過訓練，但是我有信念。我要完成的事會威脅到某些人，如果我繼續下去，也許就能揪出幕後黑手，找到該為他們兩人的死負責的真兇。」

「你這是在玩自己的命！」鏑力吼道。

「有兩個人因我而死，這的確是玩我的命。」

焦躁的鏑力揪住頭髮，佳佳這時才注意到他頭上的馬尾不見了。不過這件事能等，現在的重點是說服他讓佳佳留下。

「我必須留下。這些人敢在蔚城殺人，墨之都他們同樣敢追過去。我不要一輩子懷著對史諾和依莉絲的愧疚活著，我要找出殺人兇手，將他繩之以法。」佳佳往前再進一步。「如果我不能完成這件事，我會一輩子良心不安。」

鏑力轉向安奈。「你是她的女僕，難道不能勸勸她嗎？」

「我的薪水全靠你好好活著。」安奈說：「親愛的公主，我這次要站在騎士大人這邊。他是對的，如果你死了，我可是會被瑟隆王砍頭的。」

「如果我就這麼回去，不如就先殺了我。」佳佳很堅持，她很清楚自己知道了些什麼，只是目前說不出口。和研究報告一樣，她心中有了假說，得多花一點時間找出來實證。

「你不知道你的堅持，會把你自己帶到什麼地方。」鏑力說：「抱歉，我這次絕不會站在你那邊。」

佳佳不敢相信自己居然會聽見這句話。「你怎麼能說這種話？依莉絲是我的母親，而史諾是你們騎士團生死與共的兄弟！你們不是把兄弟看得比生命還重，要全心全意保護、支持他們嗎？史諾死了，你也看見佛斯的悲傷和苦痛，難道這些還不夠激起你為他們復仇的心嗎？」

「我的兄弟是死了，但他不是為了把我的摯愛推入火坑才死的。」鏑力的聲音冷靜又殘酷。「這件事情沒有討論的餘地。我會把你送回墨之都，那才是你應該待的地方。」

「我不會回去。就算回去了，你也沒有辦法阻止我繼續下去。」

鏑力看著她，腳步慢慢向後退。他的手抓著門框，走廊上的陽光已經消失得無影無蹤。哈勒老闆還來不及二樓把燈蕈弄亮，佳佳房間裡的光圈也碰觸不到他。

「我求你放棄，回墨之都吧！」

佳佳沒有回應。一段靜默之後，鏑力消失在她的視線中。

# 14、驚惶

梓柔換上新的綠燈籠褲，身上的罩衫也遵照爸爸的指示換成草綠色，而不是平時慣穿的白色。華貴的皮襖通通收進衣櫥，換出樸素的舊鞋子。

「我不想戴這些東西。」梓妍抱怨道：「這些頭巾是褐色的！只有小孩子才會戴褐色的頭巾。」

「你最好聽你爸爸的話。」賀夫人喝斥說：「我們家被人盯上，你們這些小女生，最好把眼睛睜大，嘴巴牢牢閉緊。」

「我不懂。」賀夫人帶碧琪回房間換裝的時候，梓妍彎腰對鏡子扮鬼臉。「不過就是拿伯帶了客人到家裡一趟而已，又不是我們偷了那件衣服，為什麼我們要為此付出代價？」

梓妍以為他們是為了警備隊失竊的制服來的，完全不曉得制服上沾了些什麼髒東西。

「我們最好不要亂說話。」梓柔說：「警備隊制服失竊是大事，如果有人冒充警備隊，你可不會想牽扯到家裡。」

「你說的對。」梓妍對鏡子噴了一口氣。「我討厭死刑。我們只能坐在旁邊，什麼都不能做，像塊石雕黏在椅子上直到行刑完畢。我敢賭這次爸爸一定會逼我們坐到最後。」

「不要再抱怨了。」梓柔綁上深紫色的頭巾，在綠光裡顯得消沉又黯淡。這是她今天的偽裝，撐過今天，拿玉袞就會回到她身邊，解除一切不實的指控。

「我們一定會沒事的。」梓柔戴上手套，把另外一雙舊手套塞給妹妹。

「我討厭褐色。」梓妍說。

他們沒有選擇。

出白牆院大門的時候，女僕們跟在碧琪身後，目送老爺帶著全家大小搭上排在門前的人力車。今天必須低調，意味著馬車必須鎖在家裡，車夫和馬伕都休息一天，讓外聘的人來做事。

梓妍一見到髒兮兮的座位，嘴巴就噘了起來。賀夫人拉著小女兒，逼她坐進其中一輛。梓柔偷偷嘆口氣，招手要隨行的女僕小杏跟她坐上最後一輛人力車。

「梓柔。」

梓柔停下動作，望向爸爸。

「你跟我一起坐最前面。今天人很多，不要走散了。」

梓柔點點頭，走向隊伍最前方，在車夫的幫助下坐上座位。賀維新跟在女兒後面坐上車子，車夫抬起人力車前方的橫桿，深呼吸開始拉車。梓柔坐在車上，隨著車輪上下震盪的頻率，綠色的光圈不安搖晃。車夫吆喝著要前面的人閃開，人力車漸漸進入鬱光城的鬧區，周圍的光圈愈來愈亮，最後甚至壓過了人力車前的燈光。

這不只是燈柱的功勞，許多平時不出門的居民，今天也提著燈籠走上大街，觀賞遊街和行刑。圍繞在中心廣場旁的攤販都撤走了，夜市休息一天，換領主提供的娛樂上場。

死刑台已經布置好了，為達官貴人準備的觀眾席也搭建起來，正等著先生小姐們入座。賀家到得不早也不晚，正好跟在商會的代表後。幾位警備隊分隊長的夫人自己聚成一團，坐在最底層的座位上。氣喘吁吁的車夫放下橫桿，伸手幫忙客人下車。賀維新下車時踉蹌了一下，彆扭地掏了一袋刀幣扔在車夫高舉的手上，吩咐他們在死刑結束時立刻回原地接客。車夫連聲應是，拉起車子迅速離開，好讓下一批車隊放客人下車。

「不知道什麼時候能看見領主的馬車。」跨上階梯走向座位時梓妍問道：「聽說他的馬車是鑲金的呢！」

梓柔催她快點往上走，小心躲開其他人的視線。殿後的小杏帶著籃子坐到賀夫人身邊，她今天顯得非常焦躁，不斷地低聲要小杏確認籃子裡的小東西有沒有帶齊。

「來了。」不知道是誰突然喊了一聲。

抬起頭的瞬間，梓柔還以為自己看見了覓奇。不過還好，並不是他，被穿著藍衣的警備隊隊員押上廣場的人，都有著或黑或褐的膚色，深淺不一的頭髮一團混亂，不如夜境人的烏黑柔亮。七個都是日顯人，甚至還有一個女人。那女人生得很醜，厚唇大嘴像野獸一樣。梓柔聽見身後某個商會代表的夫人，大聲發出噁心的嘖嘖響。

「真可怕不是嗎？」梓妍似乎已經忘記出門時的不悅了。「看看他們的樣子，我們在議價所買東西的時候，怎麼都沒發現他們這麼醜？」

「我們是和通譯買東西，不是和他們。」梓柔隨口編了一個原因。「我們又沒和他們面對面，怎麼會知道這麼多？」

最近天氣比較潮濕，雖然天上的雲已經散去，但這麼多人同時聚集在廣場上，還是悶得人全身發癢。愈來愈多人擠進廣場，刑架另一邊的助手正搖著手把轉動磨刀石，讓劊子手把斧頭磨利。磨人心神的吱吱聲，扯緊所有人的頭皮。

不知道為什麼劊子手和他的助手戴紅色的頭套，卻穿著藍色的制服？劊子手忙著做自己的事，梓柔很好奇他知不知道身後的一個犯人已經哭出來了。根據刑架上淡藍色的光圈照出來的色澤判斷，那個膚色黝黑的年輕人已經拉了滿褲子，上頭和下身同樣溼答答。他哭著想往後退，可是架住他雙手的枷鎖並不允許。梓柔不知道黑皮膚的人也能臉色發白。她沒看見覓奇，這麼多人聚在這裡，他會躲在暗處，還是故意走進光圈最集中的地方？

「梓柔？」

耳邊突來呼喚，將梓柔從胡思亂想中驚醒。

「你在看什麼呀？」梓妍附在她耳邊問。

「你看！」梓柔趕緊指向前方。「是領主大人和他的夫人。」

他們兩人都穿著亮眼的天藍色，除了爸爸媽媽之外，梓柔很少看見有人胖成那副樣子。銀色的頭巾錮緊領主的頭髮，讓梓柔聯想起裝在銀盆裡的黑苔菜。夫人的長披肩上綴滿亮片，和周圍刻意低調的夫人小姐比起來，活像節慶活動的丑角。

「亮片披肩？」梓妍嘟噥道：「早知道我就把我的銀髮夾戴出來。」

「閉嘴。」梓柔踩她一腳加強語氣，梓妍閉上嘴巴。

領主和夫人坐上專門為他們準備的觀禮台，身邊圍繞著鬱光城各大重要人物。他們的觀禮台周圍圍著警備隊，隨時戒護他們的安全。接著，彷彿某個暗號般，聖白殿的聖丁字多了一道光圈，廣場上細碎的聲音嘎然而止。

一列騎兵進入廣場，帶頭的正是拿威全。梓柔注意到不只是她，連廣大的群眾都在他出現時打了個冷顫。她暗暗鬆了口氣，慶幸自己反應正常。騎兵騎乘的生物看上去非常兇惡，實在很難相信傳言，說牠們只吃乾草不吃肉。在梓柔看來，如果傳出有人被馬啃掉腦袋的消息，她一點也不會感到驚訝。

護法官走上死刑台，所有人屏息等待。梓柔沒有細看過行刑的過程，現在突然坐這麼近，看拿威全走到一干罪犯身旁，不禁有些訝異。原來人真能像覓奇說的一樣，人前人後一個樣子。拿威全站上處刑台，舉高手上的紙捲，對著廣場高聲朗讀。

「今日，鬱光城的子民們，我們逮捕了來自日顯的罪犯。根據嚴實的物證、誠實可靠的證人舉報，我僅以領主大人賦予的權威，定他們死罪。這些日顯人假借貿易的名，散播扭曲的思想，更以汙穢的圖文印刷，企圖將邪書散入我國。」

拿威全往前走，身邊的助手跟上，走到第一個日顯人身邊，拉著他的頭髮用手上的燈籠照亮臉部。

「胡思・卡爾來自咒闍利，被控以散布異端，定罪定讞。身為這一盜賊集團的首領，他以最令人髮指的恐怖手段，汙衊女神神聖的地位，顛覆治安。

「楊・路特，來自咒闍利，卡爾的第一助手。原籍福波愛蘭的他，背叛了自己的祖國，投奔卡爾，為他的恐怖行動賣命。

「羅莎・依南，來自咒闍利。醜陋的她涉及多起謀殺，更與情夫持械攻擊警備隊員。可喜者，該女子情夫尼爾・波特已於逮捕行動中擊斃，不再危害世間。」

「維利・柴伯，原籍福波愛蘭，遭控從事非法交易，偷竊語言，滲透夜境。」

一個接一個，總共十個日顯人的臉攤在綠光中，讓全城的人都看見他們的尊容。觀眾有人面露嫌惡，有人低聲咒罵，恐懼與憎恨在黑暗中發酵。星空下萬頭鑽動，在光圈照不到的角落，灰色的影子往前推擠，把鼻子探向刑架的方向。不安的梓柔偷偷把腳縮起來，生怕有什麼東西沿著她看不見的邊緣，爬上她的圍裙和鞋子。

這一切是怎麼了？為什麼她不能像以前一樣，待在附近的餐廳，等到行刑結束就好？她知道附近的餐廳一定有包廂，供不想拋頭露面的夫人休息喝茶。都怪她自己，如果不是一時心軟，現在也不需要在這裡受苦。

「更甚者，我們有十足的證據相信，這些日顯人謀害了受人敬重，前程光明的拿玉裘小隊長。以我個人的立場，這是他們所有的罪名中，最可怕的一項。」拿威全繼續宣讀日顯人的罪狀，人群一陣嘩然，又迅速靜了下來。台上現在不只有一個憤怒的護法官，還是一個為了兒子痛心的父親。群眾懼怕他，更同情他，梓柔可不認為這是好事。

「我帶著沉重的心情，希望各位伸出援手。如果有任何人知道拿玉裘小隊長的下落，願意提供線索，慷慨仁慈的領主大人將會報以豐厚的獎金。而在那之前，現在讓我們先將這些騷擾各位安寧的毒蟲，從女神的大地上抹去。他們將為謀殺、叛亂、反動，付出正義與司法索求的代價。」

劊子手帶利斧上場，助手再次蓋上犯人的臉。刑架四周的點燈人用鉤子挑亮燈蕈，讓所有人都能看清楚刑架上發生的事。等到淡藍色的光圈穩定了，劊子手舉起斧頭，俐落地向下重劈。

鮮血和尖叫聲同時爆出。

「不！」

覓奇尖叫的同時，羅睺迅速出手蓋住他的嘴巴和臉。

他只感覺到恐怖的窒息感襲來，下一秒整個人已經被甩上強壯的肩膀，像麵粉袋一樣被扛著衝出人群。

「覓奇、老囉嗦先生！」

是阿峰的聲音，只是覓奇晃得頭昏眼花，沒有時間和力氣回應他。他感覺好像有一段時間，消失在劇烈搖晃的世界中。他看不清也聽不見，只能任人擺布，像斷了線的傀儡被人拖下舞台。光圈紛紛散開，讓路給狂奔的騎士，藍色的身影迅速穿過人群，向兩人逼近。

「他們動手了嗎？他們死了嗎？為什麼？為什麼要殺他們？他們是無辜的，他們什麼都沒做——維利、喔、可憐的維利……」

「他們要的是你。」羅睺回答：「這是陷阱，他們裝模作樣是為了嚇唬和日顯有關的人，就像清掃房子前要先揪出躲藏的老鼠。他們在四周設下陷阱——」

覓奇沒聽見下半句。他們的速度突然停了下來，害覓奇差點滾下羅睺的背。悶響傳來，羅睺轉過身時覓奇看見他手裡多了一把軍刀，一個警備隊倒在地上，臉上都是鮮血。

「你殺了——」

鏗鏘聲從他背後爆出，接著又是一連串的呼喊和鐵器交擊。覓奇人在羅睺背上晃到天旋地轉，對他屁股後的激烈戰況只能想像。羅睺單手持刀，應戰追上來的警備隊。覓奇瞥見第二個倒在地上的身影，等羅睺再轉身，一道血霧噴向覓奇的臉！

「女神呀！」

覓奇驚聲尖叫，但是這阻擋不了羅睺大開殺戒。軍刀在他手上彷彿一條毒蛇，迅捷流利地撲向每個進入攻擊範圍的傻瓜，毒牙刀刀見血。平時只靠吼叫威逼罪犯的警備隊，根本不是他的對手，六個人組成的小隊馬上成了六具倒在地上的屍體。

羅睺轉身繼續向前跑，覓奇在他背上目送六個死人橫七豎八躺在巷弄裡。他們拐回大路，根據他聽見的尖叫聲判斷，滿身是血的兩人一出現，四周立刻亂成一團，所有人急著發出噪音逃跑。覓奇掙扎著溜下羅睺的肩膀，翻攪的胃酸幾乎要殺了他。他靠在燈柱上，難過到像要死了一樣大吐特吐。

「你殺了他們？」他趁著嘔吐的空檔問。

「沒錯。他們是衝著你來的，我們要往哪裡去？」

「我不知道——躲回百伶巷？」

羅睺瞥了混亂的街道一眼。「不行。他們知道你出沒在百伶巷，這具身體的主人也追到你的地方。我們得盡快離開這些人的勢力範圍，離開這片黑色的天幕，到另外一個地方去了。」

覓奇攀著燈柱站穩，再次感覺到自己的膝蓋感覺不錯，只可惜他的胃還記不起安穩的日子該怎麼過。他有個奇怪的直覺，也許自己將再也想不起那些日子了。

「你能走嗎？」羅睺問。「我們得離開城市。」

「我們能跑到哪裡去？他們有馬，一下子就會追上我們。」光是說出口，覓奇彷彿就能聽見那帶來絕望的馬蹄聲，噠噠敲在他心口上。「我們死定了，他們要來追我了，過了這麼多年，他們還是找到我了……」

「陸路不行，我們就走水路離開。」羅睺說：「碼頭在哪個方向？」

覓奇用力甩頭，想讓腦子清醒一點。剛才羅睺說了什麼？出海嗎？「你要搭船出海？可是我們去碼頭的路上同樣會有警備隊。而且誰會願意帶我們兩個通緝犯出海？」

羅睺皺起鼻子，覓奇不喜歡他這個表情。他看上去像在蹲廁所，正打算蹲出一團髒澈底毀掉覓奇的人生。

「如果我讓你扛著我跑，你辦得到嗎？」他問。

「你？我扛著你跑？」雖然覓奇很懷疑，但騎士不像是在開玩笑。
「沒錯，我們要來點混亂，你最好有心理準備。碼頭在哪邊？」
「西南方。」覓奇虛弱地說。
羅睺二話不說，抄起膝蓋發軟的覓奇往前衝。
然後，彷彿嫌滿身血還不夠引人注目一樣，他一邊跑一邊用日顯話大喊，四周太吵了覓奇聽不清楚他在喊些什麼。

計都！

他依稀聽見這個字，似乎是某個東西的名字。

計都！應召！

沒錯，差不多是這兩個字。
他為什麼要喊？怕追他們的人不夠多嗎？
警備隊半路殺出來，好險這次只有兩個人。羅睺刷刷兩刀，瞬間放倒兩人，腳步幾乎沒有慢下來。他像一枝從弩砲中射出的火箭，咆嘯著衝向目的地，途中所有的障礙都被他一一衝破粉碎。
大地在震動。
覓奇一開始以為是錯覺，等回過神來才發現真的發生地震了。震度不大，但是在這慌亂的日子，足以讓人誤認末日來臨的前兆。地震多少拖累了警備隊追緝的腳步，但是每當他們手上的燈籠從黑暗中出現，團聚湧向兩人時，覓奇還是得用拳頭塞著自己的嘴巴，以免再次失控。

他好像又回到了那一夜。各種顏色的燈在門外、窗外來回搜索，雜亂刺耳的噪音，拳頭敲在老舊的木板門上。他被人抱在懷裡，摀著嘴巴在狹小的空間裡被人拋來丟去，最後塞進一個密不透風的箱子，金屬封死了他的出路。

鏗鏘！

十幾個人湧上，羅睺被迫把他扔在垃圾堆上，抽出綁在小腿上的隕劍。他一次對付兩組人馬，沒有鋒刃的隕劍和銳利的軍刀一樣致命。左右手來回交錯之間，沒有人能預料逼近的是無聲的刺擊，還是凶狠的劈砍。即使猜對了，能擋下他攻擊的人也是少之又少。他的動作很快，一擊不中，下一招又跟著變換補上，彷彿一團三頭六臂的旋風，呼嘯著衝出道路。

覓奇爬出垃圾堆，下意識想找個安靜的地方躲起來。他不該在這裡，他應該要躲在某個黑暗的角落，靜靜地種他的蘑菇，然後靜靜地死去……

「跟上！」

羅睺收起隕劍，抓起覓奇逼他往前跑。燈光稍稍稀疏了一點，追趕的人變少了，但這只是暫時的。在道路的盡頭，一大片綠色的光圈圍繞在碼頭的入口前。

「我們衝不過去的！」覓奇拉著羅睺，希望他慢下腳步。「我們快回頭，我知道很多地方能躲，只要我們回去——」

「不行，我們現在要是回頭，就再也沒有機會衝出去了。」

「可是你一個人打不過他們！」

「誰說我是一個人？」他用力握了覓奇的手一下，覓奇不懂他的意思。四周的景物還在震盪，但是那些青面獠牙的警備隊一點也沒有受到影響，舉高燈籠向兩人湧來。覓奇想逃，但是羅睺拖著他往戰場裡衝。

他聽見馬蹄聲，回頭時看見了一列警備隊騎著馬，高舉燈籠跑出城鎮。帶頭的人是拿玉裘，他帶著他那張歪曲恐怖的臉從地獄回來了。

「覓奇！」羅睺的大手及時撐住他，沒讓覓奇撲倒在地。

「我、我、走不動了……」

他們現在進退不得，前方和後方都有追兵，雙方朝他們步步逼近。地鳴聲愈來愈大，覓奇和羅睺被困住了。

他們死定了。

「你一定要振作。」羅睺在覓奇耳邊說：「要逃出去，我需要你幫忙。我只能爭取到很短的時間，你必須振作起來。等我倒下，快跑，找會動的船。」

不等覓奇回答，羅睺便彎腰把雙手貼在地上。

覓奇永遠記得這一幕；兩波藍綠色的浪潮湧向他們，從羅睺的手中湧出另一陣無形的波浪，應和震動的大地往外擴散。波動往外擴散，騎兵的馬發出尖聲嘶鳴，慌得陣腳大亂，扭頭拒絕往前。碼頭邊警戒的人牆先是一僵，隨即變成驚惶失措的動物，四散尖叫逃命。

覓奇不怪他們，如果不是羅睺還蹲在地上，他說不定也會跟著逃跑。

遠方，長年黑暗的地平線被一道陽光割開，金紅色的光刺進所有人眼中。日光帶來末日，夜境人崩潰竄逃，碼頭邊陷入混亂。

「快逃。」

沒錯，快逃，覓奇聽見了，終於弄懂羅睺的目的。

覓奇拉著羅睺的手，兩人直奔河岸，呼喚尋找願意收留他們的商船。拜陽光所賜，他們面前的阻礙只剩下陸地和海水。包括警備隊在內，所有的夜境人都急著逃命，以免被惡毒的日光殺死。災難擠在今天降臨鬱光城。地震撼動了城牆的地基，日光將最後一絲安穩的布景燒得片甲不留，恐懼和混亂今天入主城市。陽光愈來愈亮，互相踩踏逃命的警備隊，早已將覓奇和羅睺拋在腦後。

羅睺剛才說要找會動的船。

在這一團混亂之中，他們的確有可能逃出去。

賣貨郎想必不怕每天共處的陽光，而地震意味著災難。地震和陽光同時出現，日顯人的反應可想而知。

他們將跟著陽光，迅速出海逃離這團混亂。

現在只要他們搭上其中一艘——

拜託，任何一艘稍停一下都好——

忽爾騎士癱倒在覓奇懷裡，差點沒把撐著他向前疾走的覓奇壓垮。陽光照亮羅睺的臉，灰敗的臉色像個死人一樣。

「你怎麼了？」覓奇焦急地問：「你還好嗎？」

「不要管我，快找船。」羅睺的聲音非常虛弱。「我撐不了多久，日光很快就會消失了。日光一消失，他們又要追上來了。」

他說的沒錯，日光愈來愈稀薄。那個長得很像拿玉袠的警備隊正在重整隊伍，碼頭旁的守備正重新聚集，燈蕈的光圈投向兩人。

他們好不容易突破封鎖來到這裡，不能放棄。如果羅睺願意拚上一條命打破封鎖，覓奇再往後退縮就太不夠義氣了。可是他不會划船，周圍看起來也沒有人願意伸出援手，能載他們逃跑的船已經上路了，覓奇得自己想辦法追上。

「你最好摀著鼻子。」覓奇鑽進羅睺的腋下，使盡全身最後的力氣，頂著他跳進能凍死人的羅布河。

這是他這輩子做過最蠢的事。

冰冷的河水瞬間漫過覓奇的口鼻，羅睺的身體像塊石頭一樣壓在他肩膀上，拖著他往河底沉。他呼吸困難，四周一片漆黑，冰冷慢慢滲透他的身體，關節結成冰塊，再也沒有辦法移動半分。

真慘，他們好不容易擺脫追兵，卻要死在河裡。

即使如此，他依舊沒有放開羅睺的手。他們必須游得離岸邊遠一點，不能被抓到，羅睺苦心救他，不是為了讓他被抓回去。死在河底也許悽慘，但如果被抓，騎士剛才的努力也通通白費了。這個念頭像一道暖流，流過覓奇全身，重新活絡他的肌肉。沒錯，他要往前游，只要他還有力氣，就要帶著救命恩人游下去，他感覺——

感覺真的有一股暖流流過他身邊。

沉睡的女神終於願意眷顧他了？

覓奇遲鈍的腦子，過了好幾秒才想到顯而易見的事實。碼頭旁邊當然有暖流，否則這附近的河水不就通通結冰了嗎？興建碼頭的時候，工程師會刻意鑿引溫泉注入港區，好使港灣能夠保持暢通。覓奇和羅睺想必正好搭上這股暖流，在這混亂的一天意外乘上長年不變的規律。

暖流拱著他們往外港漂去，刺鼻的氣味混在冰冷的牢籠裡，圍成一個厚實的繭。覓奇感覺自己像被困在一層孢膜中，奮力想掙脫束縛迎向生命，可是那同時形肖詛咒與祝福的水流卻不願輕易放手。水流帶著兩人迅速移動，不時有被驚醒的魚，交雜著水草、石屑游過兩人身邊，在陰森的水底徘徊。漂移的光點彷彿在嘲弄覓奇的知覺，分不清楚上下左右的他，緊緊抓住騎士的手。

到最後，他的墓穴就是羅布河的淤泥。在他失去意識之前，驀然想起說不定爸爸、媽媽也是死在這裡。憑空消失在街頭的孩子，無端失去蹤影的賣貨郎，某個洩漏祕密的通譯，大河裡藏著無數的祕密。

羅布河伸出手，一路把人和祕密拖走。

# 15、逃跑

梓柔沒看見那道日光。

事實上，當混亂席捲鬱光城的時候，她正死死閉著眼睛，和妹妹手牽手在路上狂奔。湧動的人潮推倒了臨時搭築的觀眾席，夫人、老爺們狼狽不堪摔成一團，大批隨從擠上去想搶救自己的主人，反而讓情況更加混亂。梓柔滾下座位，奇蹟似的毫髮無傷。梓妍趴在她身旁，臉上多了一大片髒汙和瘀青，除此之外看不出明顯的外傷。梓柔二話不說，趁著人牆散開的瞬間，拉起妹妹往外逃。

「我的臉好痛！剛才發生什麼事了？」

梓柔真希望自己有魔法，能夠暫時叫妹妹閉上嘴巴，叫她睜開眼睛，看看他們身處何方。所有人都在推擠尖叫，空間裡只剩下一種聲音一種頻率。燈籠落在地上，脆弱的鐵絲被踩得歪七扭八，發光的腳印往四面八方落下。

「我們要跑去哪裡呀？」梓妍問：「爸爸、媽媽呢？他們在哪裡？」

「我不知道！」梓柔說：「我們得先找一個地方躲！」

爸爸、媽媽不見蹤影，他們需要一個暫時的避風港。

「那裡！」梓柔停下腳步，指著聖丁字的方向。即使城市動盪，聖丁字上報時的光圈依然不受任何影響。

「你真是天才。」梓妍說：「苔麗院長一定在裡面，我們快去找她。」

他們認識苔麗院長，院長一定願意庇護他們姊妹。梓柔喘著氣，心情總算稍微平靜一點。他們放足狂奔，緊握著彼此的手在哀號中往前進，一張張驚惶的臉孔與他們擦身而過。人潮推著他們往前，聖白電敞開的大門就在眼前。

兩個修女出現在門後，奮力關上大門。

「他們要闖進來了！有暴民要闖進來了！」

「不！」梓妍放聲尖叫，兩人再也管不到什麼儀態和隱密，擠到最前方掄起拳頭猛敲。

「他們要衝進來了！」門後的修女大聲尖叫，混亂的場面已然失控。

「不！不是的！我們不是暴民！」梓柔大聲呼喊：「我們不是暴民！我們是賀家的女兒，拜託放我們進去，我們和煽動混亂的鼠輩無關！」

她全力呼喚女神的修女，回應來得迅速又突兀。三雙手插入這場混亂中，兩雙粗壯的臂膀奮力撥開人牆，讓枯瘦的手攫住兩姊妹，將兩人拖入門內。梓柔一個腳步踉蹌，和妹妹一同跌入老修女的懷抱。兩個健壯，說是修女看起來更像士兵的女人擋下意圖闖進神殿的民眾，將厚重大門轟隆闔上！

「感謝女神，你們真的是賀家的女兒！」梓柔抬頭，看見曼雪莉修女慈祥的臉孔。不知道是她的錯覺還是光影變動的遊戲，修女身後的神殿似乎正在搖晃。

地震。

「你們先自己找個地方坐下，我會叫人拿衣服給你們換。警備隊等一下就來了。」修女鬆開懷抱。

「你們來到這裡一定是女神的旨意，我們剛剛還愁找不到合適的人呢。」

梓柔聽不懂她說的話，但是曼雪莉修女也沒有解釋的意思。她抬頭環顧四周，發覺自己身在祈禱廳裡。

非常不合時宜的，她又想起了罟覓奇。

梓柔還記得照規定參加成年禮的小孩，都要自己帶一本書，當作祝禱儀式上的工具。她本來也要帶的，可是出門時換了一條新頭巾，又把書落在家裡。幸好從外地趕回來參加成年禮的拿玉裘身上帶著課本，正好借給她完成儀式。

只是她本來答應儀式結束之後，要把那本菇蕈大全借給覓奇。結果覓奇等不到她把事情交代清楚，就把拿玉裘的課本偷走了。好在梓柔及時發現異狀，趕在假期結束前逼覓奇把書還回去，兩人之間才沒有留下嫌隙。媽媽說得沒錯，沒有任何事不能用溝通解決，梓柔就是這麼做，也真該有人教教外面的暴民們這麼一課。想起這段往事，梓柔不禁感慨萬千。

曼雪莉修女走回他們身邊，手上捧著厚厚的衣物。「這裡有兩件乾淨的圍裙，還有教徒捐獻的外套，你們先換上去。領主夫人說前面太吵了，想換到這裡來休息，你們兩個正好能幫上忙。」

「我們很榮幸能幫忙接待領主夫人。」梓柔接下衣服，帶著梓妍向她鞠躬答謝，表現大家閨秀的風範。想剛才，她們還像過街老鼠一樣倉皇逃命呢！

「女神保佑，我就知道妳們這些乖女孩幫得上忙。別光站著，快換衣服吧！」

# *Intermission*

# 間幕
# 公主

看著眼前的廢墟，騎士不禁陷入沉思。

都過多久了？分別的那一天，她說的話言猶在耳，可是他卻放棄希望，任憑自己追逐著蒼白的生活。如今他站在這裡，卻完全想不起公主的容顏。她已然遠去，連一點痕跡都沒有留下，她期望改變的世界依然冥頑不靈。

「往事不堪回首，記憶只留下殘缺，屠殺了所有美好。」

騎士急急轉頭，他的老師，那善於殺戮的劊子手就站在他身後。他耽溺於往日，才沒有察覺到老師投下的陰影。

「根據我探聽到的消息，當初我們急著逃命的時候，大火延燒了半個蔚城。今天這裡會這麼慘，有一半是七年前那場災難造成的。」

「他們是自作自受。」騎士的聲音微微顫抖。「他們背叛了一個好人，理當受到處罰。」

「所以你的意思是，蔚城這半邊的百姓死有餘辜？」

騎士不禁語塞。他希望蔚城受苦，可是佳佳的死和許多不知情的百姓無關。

「袖手旁觀也是一種罪惡，這可是聖白殿自己說的。」他說。

「我們的職責就是喚醒更多人，讓知識的冷火照亮他們雙眼。」

「你在練習誓詞嗎？」騎士問。

「我的計畫進行得非常順利。」

騎士不明白他有什麼計畫，只知道老師守口如瓶，直說在大勢底定之前，決不會洩漏半點風聲。騎士不禁懷疑自己是不是正慢慢失去老師的信任，被排擠到決策中心之外？

當然不會是如此，他們彼此互信互助這麼多年，他的老師即將登上高位，一切都非常順利。沒錯，非常順利，除了他心中若有似無的空虛感。

「我不想影響你的心情。四國學院將近完成，接下來就只剩招生問題要煩惱。」騎士回過神來，趕忙裝出沒有分心的樣子。他的老師沒有發現異狀，自顧自地往下說：「只是說來也許諷刺，但是重建的時候，他們幫公主立了一個墓。」

「墓？」

「他們在哈勒的廢墟裡找到一具女屍，我私下派人加入檢驗團隊，從屍體上測出該有的反應，那是佳佳沒錯。他們替她立了一座墓，紀念瑟隆王室最後一代的公主。」

騎士的心臟怦怦猛跳。他不知道這加速的心跳從何而來。是憤怒嗎？還是那一絲希望，讓他槁木般的心活了過來？有可能嗎？抑或諸神果真開了慧眼，在他解開屍肉膏的祕密之後，派他的老師送上這個好消息？

消息是真的，他能從老師的眼中看得出來。他是真心要分享這個消息，瑟隆佳佳對他們來說意義非凡，老師決不會允許任何一點失誤在驗屍的過程中發生。墓中是他們曾經辜負的公主，如今騎士有了彌補的機會。

「要去看看嗎？」

「我沒有說不的理由。」騎士說。沿途，他緊緊抓著腰際的劍柄，提醒自己現在是什麼身分。愈接近目標，就更要謹慎每一步，他不能讓自己的心靈鬆懈。

她的生機都在騎士手上了。

## 16、欺騙

門廳的門沒關好。

起先佳佳還以為是賊，但是回頭想想，如果是賊應該不會傻到一邊偷東西一邊喃喃自語。

「當日夜兩分時，為愛情所苦的么子扔下軍刀。那刀落在地上，宛若死了一般失去顏色，夜境的土地顫抖震盪。『王子。』那女妖說：『你要為我拋棄一切嗎？』她的聲音如鶯啼，亦如利刃，刺入王子的心槽。『我已重傷，當即死去，見我可悲之狀，神王是否愛親如初？』

「『若我者，如何忍心？』王子曰：『女愛如地，吾母如天。縱是我肩生十雙羽翼，總要投入女之懷抱。』

「『王子呀！別說了，你的愛讓我不捨，你的言語拖累了我的腳步。妒忌的星光將照臨我身，待日光離去，我這一身也要化為泡沫，在巫母的沼海中飄盪。終臨萬有，百基如是，別再讓我成了你的負累。』『若你是負累，那便讓我崩潰墮落！今夜今時，星光必須困於牢籠，神力將成彼之……」

佳佳等著他唸出下一段，可是蘇羅的聲音就懸在半空，無以為繼。

「令吾？」

「囹圄。」

佳佳忍不住開口說，門廳裡頓時驚天動地，燈台、杯盤、桌椅、書本跌落的聲音接替傳來。她瞇著眼睛，等聲音停了才推門進去。

和她料想的差不多，蘇羅推倒了她放書的架子，還有一旁的茶几。燈蕈從燈台裡掉出來，光液沾了蘇羅滿手滿腳。

「我不是故意嚇你的。」佳佳說：「沒關係，幫我把書放回去就好了。你抬那邊，這邊我可以。不要小看我，雖然說是公主，三不五時還是得搬個家具什麼的。」

和她別墅裡的書櫥比起來，這小小的木頭架子要輕太多了。趁著太陽還沒下山，兩人把家具歸位，撿起地上的雜物，試著塞回原來的位置。蘇羅矮歸矮，大手大腳的他做起事情也是很徹底，每本書都要上下對正，否則絕不會從手上遞出去。

「沒關係，你就放著吧，等安奈從市場回來再擦就好了。」佳佳阻止蘇羅拿抹布去擦地上的光液。要是安奈回來發現自己的抹布變成路燈，蘇羅的腦袋就不保了。「把書拿著過來，我不知道你還會朗誦呢！」

蘇羅的臉紅了起來，糗兮兮地交出手上的書本。

「別害羞，我沒有罵你的意思。」佳佳收回書本，翻開剛才蘇羅讀出聲音的段落。「我沒想到我還帶著這本神話故事，大概是夾在舊書箱底下，才會被我帶出來。這口舊箱子也該清一清了，從我媽媽手上到現在，累積了太多雜物在裡面了。」

蘇羅點點頭，大概是附和的意思。

「坐吧。」佳佳放下書本，揮揮手要他坐下。

蘇羅再次點頭，拉著椅子坐在佳佳的左前方。佳佳調整角度，讓自己能正對著他；蘇羅縮起肩膀。

「你的名字很奇怪。」佳佳沒有直視他。蘇羅已經在躲她了，繼續壓迫不是什麼好主意。「如果我沒記錯，在咒闍利的口語裡，蘇羅是顛倒的意思。」
「還有否定。」蘇羅小聲地說：「曼羅口有很多小孩取這個名字。」
佳佳大概知道原因。曼羅口是西方的大港，銜接闐國和咒闍利的交通。一個英俊健美的船員，一個青春活潑的漁女，許多事情盡在不言中。
「我都不知道你是咒闍利的小孩。」佳佳轉移話題。「你闐國話說得很好，我還以為你是在闐國長大的呢！」
「我七歲的時候，我媽媽把我藏在一艘船上，要我靠岸之後才能出聲音。等我睡一覺醒來，我已經在蔚城了。」
佳佳最近還真是做什麼錯什麼。蘇羅愈縮愈小，肩膀幾乎要摺起來收進肚子裡了。
「你怎麼會想成為騎士？」佳佳拿出殺手鐧，如果這個問題還不能打開這個少年的心防，她也拿他沒轍了。
「我說謊。」
佳佳嘆口氣，想讓蘇羅放鬆警戒的企圖，看來是完全失敗了。
「我被一個老頭子撿到，他需要一個日顯的小孩子，到街上朗誦詩歌賺錢。」蘇羅縮著身體說：「我在路邊乞討，快餓死的時候是他發現我。我跟著他學朗誦表演，說謊騙外地人的錢。他會說一個故事，說我是被日顯人丟掉的小孩，語言不通只好上街乞討，想存錢回日顯。我學了好多種腔調，如果是福波愛蘭的商人，就說我是底斯港的孤兒，遇見咒闍利的人，就說我的父母死在曼羅口。
「有些人會被騙，有些人不會。騙到的錢有時候夠我們吃到下一次船期，有時候不夠。不夠的時候，我還是會去乞討。我討厭說謊也討厭認字，可是我不會做其他的事，只得靠這一套活下去。然後有一天，我讀到騎士的故事。」

佳佳想了一下安奈的作法，趁蘇羅講得忘我，悄悄替他倒了一杯冷茶。

「你喜歡他們？」她問。

「在我讀到他們的故事之前，我不知道有人能夠不騙人過日子。」蘇羅拿起茶杯喝乾。「我以為他們是假的，直到有一天我們的騙局被人拆穿，錢被騙走的商人帶了保鑣過來，那時候我還以為我們死定了。」

「可是？」

「可是有兩個騎士出現，光他們說話的聲音，就教我羞愧得想跳進河裡淹死自己。騎士勸退了商人和他的保鑣，那天晚上老頭把我痛打一頓，第二天就把我送進了孤兒院。」

「你去告密？」佳佳挑起眉毛，蘇羅靦腆地笑了一下。

「他威脅過我，要是我想逃跑就把我送進孤兒院做苦工，我那時剛好希望他實現承諾。我知道騎士只收孤兒院的院童，所以我在裡面表現得很好。我以前做過的事，我禁止我自己再做任何一次。等到我十四歲的時候，會有一天讓同齡的小孩選擇要從事的行業，我告訴院長我想當一個羯摩騎士。」

奇怪的是，當蘇羅回憶起這一段的時候，佳佳沒有看見先前曾經見過的渴望。這個青少年顯得消沉又徬徨，與其說他期待著未來，不如說害怕得發抖。未來彷彿是頭猛獸，正等著咬斷他的頭。

「請問公主小姐，我真的能成為一個騎士嗎？」他問：「我做了那麼多不好的事，他們真的會讓我成為騎士嗎？如果他們知道我做了這些事，還會讓我入團嗎？」

「你要相信鏑力。」佳佳大概明白了。「他答應收你為學徒，就表示他認為你有潛力。半途而廢，才會使看好你的人失望。好好完成他給你的功課，我相信你一定可以成為了不起的騎士。看看我就好，原本所有人也以為我只是一個吃閒飯的公主，可是我不想依循他們的偏見過日子。我告訴父王我要學習，成為一個學者。如果哪一天我離開了牙門山別墅，我還是一個學者，而不是一個腦袋空空的公主。」

「讀書認字好玩嗎？」

「我想你比我清楚這一點。」

蘇羅的臉又更紅了，他的大方臉藏不住情緒。

「公主小姐想過媽媽嗎？」他問。

佳佳本來想伸手拿茶杯，聽見這句話又收回手腕，輕輕放在膝蓋上。「你想念你的媽媽嗎？」

「她沒有找過我，我也不知道她在哪裡。我想過了，她已經不要我了，我不應該再去打擾她。教我騙人的老頭也沒有找過我，我該學他一樣豁達。」

他以為自己的話騙得了幾個人呢？

「我想念她。」佳佳承認說：「我本來不懂，但我現在明白了。我的媽媽是個學者，所以當我要為自己增添其他名頭的時候，我選擇了學者這條路。我想知道媽媽是個怎樣的女人，我想依循她的腳步。雖然很天真，但我總想著有一天，如果我成功了，媽媽說不定有機會回到我身邊。」

「抱歉，公主小姐。」

「為什麼道歉？」

蘇羅抬起低垂的眼睛。「修女死掉了你一定很不好受。」

佳佳頓時語塞。對，依莉絲修女死了，佳佳和她分離得太久，史諾又出了意外，她根本來不及細想這份心痛的意義。她這兩天只想著鏑力說的話，還有準備要做的事。這麼多的思緒，多到連喪母之痛都被掩蓋了。

「我會沒事的。」她說：「不用擔心我。其實我們也沒那麼親，我只是把她當作一個典範而已。就像我們都會尊敬某個偉人，很喜歡她，但是你心中某個角落知道她死了，會記得提醒自己不要投入太多感情。」

陌生的陽光落在她裙邊，灰塵在她腳邊盤旋。一般來說，夜境沒有陽光，她很少能觀察這些煙塵螺旋舞動的樣子。如果她先看過這些煙塵旋轉的樣子，說不定就不會研究各地的風土菌，改研究氣流與灰塵、光線的關係。這些灰塵漫無目的，落在她腳邊還是裙子上，對雙方而言都沒有不同。

「但事情不是這樣。」佳佳突然說。

「公主小姐？」

「沒錯，不是這樣。」佳佳更堅定地說：「有人死了，可是也有人還活著。就像你給自己一次機會學習當個騎士，你也該給你的母親一次機會，回曼羅口去看看她。就算她會傷透你的心，但是至少這能消除你心底的陰影，使你往下走下時能義無反顧。這頑固的世界總有一天要改變，我們要當改變的先行者，最好是從自己的心態開始。」

說到這，佳佳停下來喘口氣。尷尬的蘇羅縮成一小團不敢打斷她。

「我好像說得太多了。」佳佳苦笑。「先這樣吧，我還有事要忙。你如果沒別的事，不如去看看計都和疾鵬。這兩匹大傢伙，關在馬廄裡都快悶壞了，帶牠們走兩圈透透氣，順便刷個毛。」

蘇羅站起來抓抓頭，彆扭地行禮告退，卻又站在桌邊揪著手不走。

「公主小姐……」

「怎麼了嗎？」

「如果公主小姐不介意的話……」蘇羅吞吞吐吐地說：「我可不可以、可不可以借那本書？」

「你說這個？」佳佳拿起桌上的神話故事。

「是的。」

「儘管拿去吧。」

蘇羅開心地收下佳佳的禮物，像個孩子一樣半跑半跳離開房間。他現在正是情緒多變的年紀，未來徬徨無依，又被迫跟著他們面對這麼多事情，也難怪他這兩天會這麼憂鬱。

陽光快不見了。佳佳把冷茶喝完，拿出燈蕈擺好，讓綠色的光圈補足光明。她還有很多事要做，得快點進行才行。蘇羅打翻書架正好幫她一個忙，給她機會把架子這邊的東西全部重新整理一次，再翻出舊書箱的行李擺在桌子上，不夠擺的就依照年份繞著桌椅和茶几，一圈又一圈往外延伸。當然，預防研究被打擾，她把門牢牢鎖上。

佳佳想專心的時候絕對不能被打擾。

她有很多東西要整理。依莉絲留下的資料一直在佳佳手上，但是於公於私，再見她一面都是必須的。如今依莉絲死了，她的肯首不再有意義，佳佳終於能放手去做。她也許不是專家，可是她手上握著鑰匙和鎖，如今只要把雙方嵌合就能完成拼圖。

她打開衣箱底層的鎖。

依莉絲的研究指出聖白殿的祭典儀式有其古怪之處。如果傳說中的萬有和百碁真的存在，那絕對不是像傳說中那般，被聖白殿的主教和修女隨意棄置在某個鮮為人知的角落。日夜兩分的世界是聖白殿的信仰基礎，他們會把重要的東西好好保存，由他們最堅強的軍隊守護。

聖白殿最堅強的軍隊就是他們的信徒。四大國中的寧國與闐國，君主和貴族都信奉聖白殿的教義，聖白殿最主要的兩座神殿則位於豐都和廣奕城，闐國舊都以及寧國最大的海港城市。這兩個地方都有大批的信徒擁戴聖白殿，而神殿間的例行交流與巡迴祝禱，能為特定的神職人員提供掩護，往返兩定進行維護百碁和萬有的工作。

在外人看起來，這似乎只是一番憤世嫉俗，神智不清的瀆神空話。

依莉絲沒有神智不清，更沒有瘋狂到真的認為聖白殿能操弄天幕運轉。她理論從未公開的第二部分，正是在說明這個問題。聖白殿不用控制整個天幕，他們只要用萬有和百碁控制他們腳下的星球就可以了。

沒錯，相較之下，出自神話故事的資料聽起來還可信一些。依莉絲相信他們身處的世界是個巨大的圓球，其他的星辰與也是一樣。她提出的證據直白明確，組織出來的結論無懈可擊。季風運行、潮汐規律、甚至是肉眼可見的星宿沉浮，通通都是她的依據。

佳佳放下手上的紙，用裙子擦擦手。這篇文章不管看幾次，都讓她全身不舒服。如果這不是依莉絲親手寫下的內容，她說不定已經把這些發黃的紙張當作毒蟲絞碎了。她母親非常有自信，衷心相信說出口的是真理，也不吝提出證據證明。夏美娜吞吞吐吐的假說就是輸在這一點。

一讀到夏美娜的論文，佳佳當天就把母親所有的舊文件全部搜出來，窩在實驗室裡徹夜精讀。那一夜耗盡了五大朵完整的燈蕈，只證明了一件事。

依莉絲是對的。

夏美娜把日夜兩分的現象稱之為潮汐鎖定。

遠古前有人建造萬有陣和百碁塔，利用波力強化凝力，鎖定世界面對太陽的方向，從而建立了聖白殿的信仰基礎。夏美娜的丈夫精通波動魔法，提供妻子完備的魔法理論，完成該如何達成奇蹟的假說。

這正是依莉絲當初信誓旦旦，卻無法自圓其說的關鍵。

但是夏美娜對世界形狀的理解還停留在舊觀念，認為萬有和百碁是像兩根釘子一樣釘死世界這個穹頂。這成了她致命的錯誤，因為波動魔法運作的波力和凝力是相對推動，平行輸出只會使兩者互相牴觸。依莉絲的第二部分的結論能擊垮夏美娜的假說，再從彼此的殘骸之中，推演出正確的結果。

女神的世界是一個圓球，而聖白殿為了爭取信徒，利用兩根魔法釘釘死星球的兩端，分隔出日顯與夜境。

佳佳放下手上的文件，雙手掩面，頹坐在圓桌旁。

這就是他們一直以來信仰的神殿。

這一切想必是真的，或者在某個程度上，非常貼近事實。若非如此，聖白殿不會用瀆神當藉口對付依莉絲，急著逼她離開牙門山別墅，離開剛出生的女兒。如果這一切不是真的，夏美娜也不會和丈夫一起離鄉背井，前往日顯尋求羯摩騎士庇護。

第一次閱讀的震撼，到今天依然都沒有稍減。她多希望這些都是假的，和書本上的神話一樣，都只是一些愛編故事的瘋子寫出來的胡言亂語。但倘若這一切都是假的，也不會有人為了掩蓋事實殺人。

門叩叩響了兩聲。

「誰？」佳佳打起精神問。

「公主，是我。」墨席尼打開房門，帶著一支散出綠光的燈台走進門廳。

「你怎麼會有鑰匙？」她問。

「我從哈勒老闆手上拿到的備份鑰匙。」墨席尼和鏑力一樣剃掉了頭上的髮髻，使他現在的頭型有點好笑。只是佳佳沒笑，一身正裝的墨席尼也沒有笑的意思。

「你們都把頭髮剃掉了。」佳佳說：「有什麼特別的意思嗎？」

「代表哀悼與懺悔。」他用左手鎖上房門。不知道是不是佳佳的淚眼造成錯覺，墨席尼鎖門後，門框似乎變小了一點。

「如果打擾到你，我先向你道歉。」他說。

「沒關係，我已經看完這邊的資料了。倒是你來找我，還把門鎖上，不是只為了道歉吧？」

「不是，當然不是。」墨席尼放下燈台，伸手抽出腰際的武器。長劍和隕劍吐出冷光，佳佳吞了吞口水。她想過這一節，但是沒想到會這麼快。

「其他人呢？」她故作輕鬆地問。

「蘇羅在刷馬，安奈和馬奇人在市集，鏑力和老庫翰在房間。他們要處理一些文件，想辦法跳過闐國海關檢查，把信送到大伽業騎士長手上。沒意外的話，他們暫時沒辦法打擾我們。就算他們想，也得先打開門鎖，解除我設下的屏障。我也許不是聖人，但是論劍術和波動魔法，我還有點自信擋住他們直到我完成任務。」

他一邊說一邊走，兩人圍著圓桌繞圈子。他擋住窗戶和房間的入口，佳佳來到燈台旁，望著黑暗中的騎士。

「這樣呀。」她吞了吞口水，握住桌上的燈台。「那正好，我也有問題要問你。」

「公主想知道什麼？」

「我想知道——」這可是在玩命了。佳佳深呼吸，握緊拳頭問：「你為什麼要殺史諾？」

# 17、兇手

「我想是時候認清，沒有人希望我成功了。」佳佳說：「只是我不懂，如果要殺我，大可以在我一離開墨之都就動手才對。」

「要殺你的人得先利用你找出依莉絲，確定你母親沒有辦法多嘴，才會要你的命。對他們來說，你是可以拉攏的對象，依莉絲是必除的禍害。」

「我猜這讓我多活了一點時間。那現在呢？現在又是為了什麼？」

他們繞著房間轉，墨席尼握著劍擋在窗戶邊，佳佳右手握著燈台，左手掏出鑰匙插進門鎖裡。門鎖框啷一聲開啟，但是不管她使出多大的力氣，門板都不肯離開原來的位置。

墨席尼用凝力把門封死了。

「你怎麼知道是我動手殺史諾的？」他問。

「我猜的。鏑力說過你是天才，史諾是胸口中劍死的。能夠和他正面對決取勝的人，整個蔚城我只想得到你而已。」

「很多賊和殺手，也能在人潮擁擠的街頭，做到同樣的事。」

「小賊沒有殺他的動機，更不敢在修道院附近動手。」

「信仰虔誠的國家就是有這種好處不是嗎？」

「你為什麼要殺史諾？」佳佳忍不住聲音裡的顫抖。「你們不是騎士團的兄弟嗎？你們的信念不正是為兄弟奮戰，為學識獻身嗎？」

「史諾是個叛徒。我剃掉頭髮是為他的錯誤哀悼，為我來不及讓他回頭懺悔。」墨席尼往窗外望了一眼，然後關上窗戶，再來是通往房間的門。無獨有偶的，這些通道的出口都略略縮小了一點，和佳佳背後的門一模一樣。

「你打算要先殺我，還是先解釋？」佳佳問：「你也殺了我媽媽？」

「我殺的只有史諾一個。我調查過依莉絲的死，她的確是自我了斷。在她的私人藥箱裡，有一劑紅鵝膏，毒性和她的死狀吻合。」

「那史諾——」

「我阻止他去刺殺依莉絲。」墨席尼把手上的武器放在桌上，雙手背在身後退開。「只可惜我沒能阻止依莉絲自戕。我想也是時候，和你把話說開了。」

「你這是在做什麼？」

「我正在告訴你，你的信任與愛給錯對象了。」

佳佳收回鑰匙，指甲刺進掌心的肉裡。「說清楚一點。」

「羯摩騎士早已不是什麼團結光明的組織。我們內部分裂多年，如果不是拉普大伽業竭力維持對外團結的假象，眾騎士許久前就該分崩離析了。」

「我不懂你說這些話是什麼意思。」他在說謊嗎？打算讓佳佳放鬆戒心，再一劍抹去她的性命？

「如果你還是不了解，我最好從頭說明。」墨席尼沉穩的臉罩上一層陰影。「也許你還記得半年前，夏美娜公開論文，引起軒然大波，消息傳進瑟隆王宮廷的時候。當時你聽到消息，建議瑟隆王做了一件事。」

「我請父王聯絡媽媽。」

「正是這個。如果我沒猜錯，你的心思不只這麼單純。」

「你怎麼知道？」佳佳問。

「依莉絲是你的母親，你很清楚這是一個機會，一個能讓你找回母親，幫助她脫離聖白殿的捷徑。只要依莉絲願意拿出自己的文章，就能打垮夏美娜漏洞百出的論文。她會被視為大功臣，聖白殿對她卸下防備——或者我們可以說，是你製造假象讓聖白殿卸下戒心。等他們發現鑄下大錯的時候，依莉絲已經回到瑟隆王的懷抱。如今的瑟隆王，已不再是當初處處受制的王太子，絕對有能力保你們度過難關。」

他知道了？也是，這部分不難猜，佳佳多少也對鏑力透漏過一點，墨席尼想必能輕易從他口中問出這些事。

「你犯的第一個錯，是把聖白殿想得太天真。緊接著，你又犯了第二個錯，這個錯誤更足以害死你。」

「我做錯了什麼？」佳佳問。

「你透過瑟隆王聯絡羯摩騎士，請他們支援你的計劃。我猜你這麼做，一來是想對外營造出角儀宮置身事外的假象，二來想讓騎士成為公證人，支持你在計畫最後提出的論文。」墨席尼說：「只可惜你大錯特錯。當我知道老庫翰帶著三名騎士，應召前往墨之都的時候，立刻請求大伽業讓我以增援的名義跟進他們的腳步。」

「你想暗示什麼？」

「應許你們召喚，離開騎士團和瑟隆王室接觸的不是什麼正義騎士。他們是叛徒，和教權勾結的墮落騎士。他們的計畫，就是將你和安奈軟禁在蔚城，強迫瑟隆王低頭，直到取得依莉絲當年留下的資料為止。你過度信任羯摩騎士，為了低調行事，不使用皇家衛隊是天大的錯誤。」

「我不相信。」她說：「你在說謊。」

「我會把話說完，是謊言還是事實，由你自己判斷。」

墨席尼平靜的臉毫無波動，佳佳看不出說謊的痕跡。

「他們計畫由你代勞，找出依莉絲留下的論文。如果依莉絲拒絕你，就直接將她滅口，再偽裝成自戕瞞過大眾的耳目。如果依莉絲點頭答應提供資料，則搶在你們談好條件之前，奪走並銷毀她手上的東西。

「所以我殺了史諾，阻止他傷害依莉絲遂行計畫。我錯估兄弟在他心中的分量，佛斯曾經想將他拉回我們這邊，但是最後仍然阻止不了他走上最後一步。你會被蒙在鼓裡，是我說服大伽業不要公開叛逆的行為，好偽裝成他們的一份子，以便確認他們的意圖。他們認為除去依莉絲就是替教權除去眼中釘，護衛教權的騎士團將成為大功臣，享有自創立以來皆不曾得有的榮光。」

「聽聽你自己在說些什麼。」佳佳說：「聖白殿和騎士團掛勾？我可是非常清楚，羯摩騎士和聖白殿向來水火不容。」

墨席尼搖搖頭。「我說的不是聖白殿，而是咒闍利教權，橫行日顯的日濟會。你這一行惹上的黑手多到你不能想像，那些大使在角儀宮朝堂上的叫囂，是這樁陰謀中最無害的部分。」

「我不知道為什麼你告訴我這些事，但是你逾越了分寸，請你立刻離開我的門廳。」

「不，公主，我想你很清楚我為什麼說這些話。」墨席尼說：「你愛的人，正是最接近你的幕後黑手。依莉絲和夏美娜的心血，是他亟欲摧毀的目標。在他的策劃下，你成了日濟會與聖白殿兩方必殺的目標。」

佳佳感到一陣天旋地轉，惡寒竄過她的背脊。她不相信，這一切都是墨席尼的陰謀，是他為了阻撓自己，才會出言毀謗鏑力和老庫翰。

「鏑力不會這麼做。」她說：「他為了保護我，還想說服我回墨之都。」

「因為睽鏑力終於意識到事情超出他的掌控。我偽裝成叛徒和海瑟院長見面，透過她把大伽業注意到叛徒的訊息送出。」

墨席尼重重嘆了口氣。「他們就像一群孩子，自以為是地戲耍成人的玩具，最後被利劍刺傷手指。如今趁還能回頭之前，請你快離開蔚城，別在他們頭上多添罪業。你現在回角儀宮不只能保住小命，睽鏑力也可以繼續扮演英勇的騎士。也只有你平安回宮，我才有辦法說服大伽業從輕發落。」

「我不能離開。」佳佳說。

「你不需要拿命和叛徒賭博。」

「但這是我媽媽一輩子的心血，我的自私打垮了她最後的信念，逼死了她。我絕不可能就此離去，忽視她的憾恨，躲回父王的宮殿裡。」佳佳堅持道

「那就帶著這些東西離開。帶回墨之都，鎖在角儀宮的深處，直到世人能接受的那一天再拿出來。日濟會和聖白殿既古老又龐大，不是你一個女人靠著三言兩語就能擊垮。」

「鏑力會保護我。」佳佳執拗地說。

「他連自己都保護不了了。公主殿下，聽我的勸回墨之都，為愛護女兒的瑟隆王著想。」

佳佳別過臉，不想再聽見任何一個字。他們都是騙子，她憑什麼相信墨席尼不是其中之一？說不定

他也是自己口中唯利是圖的小人，為了勸退佳佳編排謊言，不惜毀謗自己的騎士兄弟。

「請你離開。」佳佳說：「我開不了門，但是你能。請你離開我的門廳，在我還能心平氣和說話前，請你離開我的視線。」

墨席尼望著她，許久沒有說話。他在想什麼？新的謊言？還是他終於決定採取極端，殺掉佳佳一勞永逸。他取回桌上的劍收進劍鞘，舉高左手。

「你讓我別無選擇。」

他打了個響指，四周的門窗脫離封鎖，輕巧地滑出框架。

「等佛斯帶著史諾回到蒔文麗亞，另一隊騎士會立刻出發，前來支援我逮捕睺鏑力三人。等到那時，我們只能用強制的手段，送你離開蔚城；我並不希望事情鬧到那個地步。替我照顧疾鵬，如果有需要，這張紙上有找到我的方法。」

騎士掏出一張招募碼頭工人的傳單放在桌上。佳佳把門拉得大開，走廊上空無一人，墨席尼走出門廳時連句道別也沒有。一個淡綠色的光圈從樓梯的間隙透出，隨著他的腳步聲遠去。聲音穿過樓下的大廳，然後是一陣輕巧的鈴聲。

墨席尼離開了。

佳佳靠著門，身體慢慢往下滑，竭力放空腦中所有的思緒。

「是你害死了她！都是你！」

「你留她孤軍奮戰，你以為她一個女孩子能撐持多久？」
「卑鄙、下流！他們所有人都是因你而死！」
「你不是什麼光明騎士，你只是一隻沒用的老鼠！」
「鼠輩！」
「覓奇！」
「這樣下去不行，他的燒再壓不下來，這隻右手就完蛋了。柳皮煎劑看來是沒效了。」
「一定有辦法能救他。船上有青虹膏嗎？」
「青虹——你瘋啦？那東西有毒耶！」
「現在不是考慮副作用的時候。不下點猛藥，他撐不到下一個港口。這裡距離底斯港還有多遠？」
「底斯港？這位老兄，你說的該不會是福波愛蘭的底麗斯波普吧？那至少還要三輪日晷才到得了，這個小弟絕對撐不到那個時候的。」
「可是現在只有青虹膏能救他。求求你，想想附近有什麼地方可能會有這個東西？」
「這個……」
「你害死了他們！」
「你拋棄了他們！」
「所有的孩子要因你挨餓了！你浪費他們乞討的時間和食物，害死了維利和其他賣貨郎，那些日顯人都是因你的野心而死！現在說說看，你想死在哪裡？你以為你能死在哪裡？」
「我是知道一個地方……」
「你知道一個地方？」

「我是知道——風暴女王憐憫，我本來以為救你們是日行一善，可是如果要和那群怪人打交道，我可不敢說什麼善有善報了。」

「快說！」

「我說、我說，你不要動手動腳。那個地方在白領口，沒有海關管制，只是你下船之後得要自己問路再走上一段。我聽說那些老傢伙很厲害，什麼稀奇古怪都難不倒他們。去找他們，說不定他們會有青虹膏，救你小弟一條命。」

「感謝你，這樣已經足夠了。」

「等那些老傢伙把他救起來再說吧！錢留著，你那幾枚刀幣，我多拿一分都是罪惡。。」

「有罪！」

「你不配得救！」

「你早該死了！」

「老囉嗦……」

「覓奇？」

♞

傳說中，暴風洋上的風雨會追逐船隻，直到擊垮脆弱的船體為止。過了幾百年後，人們發現了風的祕密，向暴風女王祈禱獻祭，懇求她發揮神力替子民壓制調皮的風妖雨靈。爾後，人們豎起繪有女神符文的風帆，捕捉風妖提供遠航的動力，女神的明礬潔淨了從天落下的雨水，彼岸從此不再遙遠。

但是藏身日光中的妖魔，可不願就此坐視人類享受海洋。牠們鼓動熱烈的東風，煽動他們成為颱風，攻擊商船和漁民，連溫和的西風都要遭他們驅趕。嫉惡如仇的暴風女王每每聽聞此等醜事，總要執起兵器，憤怒迎向戰場打擊惡靈。當雙方開戰時，不會有任何凡人敢介入其中。

覓奇很確定自己陷入了一場神魔大戰之中。搖擺的波浪把他肚子裡的東西翻到一點也不剩，任何稍微有點氣味的東西到了他眼前，都能引起另外一波騷亂。說正格的，在這艘到處都是霉味的破船上，就算是清水也令人作嘔。船艙到處都是破損，尖銳的木刺刺得人滿手滿腳，好像組成這艘船的是指甲屑而非日顯的木頭。

實在很難相信他還活著。覓奇四肢發軟，兩眼昏花，燒得好像有人在他腦子裡點了一把火。如果這把火是通往地獄的捷徑，那他一定走得非常快。羅睺會定時來看他，而且彷彿嫌他走得不夠快一樣，逼著他吞下苦膽般的恐怖飲料。霸道的騎士會用手摀著他的嘴巴，直到確定覓奇吞下每一滴為止。

等他離開之後，覓奇自然也有應對方式，主要和床底下便桶有關。

可是今天他連便桶都碰不到，他才剛爬下床，立刻吐了自己滿身。紅腫痠軟的右手掛在床沿，一點忙也幫不上。他聽到一個恐怖的聲音，拿玉袞的臉追著他不放。

「覓奇！」

大手把他從嘔吐物裡撈出來，用發霉的抹布用力擦他的口鼻。覓奇睜開灼痛的眼睛，羅睺的醜臉和天使一樣閃閃發光，滿頭大汗。

「老囉嗦？」

「我在這裡，你還好嗎？」

「我……」他不好，非常不好。「我們得救了嗎？」

「獃龍船長讓我們爬上他的船，多虧你，我們得救了。」
「獃龍？」
「沒錯，這是他的姓，日顯的姓。」又哭又笑的羅睺看起來更醜了。
「日顯人都是瘋子。」覓奇咕噥道。
「我可是聽說過寧國有人姓多郝。想想那有多好笑，每次和人見面總是要問他近來多好。」
覓奇想笑，可是笑不出來。羅睺不太會講笑話。
「我死定了對不對？不然你不會委屈自己講笑話給我聽。」
「胡扯，你才不會死。」羅猴輕拍他的臉，要他清醒。
「真可惜，我永遠不知道夜行船的結局了。」
「夜行船？你讀到第幾冊了？」
「我才剛看到惡龍追著多九思到海上。」覓奇說：「然後呢？你知道後來發生了什麼事嗎？」
「我知道，我當然知道，那是我死前最風行的刊物。」
「女神在上，這本書印出來兩百年了？」
羅睺把他搬到床上。「接下來的發展非常驚人，等你康復，我就告訴你發生了什麼事。」
覓奇就知道會這樣。「現在說。」
「不行，你要休息。」
「我不休息你要怎樣？用騎士的方法說服我？」
「你這狡猾的小老鼠。」
覓奇知道自己贏了，用力展現勝利的微笑。羅睺嘆了口氣。

「多九思發現惡龍追來之後，指點船員進入一道高速的危險洋流，用最快的速度乘浪駛向夜境。惡龍與牠的爪牙緊追不捨，穿越海洋追來。恐懼的船員知道牠的目標是誰，決議背叛多九思。他們逼他跳船，躍進無盡的汪洋中，用肉身餵食惡龍。」

好吧，覓奇沒預料到會是這樣的答案。一道燥熱的白光，不知道從哪裡的隙縫透進來，刺得覓奇全身不舒服，愈來愈煩悶。

「這結局爛死了。」他說：「我討厭這本書。」

「我說過要你先休息，把第五冊留到最後。」

「還有第五冊？」

「你休息一下，我們快靠岸了。」

「等等！第五冊的結局呢？先告訴我……」

「你撐到上岸，我就告訴你；如果你活下來，我連第六冊發生什麼事都告訴你。」

「第六冊？」覓奇在幻想嗎？還是老囉嗦故意騙他？他看見羅睺離開房間，不一會兒又帶著一個長方形的東西走回來。他把東西放在覓奇左手上，那種觸感和書本一模一樣。覓奇用力瞇眼睛，依稀辨識出一個大大的六。

「我沒騙你吧？」羅睺說：「我們要去的地方，有一群老傢伙很厲害。聽說他們對園藝和農法很有研究，種出來的八寶芋和西瓜一樣大。」

「西瓜？」

「等你吃過之後，一輩子忘不掉的好滋味。」

「我……」

「先睡吧！我不會唱搖籃曲，但我還是會一些其他的東西。」

羅睺用日顯話唸著什麼東西，覓奇聽不大真確。他朗讀的聲音很好聽，有種催眠般的效果，覓奇忍不住閉上眼睛。

別走入那夜，生命當如流火。

奮不顧身的星，孛離常軌的火。

覓奇閉上眼睛，波浪搖晃著破船。

# 18、宴會

「我說小女生，你們是誰呀？」

「稟告領主夫人，我的名字是賀梓柔，這是我妹妹梓妍。」

「賀？你們是賀維新的女兒？」

「是的，夫人。」

「真是奇了，一個農工的女兒居然也能長得這麼漂亮。來，過來，別害羞，轉兩圈讓我看看——看來妹妹比姊姊大方呢！」

「是領主夫人不嫌棄。」

「你們都太瘦了。雖然說是農工的女兒，但是你父親真該把你們養胖一點。」

「夫人——」

「我都聽威全說了，這次失蹤的小隊長，是你未來的夫婿？」

「是的，夫人。」

「我很遺憾發生這種事。過來，小女生，我不會吃了你們。有時候什麼都不用說，一個擁抱最實際。這裡是聖白殿，修女的教誨我們可不能忘。奉廉守貞，關愛彼此，今天日子不好過，我們該對彼此好一點。」

「謝、謝謝夫人關心。」

「別哭了，又不是什麼大不了的事，哭什麼呢？唉唷，振作一點吧！」

「對、對不起，只是一想起玉裘大哥，我實在忍不住眼淚。」

「你該振作一點才對。不如這樣吧，賈賜的夫人準備宴席要幫我們接風，你們也一起來好了。宴會什麼的，就是要人多才好玩。你們一起來湊人數、湊熱鬧，順便換換心情。」

「財務官大人的宴席？真的可以嗎？」

「我是鬱光城多瑠家族的夫人，我說可以就可以。」

就一場接風宴而言，梓柔穿得太制式了一點。她聽媽媽的話選深藍色的圍裙和手套，再自作主張加一條縫上亮片的絲質頭帶配白罩衫和褲子。對著鏡子檢查儀容的時候，長外套和罩衫的顏色令她聯想到警備隊制服。

這正是她要的。

「你看起來不錯。」賀夫人拉平她的外套下擺，憂慮的表情把她的圓臉都弄皺了。「我不該讓你們姊妹自己去赴宴。那裡會有很多大人物，賈賜從接了財政官之後，就一直想查你爸爸，你去赴宴絕對沒有好事。」

「媽媽，這是領主的接風宴，和財政官無關。」

這絕對是謊話，只是他們母女都得聽下去。更何況這是一個機會；如果賀家姊妹能博得領主夫婦的好印象，未來對賀家有益無害。

「也是。」賀夫人說：「別只去吃喝玩樂，先去探探路，如果玉裘真的——」

「媽媽，沒事的。」梓柔阻止她繼續往下說，她還沒有辦法往那個方向想。

「媽媽去看梓妍好了沒有。」

「好。」

賀夫人打開房門，差點和站在門外的賀老爺撞成一團，嚇得他趕緊閃身跳開給夫人讓路。賀夫人白了老爺一眼，挺著胸脯擠過他身邊。賀老爺不敢吭聲，歪著頭鑽進梓柔房間。

「準備得怎樣了？」

「我還沒化妝呢。」梓柔舉起手上的彩筆。

「是呀，女孩子出門，畫一下臉是當然的。」賀老爺歪了歪嘴巴說：「爸爸有什麼地方能幫你嗎？」

「沒有，化妝是女孩子的事，爸爸你不要管啦。」梓柔對著鏡子揮手要爸爸快點離開。

「我的漂亮女兒也到化妝的年紀了。」賀老爺苦笑兩聲。「今天晚宴，記得給他們一個好看。」

梓柔對著鏡中的爸爸眨眨眼，示意她明白了。賀老爺摸摸鼻子走出房間，還不忘幫她把門關上。

梓柔替自己上兩道眼影，再把嘴唇擦得晶亮。她的皮膚夠白，沒有雜色，簡單的妝容就能讓她看起來完全不同，宛如脫胎換骨一般呈現不同的氣質。她今天是賀家未出閣的大小姐，樣子還是樸素一點好。

賀夫人帶著一身嫩綠的梓妍出房間，和梓柔在門廳會合，把兩姊妹交到碧琪和車夫手裡。今天嚴肅的女總管會跟著出席，以防姊妹倆有任何需要。

「玩得開心一點。」賀夫人對他們揮手告別，兩姊妹坐上人力車，離開白牆院。

「爸爸又開始踮腳了。」離開門前的光圈後，梓妍附在梓柔耳邊說。

「他只是緊張而已。」梓柔說。

梓妍沒有回話。一向活潑的她，似乎也知道今天氣氛不尋常，沒像平時一樣纏著梓柔說話。兩姊妹閉著嘴巴，乘著星光前往財政官宅邸赴宴。

財政官的官邸位在佳璽街上。車伕拉著人力車靠近宅邸，梓柔漸漸看清佳璽街的遠方，有一環圓形的拱門模仿菇蕈叢生的外型，托起方正的宅邸。

車伕把車停在拱門前，梓柔帶著妹妹走下車，加入其他客人等待的行列，好通過姿態高傲的門房檢查。明亮的燈蕈排滿每個拱門旁的燈座，把這些賓客的臉照得光鮮閃亮。

梓柔不認識他們，和這些大人交際應酬通常都是爸爸、媽媽的工作。她和梓妍更常去參加茶會，和一些大姊姊交換稀奇古怪的飾品或玩具。梓柔直到最近才靠著油彩卡片打進他們的談話圈，這下子又換一個新的圈圈，她緊張得胃都痛起來了。媽媽常說不管是看戲還是吃飯，穿得漂亮一點不只是對自己好，也是向其他人展現自信。這些大人的自信刺眼又閃亮，嚇得梓柔直想帶著妹妹躲進黑夜裡。

可是不行，她好不容易認識領主夫人，有機會搏得好印象。如果事情順利，拿玉裘的失蹤案就不會再影響爸爸的事業，她甚至有機會幫忙拿伯找回兒子。只要拿玉裘回來，一切都可以恢復正常。他們會在雨季前成婚，幸福的未來等著她。

梓柔望著眼前，想著那句老話，人要看著眼前才能向前。她眼前有一道灰白色的拱門，還有一個驕傲的門房，領主夫人就在這扇門後。

「姓？」

「賀。」梓柔說：「我是賀梓柔，這是我妹妹梓妍。我們是——」

「我知道了，領主夫人的客人。」穿著銀色長外套的門房撐大鼻孔，臉說不出的醜怪。她想到媽媽曾經交代過，對下人只要說出姓氏就可以了，需要自我介紹的人都沒什麼好出身。

「請進。」

在法庭上聽見無罪，也不會比梓柔聽見這兩個字還開心了。她獲准進入領主夫人的接風宴，這是今天最重要的事。

「帶路。」

門房身旁的女僕俐落地擺手轉身，銀色的圍裙泛出波紋帶他們進入室內。非常微弱的音樂聲傳進梓柔耳裡，有人在奏樂，說不定等會還能跳舞。有個貴婦手上戴滿金手鐲，在半空中輕輕揮著，發出叮鈴聲。梓柔和妹妹繞過她身旁，縮著身體向前走。

穿過重重衣著光鮮的人牆，終於看見了領主夫人。站在前方主位前，一身寶藍色的夫人貴氣逼人，結實透亮的珠寶用銀鍊串著，繞過脖子和胸脯。梓柔注意到她站的地方光圈特別明亮，使她和藹的胖臉看起來光彩照人，畫了濃厚眼妝的雙眼散發神祕感。

「看看這兩個小可愛！」多瑠夫人大手一抓，把兩姊妹抱個滿懷。梓柔悶哼一聲，聞到濃重的香水味，像堵石牆撞得她滿臉生痛。「再等一下下，晚宴馬上就開始了。現在，過來見見這些大人們！」

夫人拉著他們，抓著他們再次進入人群裡。這和梓柔預期的爐邊閒談不太一樣，但至少是領主夫人帶著他們，有雙慈愛的手引導總比什麼都沒有來得強。

不知道繞了多久，過程中除了幾句哼哈，沒和夫人說上半句話的梓柔，頭暈到快吐出來的時候，賈家的總管總算宣布晚宴開始了。夫人拉著兩人，要梓妍和梓柔坐在自己身邊，在兩姊妹對面，年輕漂亮的賈夫人笑吟吟地要女僕上菜。桌上擺上大銀盤、銀碗，還用金色的圓蓋封著。

「唉喲，這麼講究？」

「領主夫人見笑了，最近鬱光城老鼠到處亂跑，小心一點總是沒錯。」賈夫人一直在笑，好像多瑠夫人說了什麼笑話一樣。梓柔才剛坐上椅子，聽見老鼠這個字眼，手指忍不住扯緊圍裙。

「害蟲太多，就花點錢叫人來家裡除蟲。有時候除蟲這種事，就是要內外合力，才有辦法做得漂亮。」

「領主夫人說得是。」

賓客們還在交頭接耳，僕人們把盤子擺上桌卻不急著打開蓋子。

「就像這一次我們家領主大人硬是嘴硬，不肯和咒闍利合作。結果這下好，讓一隻老鼠壞了整個搜捕行動。消息傳出去之後，大學院那些老傢伙，現在可是說什麼都不肯多透漏半點蒔文壘的內幕。那些騎士鼠輩，還真能找到骯髒的同夥不是嗎？」

梓柔愣了一下，才意識到多瑠夫人是對著她說話。

「我不大懂這些事情。」她趕忙陪笑說：「爸爸說女孩子不應該知道太多政治的事。」

「你爸爸是一個農工頭子，也難怪觀念這麼保守了。現在女孩子要學點政治，才插得上男人的話題。」領主夫人說。

「夫人，雖然我爸爸觀念保守，但是玉裘大哥他很積極參與搜捕。我聽拿伯說，上次攔截日顯人的貨船，玉裘大哥可是立了大功呢！」梓柔接著說下去，希望能扳回一城。多瑠夫人露出笑容。

「只可惜他人出了意外，現在下落不明。這麼一個傑出的好青年，卻栽在一個鼠輩手上，真是叫人抱不平。我們每年能送去大學院的精英就這麼幾個，結果其中一個回國撐不到一年就沒了。」

女僕送上打溼的餐巾，讓座位上的賓客擦手準備用餐。梓柔聞得到些許刺鼻的酒味，還有淡淡的花香。鬱光城的人宴客時，總是少不了這麼一條兼具清潔，又能表現主人品味的擦手巾。

「嗯，桃花香，愛情的俘虜，小玉的品味愈來愈棒了。」

「是夫人的嗅覺出眾。我辦宴會一向都要做到最好，一點小地方都不放過。」

「的確，有時候一個小地方，就能毀了全盤局勢。髒老鼠從警備隊和護法官的手中溜出去，一個小錯眼看就要變成大災難。」

多瑠夫人拿餐巾把圓滾滾的手指擦乾淨，再把餐巾扔在餐盤上。賀家人瞪著那條餐巾，彷彿突然間和那條鵝黃色的布有了深仇大恨。

梓柔鼓起全副的膽量和勇氣說：「鬱光城的警備隊如此傑出，一定能及時彌補錯誤。」

「誇大？不，我可不這麼覺得。對外宣傳關稅會即刻提高二十個百分點，這是誇大。放話禁止橄欖油進口，就想要哄抬棉籽油的價格，這是誇大。但是對付這個罟覓奇，我的領主絕對不允許誇大。在護法官的犯罪紀錄上，這個鼠輩幾乎偷遍了鬱光城的大小書商，還有每戶家中有書本收藏的善良百姓。」

「夫人，我相信這些小奸小惡，只要警備隊有個能力卓絕的領導者，絕對會立刻改善。」梓柔抓緊她的話尾，試著轉移話題。「雖然玉裘大哥下落不明，但是我相信他遇上任何危難一定都能化險為夷。」

梓柔全身冷汗。不知道從什麼時候開始，長長的餐桌上就只剩她和夫人在說話。沒入席的拿威全站在遠離主桌的光圈中，遙望著沉默的賓客。

這是陷阱嗎？梓柔覺得好熱，卻又不敢伸手鬆開外套的釦子。莊重、儀態、第一印象，這是她今天的目的，表現他們姊妹出身好人家，犯罪行為和他們毫無瓜葛。多瑠夫人端起杯子喝酒，嘖嘖聲意外地響亮。

「如我丈夫說的，這些小奸小惡，最後都會成為推倒堤坊的風浪。罟覓奇犯的錯，林林總總加起來，判他死刑都不是問題。」她伸手拍拍梓柔的手背，露出慈母般的表情。「是說，這些年來也難為你了。」

「什麼？」梓柔眨眨眼。「我是說，我不懂夫人的意思？」

「威全給了我丈夫一些東西，我想代替他幫忙關心一下。」

「夫人——」

「我調出了一些東西來看，一看下去不得了了。罟家被人告發涉及間諜活動，賀家的事業正好迅速起飛。我轉頭左思右想，告訴我那領主大人，這事情才不會這麼明顯。如果每個事業起飛的農人、商人，都和犯罪分子有關係的話，鬱光城不知道要少掉多少善良市民。」

窸窣聲從其他座位間傳來，梓柔放膽撇過一眼，賓客們閃亮的唇彎成弧線，拿威全拿著一杯酒，舔著牙齒看戲。梓妍在發抖，低著頭不敢哭出聲音。在梓柔忙著無用的應對進退時，敏感的妹妹先一步發現那些嘲弄鄙視的眼神。

「我又說了，這事情絕對不是這樣，只可惜領主大人不相信。」多瑠夫人嘆氣。「男人，總是愛說我們多疑，自己卻處處小心眼。他不死心，偏要麻煩威全去查。查下去果真查出東西又怎樣？難不成一個好不容易拿到專賣權的農工，會放手把特許和聖水扔掉？就算他女兒真的和鼠輩私下來往，難道就能證明他們一家通通墮落了？更不要說那些謀殺未婚夫的蠢主意了，她是一個這麼好的女孩子，難道這些男人都看不出來嗎？」

梓柔張著嘴巴，說不出半個字。

「我愈想愈不對勁。只是你也知道男人說了要做，就是女神出馬都也擋不了。」賓客們發出捧場的笑聲，多瑠夫人繼續說。「所以，我給領主和威全提了一個主意。這兩個乖女孩沒道理受到驚嚇，當他們派人去白牆院的時候，我可以在這裡看著他們。」

梓柔倏地一下站起來撞翻椅子。後排的賓客紛紛拉長脖子，想把這一幕看個仔細。

「小姑娘怎麼了嗎？」領主夫人問。

「我有點頭暈。」梓柔木然地說。為什麼事情會變成這樣？她不是搏得好印象了嗎？多瑠夫人不是應該成為他們的助力嗎？

「頭暈的話最好還是坐著。」夫人說：「我還有一些話要講，你坐著會比較舒服。」

「夫人還想說什麼？」梓柔問。

「我很喜歡你們姊妹，想找人說說話、聊心事的話，我非常歡迎。我已經和小玉說好了，在領主追查案情的這段時間，我會借住在這裡。這棟宅邸的所有人，都會歡迎你們姊妹來拜訪。或者——為什麼不呢？——我今天幾乎都沒和妹妹說到話，不如梓妍就留下來陪我吧。」

「不！」

兩雙手一左一右架住梓妍，驚嘆聲從席間湧出。不少貴婦先是嚇得揪住心口，隨即才露出寬心的笑容。還沒輪到他們，至少不是今天。梓妍睜大眼睛看著姊姊，卻不敢掙脫箝住她肩膀上的手。

這是陷阱，是他們聯手挖給賀家的陷阱。

「小心一點。俗話說得好，走錯一步，全家入土。」拿威全的聲音貼著梓柔的背。「你的總管和車夫都準備好了，要他們先送你回家嗎？」

梓柔胡亂揮著手想保持平衡，跌跌撞撞摸出宴會廳。她似乎聽見爆笑的聲音，或者是竊竊私語，也有可能只是吹過走廊的風聲。走廊上綠色的光圈指引她出路，面目猙獰的門房還站在門口，冷冰冰地目送她離開。

她想必是一個人回到家裡，因為她不記得碧琪或是車伕有出現。但是她不記得自己是否走過黑暗的街道，或者繞過佳璽街和公理路的交叉口。她的腦子糊成一團，只記得擠滿人的宴會廳，還有白牆院空蕩蕩的暖房。

暖房裡什麼都沒有了。肥料袋、培養菌種的土罐、過濾灌溉水的濾網，所有的東西被搬得一樣也不剩。原本閃閃發光的聖水瓶如今一個也不剩，暖房裡不再充滿光芒，白牆院只餘一片漆黑。

「你做了什麼？」

梓柔急急回頭，微光中看見媽媽兩手沾滿光液，臉上都是藍色的淚痕。

「你到底做了什麼？」她衝上來揪住梓柔的頭髮大吼，眼淚、口水、鼻涕噴了梓柔滿臉。梓柔痛得尖叫，忍不住揮拳推開媽媽。

「我什麼都沒做！不是我、不是我！」

「他們拿走一切，所有的一切呀！」

「不是我！」

梓柔拚上蠻力向外推，打到一團潮濕混亂的東西。她向前揮手，掙扎扭動著身體，慌得顧不了四周，推倒空蕩蕩的架子。傾倒的架子撞上暖房的厚牆，散成無用的鐵條。

賀夫人踩空摔倒，總算放開雙手。梓柔順勢往後躲避，爬到厚重的石桌後。暖房裡的地熱爐關閉了，觸手所及都是冰一般寒冷，無數的細針刺在梓柔的手心裡。賀夫人放聲痛哭，淚水混著光液沾了全身。從黑暗中看過去，宛如發霉的布娃娃，遭人棄置在庭園深處。今天是無星天，鬱光城比平時來得冷冽。梓柔抱住雙膝，緊閉著嘴巴不敢出聲。

有什麼東西闖進來，偷走她原來的生活。她不敢哭出聲音，就怕下一個消失的是自己。有隻野獸正在四周徘徊，火紅的眼睛緊盯著獵物。

# 19、處罰

「所以說，那女孩不甘心這麼回家？」

「她必須回去。騎士團的兄弟死了，要是大伽業派人追究，我們的處境會加倍難堪。」

「你覺得大伽業會斷尾求生嗎？」老庫翰嚴厲的口氣，聽在他耳裡有另一層涵義。睽鏑力用拳頭揍牆，感覺堅硬的石牆將他的力道彈回。錯了，所有的事情都錯了。此時此刻，他們應該帶著勝利的笑容回蒔文麗亞，而不是困在哈勒旅社空蕩蕩的餐廳一籌莫展。

「會，他會這麼做。拉普是好人，但是他同時也是領導騎士團的大伽業，就算他不肯，也會逼自己下定決心。」睽鏑力說。

「騎士團裡好人太多了，才會落得處處遭人掣肘。」老庫翰把桌上的信件一字攤開。「我懷疑墨席尼不是我們的同伴。」

「我警告過你，他絕不可能是我們的同伴。他太忠誠了，絕不會背叛大伽業。」

「他會成為障礙。」老庫翰說：「我們要做的是正確的事，有他阻擋在我們面前，我們沒有辦法貫徹目標。我知道你不願意對上朋友，這些信裡會有我們的解方。」

「然後呢？我們殺了一個，接下來還有幾個？」

「他殺了史諾，這是他要該付的代價！」老庫翰重拳敲在桌上。「我為騎士團付出人生，絕不會因為一個跳樑小丑毀了一切！」

睽鏑力沒有應聲。他拉來椅子，瞪著簡陋的椅背，想起先前佳佳正是在這張椅子上，點頭答應婚約。那一天他們說了好多話，關於過去和未來，用無數的憧憬和承諾在溫暖的空氣裡編織夢想。

「日濟會怎麼說？」睽鏑力放棄座椅，轉而問道：「聖白殿呢？」

「海瑟院長拒絕繼續提供協助。對聖白殿而言，依莉絲自殺就是最好的結果。等我們回國，再把夏美娜交到日濟會手中，也算是完成協議了。」

老庫翰還有話沒說。身為他的學生這多年了，睽鏑力聽得出來這個大鬍子老頭意猶未盡的語尾，還有沉默背後的暗示。犧牲了史諾，依莉絲也完了；夏美娜人在蒔文麗亞，有奧戴良議長的眼線監視著她。現在只剩下最後一塊拼圖了。

「你查出什麼了嗎？」老庫翰問：「她寫給瑟隆王的信呢？是不是有所遺漏，我們才沒看出端倪？那些東西一定還在，否則瑟隆佳佳不會這麼斬釘截鐵，相信自己能完成整套理論。」

「佳佳寄給瑟隆王的信，完全沒有提到依莉絲的舊資料。她對隨身的東西很小心，隨時都有她自己或是安奈照看。我怕引起她注意，不敢搜得太澈底。」

老庫翰又不說話了，睽鏑力真的非常痛恨他這麼做。

「我不會把她交出去，不可能。」

「你還認為自己可以說服她嗎？依莉絲的死激化了她的態度，現在的她把破壞她母親研究的人視為毒蛇猛獸。我認為短時間內，她絕無投向我們這方的可能。」老庫翰說。

「她必須回墨之都。只要她放棄手上的資料，我們和日濟會談好的條件就還有效。」睽鏑力不願放棄。

「你知道我們的目標有多遠大，也該了解我們為什麼不能失敗。議會對我們的監控愈來愈嚴密，繼續被他們的法條綑綁下去，騎士團會窒息而死。日濟會的條件簡單明瞭，我是尊重你，才沒有壓著你處理瑟隆佳佳。距離你成為大伽業只剩最後一步，不要因為私情動搖。」

「大伽業的位子歸你，我的志向不在這裡。」睺鏑力看著老邁的騎士說：「你是我的老師，這份榮耀實至名歸。」

老庫翰搖搖頭。「我很清楚我太老了，能力和聲望也不及你。由你出任大伽業，才能說服其他人我們的決定是對的。我會承擔錯誤的代價，離開騎士團退休——不要跟我爭這個，這些早先就談好的事，爭辯並不能改變我的初衷。我只希望羯摩騎士，能夠真正成為我們夢想中的知識火炬，照耀世界上每個黑暗的角落。」

聽聽他說的話，他們有理想，只是理想的路上有太多阻礙。想起這一路跌跌撞撞，睺鏑力不禁有些神傷。他們都知道事情最後只有一個結果，也只能有一個結果。但是最關鍵的部分，還握在佳佳手上，只要那份資料存在一天，就還有變數存在。

睺鏑力環顧黑暗的哈勒餐廳，周圍的光源只有老庫翰面前的燈台。很難想像不過才幾天前，這裡還齊聚了他們一眾人馬喝酒跳舞，開心得好像明天永遠不會到來。生活在夜境裡的壞處，這些人日復一日、年復一年生活在黑夜裡，以為時間會永遠暫停在好時光中，殊不知在日光普照之處，世界早已變了模樣。

「那個叫哈勒的傢伙呢？」老庫翰問：「這裡是他的地方，我看見他昨天找上蘇羅，沒發生什麼意外吧？」

「我們的錢還夠買他閉嘴一段時間，但是這段時間恐怕不會太長。」

「你收這個見習生的時機非常差。」老庫翰皺起眉頭。
「他會為了成為騎士做任何事。我明確地告訴過他，如果我們失敗了，將不會再有任何羯摩騎士領他入團。」睺鏑力說。收蘇羅為圖雖然不乏私心，但他不認為這一步有錯。
「希望他有你說的那麼忠誠。」
腳步聲由遠而近，睺鏑力下意識蹲低，把手壓在地板上，波力透過他的手向外送出。這是一門非常精細的技巧，許多人不知道，但是他已能徹底掌握。在人體內天生就有波動與凝聚兩種力量，只要控制得宜，就能在不被人發現的情況下，探查出周遭環境的大小細節。回傳回來的波動輕快、有規律，睺鏑力分辨出屬於蘇羅的腳步。
他收回手掌站起身，蘇羅正好帶著滿手的光液，走進餐廳的光圈裡。
「你去哪裡了？」睺鏑力問。
「報告大師，我去刷馬，計都和疾鵬我都整理乾淨了。」蘇羅把手背到身後，照他教的姿勢站直身體。他這麼做的時候，胸前擠出了一個方形的陰影。
「我要你做的事呢？」
「我沒有找到可疑的東西。」
「真的？」
睺鏑力伸手探進蘇羅胸前的暗袋，眼神死死盯著學徒，不許他反抗。
「你被發現了？」睺鏑力問。
「我在翻書的時候，差點被公主小姐發現，所以我——」
睺鏑力一拳揮過去，正中蘇羅的腹部。他稍稍控制力道，蘇羅縮成一團倒在地上。「我說了什麼？」

「找、要找，要找公主小姐的箱子、那些我沒看過的箱子……」

「那你做了什麼？」

「我想找箱子，可是我不敢，裡面有好多珍貴的瓶子，我怕打破……」

「瓶子？」睺鏑力換上皮靴，再次打斷可憐蟲的呻吟。「你為了那些瓶子，中斷我給你的任務？為了那些裝滿垃圾泥巴，沒用的爛瓶子放棄了我的任務？你的信念呢？我對你的訓練呢？當你只顧慮到那些爛泥巴的時候，你有想過你背棄了多少東西嗎？」

他沒有大吼，他很自律，睺鏑力不許自己失控，只是每罵一句便加上一腳強調語氣。他會處罰蘇羅，不過他一直很小心，避免留下疤痕引來注意。低調是生存之道，睺鏑力深諳此道。

「我會教你很多道理，但如果你連一點小事，都不肯照我的要求完成，你要我怎麼相信你有信念？要我怎麼相信你挨得住成為騎士的訓練？我再問一次，你的信念呢？你的信念到底在哪裡？難不成你口口聲聲說要成為騎士，心裡在意的卻還是這些小孩子的玩意，還是那些夜境的妖魔傳說嗎？」

「對不起、對不起、對不起、大師……」

「不准哭！我准你哭了嗎？你的訓練呢？如果未來你被人嚴刑拷打，你也要像這樣哀求你的敵人嗎？」

「不、不、我不——」

「說！」

「夠了。」老庫翰抓住他的手臂，熱氣湧上他的大腦，昏了他的頭。睺鏑力推開老師的手，全身肌肉緊繃。蘇羅不敢發出聲音，用拳頭壓著嘴巴趴在地上，不知何時把睺鏑力扔在地上的書本搶在懷中。罪惡感翻攪著睺鏑力的心，如果連對一個見習生都心軟，他要怎麼拯救佳佳？怎麼拯救岌岌可危的騎士團？

睺鏑力推開老庫翰的手，蹲到蘇羅身邊。

「我知道你很難過，但是你必須堅強面對。你可能覺得我們在傷害佳佳，但這是因為她不知道自己正往死路上走。我們要把她拉出錯誤的道路，帶她平安回到墨之都。我們說好了，保護她是第一順位不是嗎？良藥苦口，我們在做正確的事，我們需要你的幫助。」他手搭在蘇羅的背上。「你要相信我們。只要完成這次的任務，你的功績絕對足以打開騎士團的大門，出身夜境將不再是你的阻礙。」

「真的嗎？」蘇羅抬起頭，大眼睛裡都是淚水。

「你要相信我。」

見習生點頭如搗蒜，掙扎著想從地上爬起。他還抱著那本書，動作笨拙。睺鏑力幫了他一把，扶正他緊繃的身體。

「如果你喜歡那本書就留著吧。適時的放鬆，也是訓練的一部分。」

「謝謝大師。」泣不成聲的蘇羅拚命點頭。

「現在回房間去，你知道傷藥放在哪裡。」睺鏑力說。

蘇羅再次鞠躬道謝，摸黑離開餐廳。睺鏑力聽著他離開的腳步聲，不時還能聽見桌椅的碰撞。

「你對他太嚴厲了。」老庫翰下了一句評語。

「寧可是我對他嚴厲，踐踏他的尊嚴，也不要未來某個要他性命的敵人奪走他的首級。」睺鏑力說：「這是你教過我的話。」

「你已經不需要我的鞭策。」老庫翰拍拍他的肩。「過來，我們把這些信的去向安排好，時間不多了。」

# 20、請求

蔚城和墨之都有個很大的不同，每當新的一天來臨時，總會有灼熱的陽光照進房子裡。安奈不喜歡蔚城的陽光，雖然不能否認這邊的氣溫比較舒服，但是每天出門的時候總要撩著裙子躲太陽，實在令人焦躁。她動動手指和手臂，這兩天搬那些重得要命的紙，都快把她的手臂廢掉了。佳佳那個驕縱的小公主，每次寫東西興致來了，就沒日沒夜拚命寫，完全不顧自己的身體。看她訂購紙張的氣勢，昨天晚上大概又拉著鏑力大人陪她到深夜了。

安奈真替她感到不值。根本沒有人重視她做的事，為什麼她還要這麼堅持？依莉絲死了，聖白殿光聽到她的名字就氣得跳腳，羯摩騎士死的死、逃的逃，只剩三個稍微有點良心的傢伙還待在她身邊。佳佳寄出的每封信都沒有回覆，國王至今音訊全無，安奈覺得也是時候，提醒公主承認自己孤立無援了。

她用冷水擦擦臉和手，思索著這代表什麼。她沒想過要換個新主人；這幾年跟在佳佳身邊，她漸漸了解除了佳佳之外，沒有其他的女主人會容忍她的壞脾氣。他們之間說是主僕關係，毋寧說是兩人各自撿到了妖精的好運氣。佳佳不像其他公主這麼驕縱，安奈也沒讓她知道其他遭僕人輕視的女孩子有多可憐。

他們必須保護彼此，佳佳是她的姊妹。如果她出了什麼意外，安奈也不用回角儀宮，直接跳下蔚城碼頭就行了。

她穿好衣服，穿過走廊到隔壁佳佳的房間。鏑力沒拿燈就站在佳佳的房門前，只靠著微薄的晨曦安奈看不清楚他的臉。

「安奈？」向來敏銳的鏑力大人發現安奈時，臉上出現陌生的神情。

「怎麼站在這裡？」安奈沒有不敬的意思，卻覺得自己好像無意間打擾了某件很私密的事。「怎麼了嗎？」

「沒事，只是馬奇快要換班了，我在想該不該提前進去把他換出來。」他說。

「公主可能才剛起床，你這麼早進去，小心把她惹惱。」安奈半開玩笑地說。一起旅行有好處也有壞處，鏑力和佳佳早早就把彼此尷尬的一面看光，像未出閣的處子臉紅害羞是上個階段的事了。只是安奈沒預料到鏑力聽見這句話，居然會僵著一張臉，瞪著佳佳的房門。

「你說的也是，我不該這麼緊迫盯人，她是公主，不是囚犯。我等一下會叫蘇羅上來，看她有什麼需要。」鏑力大人像隻鬥敗的公雞，拖著肩膀走下樓。這些騎士是怎麼了？先是號稱最忠誠的墨席尼漏夜逃亡，接下來連勇敢自信的睽鏑力都垂頭喪氣，這個世界還真是日夜顛倒了。

安奈聊勝於無地搖兩下頭，敲了兩下門。這對小情侶不知道鬧什麼彆扭，連瞎子也看得出他們之間不對勁。看他糟糕的臉色，就知道這段旅程對這些騎士造成多大的壓力。保護公主是很重大的責任，更別說要是弄個不好惹火聖白殿，老百姓說不定會把他們這些異國騎士處死謝罪。

心不在焉的安奈推開房門，又看見了令人震驚的景象。馬奇仰躺在扶手椅上，像死了一樣呼呼大睡。

今天什麼東西都反了是吧？

安奈輕輕帶上房門，靠著燈蕈殘餘的綠光，摸進公主的房間。她聞到腐爛的味道，希望不是佳佳打翻了哪一瓶樣本才好。經驗告訴她，味道愈重的樣本裡面的東西愈噁心，房間裡的味道足以將最兇惡的鏽鐵蟲嚇跑。她小心推開房門，卻不知道怎麼描述自己所見所聞。

紙，到處都是紙，這兩天她從市集搬回哈勒的紙，通通被佳佳鋪在房間裡。放一陣狂亂的旋風颳進紙鋪裡，也只能做到這個地步。

這是怎麼一回事？昨天晚上她離開的時候，這裡明明還相當整齊，是間收拾完善的旅館房間。佳佳穿著前一天晚上的衣服，頭髮亂得像風暴肆虐過的森林，紅腫的雙眼和鼻子立刻使安奈有了不好的聯想。

「你總算來了。剛好趕上我完成了最後一個註腳，你快來幫我把這些文件封好。」就算在說話，公主的手也沒停下來，拍打信封的封條、桌子、茶杯；安奈對這症狀並不陌生。

「你喝了什麼？」安奈走到桌邊，拿起她昨天留下的那壺熱水。茶水全空了，只留下三枝看起來非常邪惡的黑色菇蕈，蕈傘活像蠍子的尾巴。

「只是一點活蠍膏而已。我要工作，不喝一點我沒有辦法保持清醒。」佳佳揮揮手說。

「喝一點？你整整用了三枝，想把腦子燒掉嗎？」安奈厲聲說。

「噓——你小聲一點，我給馬奇喝了微笑膏，他應該快醒了。好在留著這些樣本，不然我還真不知道要怎麼安心工作。」

「你的工作是拜訪修女，不是迷昏無辜的騎士。」安奈嚇壞了。「先前警告我不准拿這些東西出來的不是你嗎？」

「我常說有備無患，做實驗都是這樣，隨時要替失敗做準備。」她的聲音很奇怪，如果不是太了解她，安奈會以為佳佳要哭過。

「發生什麼事了？」安奈問：「你和鏑力怎麼了？」

「沒事，現在沒事。」佳佳看起來還有點恍惚，活蠍膏能讓人精神振奮，但並不能真的消除疲勞。佳佳很清楚這種藥的副作用，為什麼還一次喝下這麼大的量，逼著自己整夜不睡？

「時間不多了。」佳佳驀地抓住安奈的手。「鏑力這個時候會去教蘇羅練劍，老庫翰還沒起床。你得趁這個時候快出門。」

「我要去哪？」

「幫我把這個東西送到郵務局，這是給父王的。另外這一份你拿到碼頭去，找一個叫作黑皮的碼頭工人。」

「黑皮？」安奈屆下兩份包裹，重量和形狀都相同。

「你去了就知道了。我這裡有他的傳單，你拿著去找他，把第二份東西親手送到他手上。在把東西給他之前，絕對不能回哈勒。」

「我不能回哈勒？到底怎麼了？為什麼突然說這麼多奇怪的話？我知道最近不好過，可是你這樣弄得我好害怕。這個黑皮是誰？」

「沒時間解釋了。」佳佳推開她，要她點上路。「現在沒時間細說，拜託你相信我這一次。記住，一定要親手把東西送到，不能轉交給其他人，就算是鏑力和蘇羅，你也不能相信他們。你把東西送出去之後，直接搭下一班船回墨之都。你有皇家行庫的證明，旅費不是問題。我會趕上你，千萬不要等我。」

「佳佳——」

「快去！」

門廳裡的馬奇發出驚天動地的咳嗽聲，嚇了兩人一大跳。佳佳搖著頭，用力把安奈推出房間，不顧她無聲的抗議與哀求。安奈退到門廳，手上抓著佳佳封好的油布紙包，困在馬奇和封閉的房門間不得動彈。

馬奇還沒醒，但是佳佳說什麼也不肯開門。安奈不懂到底是怎麼一回事，為什麼一瞬間所有的人都不能信任？那個要她直接回墨之都的命令又是怎麼回事？

她的心好亂，但是直覺不容許她質疑佳佳。小公主傻歸傻，但是腦子可不會因為幾根活蠍膏就停擺。如果安奈不是她最後的依靠了，她決不會提出這種要求。安奈深吸一口氣，放輕腳步，快步衝出房間。

太陽升起，清晨最後的好時光在倒數，烏雲掩蓋天幕。

「撐著點，我們快到了！」

「這裡是哪裡？為什麼這麼晃？我好想吐……」

「我們在陸地上了，沒事了。要吐就吐出來，沒關係，反正我全身溼透了。操他媽的暴風女妖，真會挑時間報到。」

「哈！」

「怎麼了？」

「我第一次聽你罵髒話。」

「你繼續撐著，我保證之後我每天罵你一頓，罵到你受不了為止。」

「才怪，我可是、可是鬱光城的鼠、鼠輩，想罵到我受不了，你、你等下輩子吧——哈！」

「這次又怎麼了？」

「我忘記了。你是屍妖，現在已經是下輩子了……」

「老囉嗦？」

「你醒了嗎？」

「我們在哪裡？獃船長呢？」

「我們已經下船了。不要動，我把你揹起來，這家藥店臭得像馬糞，藥吃了說不定會死人，我們快點走。從沒聽過這種鳥事，賣藥的居然會怕病人。」

「船艙漏水了，好溼喔。拜託不要告訴我這是哪個船員的尿壺破了。」

「船員不用尿壺，他們都直接餵魚。」

「我以後再也不吃魚了。」

「等等，這樣有舒服一點嗎？嘿呦——」

「我好冷……」

「沒關係，我幫你披著，你很快就會好一點了。」

「老囉嗦？」

「怎麼了？」

「你吃過魚嗎？」

「沒吃過你會遺憾一輩子。」

「那我最好繼續活著。你能去把漏水堵起來嗎？水滴在身上好冷……」

剛練完劍的蘇羅踏進門廳時，公主正站在窗邊望著下方。今天大師沒有教他太多東西，只指點他做了一些基本練習，剩下的時間都在偷偷遙望上方的房間。蘇維知道那是公主的窗戶，只是他沒想到公主同樣也在看著他們。想到這一節，蘇羅的臉忍不住發燙。

「你臉紅了呢！」公主笑了。她可能剛哭過，兩隻眼睛又紅又腫。為什麼他們明明這麼重視彼此，最後卻要走上這一步？蘇羅分不出到底誰錯誰對，他們各自抱著祕密，以為沉默和時間會是解藥。可是這一切沒有解藥，有的只是不斷累積的錯誤。

「你來得正好，我有東西要交給你。馬奇累到睡著了，我不想打擾他。」公主拿起桌上厚厚一包東西遞給他。「和之前一樣，送去郵務局寄到墨之都。郵資請他們拿收據到皇家行庫兌現。」

「是的。」蘇羅接下紙包，沒預料到重量會突然扯動腋下的傷。他那裡有一大片瘀青，像是生了怪病一樣恐怖。

「怎麼了？」公主問道。

「沒事，只是手痠。抱歉，公主小姐，我今天練劍練過頭了。」

「沒關係，反正摔到也不會怎樣，裡面只是一些紙而已。倒是你自己練習要多注意，受傷了可不好玩。」佳佳拍拍他的手掌，蘇羅分不清她是關心，還是確認他把東西拿好了。公主看上去很奇怪，好像並不想這麼輕易放手。當她鬆開手掌時，蘇羅看見她眼中的淚水。

「公主小姐？」

她非常刻意地打了個哈欠。「我一定是昨天寫信寫太晚了，今天才會沒精神。你也要多加注意，如果你晚上看書看太晚，影響了早上的練習，鏑力會罵我的。告訴我，你沒熬夜看書吧？」

「沒有。」蘇羅連忙搖頭。「我只看了一點。」

「好看嗎？」

「很好看！我喜歡死國的傳說、踏上旅程的多九思、虛幻的霧渺山、妖精的黑森林、災禍之——」

蘇羅閉上嘴巴，臉燒了起來。他太容易被騙了，佳佳這麼一套話，他馬上就把自己熬夜看完整本書的底揭光了。

「災禍之星？」公主說：「那你也只剩世界的形狀沒看而已。」

「是的。」被抓包了，蘇羅也只好承認。「不過我以前看過其他人寫的。」

「那你相信嗎？」佳佳問。

「不，我不相信。世界不是一個穹頂嗎？聖白殿都是這麼告訴我們。只有像倒楣的阿米這種愚人，才會相信世界是個大圓柱，妄想繞著柱子爬上天幕。」

「也許有一天，有人告訴你世界真的是根圓柱，你又該怎麼辦？」

蘇羅傻住了。他讀過這個故事，卻從沒想過這個問題。如果世界是根圓柱，而不是穹頂和盤子，那他們為什麼還能站得好好的？

「我不知道。」他說：「那會改變很多事，說不定以後我就再也不敢出門，或是出門要靠著牆才敢走路。」

「你真幽默。」公主笑了。「我父王總是說不能相信幽默的人。」

「公主？」

「我能信任你嗎？」

蘇羅下意識抱緊懷中的紙包。公主在懷疑他嗎？他的祕密洩漏出去了嗎？他手上的紙包至關緊要，如果他沒帶回去，大師會怎麼說？蘇羅不敢往後看，如果馬奇騎士醒了，會把一切聽在耳裡。他不能冒被人指控背叛的風險。

佳佳繞過他身邊走到書架前，抽出了好幾本書。「這麼問真是夠蠢了。如果我不能信任你，借你書又是為了哪樁？不要理我，我語無倫次。這些書你拿去看，記得保護好它們，還給我的時候可不要缺頁或散裝了。」

她把書塞給蘇羅，蘇羅顧不得傷痕，張開手臂把書通通撈在懷裡。他摒住呼吸，以免呼痛又驚動了公主。這麼多書一下子通通能任他閱讀，他感到有些暈陶陶的，一時之間也忘了疼痛。

「公主小姐，我不知道該怎麼感謝你才好。」蘇羅在最大限度內對公主鞠躬道謝。「以前從來沒有人對我這麼好過，你和安奈小姐都是天使！」

「你太誇張了，只是幾本看過的舊書而已。」公主說：「你如果想感謝我，就把這些書看完。在世界改變之前多看一點書，我們才能為改變做好準備。這是一個學者的名言，你應該好好記住。」

「我會的。」

「好了，不要再鞠躬了。趁還有陽光快點出門，郵務局可是不等人的。」

「好的！」

蘇羅又鞠了一個躬，才抱著滿懷的紙張和書籍跑出房間。他能先回去，把書藏在被子底下，然後再去郵務局。他沒有背叛任何人，公主只說把東西帶去郵務局，沒說這一路上不能出什麼意外。這是為了她好，大師這麼說，蘇羅要追隨他的指示。

「那是什麼東西？」

陰暗的房間裡，鏑力大師坐在床鋪上，身邊擺了一瓶未開封的酒。不知道為什麼，看見沒開封的酒瓶，比看見空杯子更使蘇羅驚慌。武器放在床鋪上，金紅色的光像野獸一樣把房間分成黑暗與光明，藏在黑暗裡的鏑力大師活像被困在籠子裡的猛獸。

「我在問你問題。」他說：「你抱著什麼東西？」

「只是一些書。」蘇羅吞了吞口水。他不該讓鏑力大師失望，他們是在保護公主。「還有公主小姐的包裹。我剛拿到手，就馬上拿回來了。」

「把東西給我。」

蘇羅抖著手把油布包交出去，暗暗祈禱這次不會像之前的信一樣，淪落到和火柴一起陪葬。想起那些邪惡的火焰，就算是困在陶碗裡，同樣使人心驚膽跳。鏑力大師撕開外包裝，睜大眼睛就著日光閱讀。

「她就給你這個？」

「沒錯。」

「有其他的指示嗎？」

「沒有，她只要我送回墨之都，和先前的信一樣。大師，我們——」

鏑力大師的雙眼暴突，蘇羅往後退，猶豫著該不該逃出房間。

「她在哪裡？」
「誰？」蘇羅腦子被嚇得一片空白。
「她在哪裡？」大師一把揪住蘇羅的領子，抓得他呼吸困難，手裡珍貴的書本散落一地。
「公、公主小姐在房間，馬、馬奇騎士陪在她、她身邊！」
「去把老庫翰找來，我在公主的房間等他。」鏑力大師丟下蘇羅，手上抓著公主的東西大步離開房間。蘇羅摔到地上，傷口像火在燒一樣痛了起來。這種恐怖的撕裂感，不如殺了他還乾脆一點。可是不行，他還不能死，大師和公主都給了他任務，他要完成才行。
話雖如此，當走廊上傳來吼叫聲時，蘇羅唯一敢做的事也只是摀著耳朵，躲到聽不見爭吵的地方。
他不是騎士，他什麼也不是。

「開門！」
「拜託開門！」
「我拜託你們開門！他快死了——咒神呀，覓奇不能睡！——快開門！」
「你他媽的知道現在是幾——」
「開門！否則我就直接拆了這道門，我發誓我言出必行！」
「你這醉鬼立刻給我滾——你要做什麼？住手！」
覓奇聽不大清楚，不過好像有什麼很重的東西倒下了。他試著睜開眼睛，雨點打在他眼皮上。他好冷，發抖的身體似乎隨時會散開，他已經感覺不到自己的右手了。羅睺正在大吼大叫，這個屍妖不管生前還是死後，脾氣總是這麼糟。

他們在哪裡？為什麼他會看見梓柔？憂心忡忡，卻又喜歡假裝驕縱的梓柔。覓奇知道她還是以前那個害羞的小女孩，只是習慣偽裝了。沒關係，覓奇知道許多人都要有這麼一層偽裝才活得下去。梓柔是這樣，到處吼人的羅睺、照顧阿峰的阿旗、賣書的雯老頭、包打聽的內衣夫人……好多人都是這樣。

「我需要青虹膏，還有郎中。」

「郎中？你是說醫生嗎？還是藥師？拜託大人，我知道您身分尊貴，不需要——」

「不要跟我廢話，把人找來！」

「好、好、好！天眾神呀，你是騎士團的人嗎？」

「發生什麼事了？你是誰？」

「院長！小心一點，這個瘋子有武器！」

「你是院長？」

「你是——」

「我是誰不——」

「蘇羅大人？」

覓奇喝到一點雨水，苦苦的，以前媽媽都說這樣不好。覓奇正在猜多久後能再見她一面。羅睺站在雨中不說話，顯然又忘記有個病人在他背上了。

「你怎麼會知道我的名字？」

「您的臉孔被精確地保存下來。過了這麼多年，我們幾乎以為傳說將永遠只是傳說了。」

「以前的事不要再說了，先救他！」

「這孩子怎麼了？」

「燒傷，感染，譫妄，我懷疑他有幻聽。」

「我知道了。卡辛，你去請鶩旺教授，要她立刻到解剖教室，這裡有一個重度感染患者要處理。你，去叫湯姆準備大黃、蜂蜜還有清水。你，去拿消毒過的繃帶，再撈兩大碗青虹膏，一起送到解剖教室。」

「是！」

「你到底是誰？」

「我是四國學院院長葉沙赫，請您快隨我過來。現在應該還沒有人注意到你們，讓我們祈禱暴雨能為兩位帶來一些掩護。」

覓奇有時候會想這些老人是怎麼了，怎麼能夠這麼輕易說出這些沒有根據，也沒有目標的感嘆詞。他的頭好昏，沒辦法思考到底是什麼原因。如果有一本書是專門在說這方面的東西就好了。

「沒事了，他們有藥，他們會救你……」

囉嗦的老囉嗦，覓奇聽不見他的聲音。但即便如此，覓奇還是緊緊抓著他的手，不敢輕易放開。雨好大，要是他被沖走怎麼辦？

*Intermission*

# 間幕
# 午休

陽光燙得怕人，騎士一直曬到背頸生痛，才驚覺要來不及了。他趕忙闔起手上的書塞進制服的口袋，快步穿過無人的中庭，趕往集會場。

今天是大師的大日子，他可不能遲到了。

騎士拉好衣領，雙手在身上拍打，按照順訊迅速檢查身上的配件完好。橙色衣領、火焰肩章、臂環、腰帶、劍鞘的銀扣，通通到齊了。他奔跑的時候，這些小配件叮噹作響，他真希望現在是在出任務的路上，出任務的時候可不會有這些噪音。只不過近來他們離開蒔文麗亞的時間愈來愈少，所謂的任務幾乎都拘限在拉普大伽業的舊辦公室裡。

大師和大伽業一定正在計畫什麼，騎士也預感自己很快就能加入他們。現任大伽業終於退休了，大師不負眾望登上高位。

騎士穿越中庭，忽視圍繞在四周的石板走廊，大腳踩過草皮。陽光普照，照得四周一片光明璀璨。白色的石板映著太陽的金光，綠色的草葉也因此鍍上一層金黃。叢生的鯽魚草開花了，棉絮般的白色花絮繞著石板廊道的邊緣，在滿眼碧綠中綻放。

即便是花園，也是一貫揣摩騎士樸素的風格，樸素、單一。縱使裡頭龍蛇混雜，這片花園還是極力想維持他們單純無暇的假象。

人都不見了，大概都到前面的集會場集合了。騎士的朋友不多，自然也不會有人提醒他時間，打斷他專注閱讀。某方面來說，這是好事。騎士快步跑過無人的花園，跑進建築群裡，像顆流星一樣匆匆穿過涼爽的廊道。大師在哪裡？騎士應該陪在他身邊，如果錯過了儀式，他會——

「蘇羅，你可出現了。」一身正裝的大師和平常一樣無懈可擊，像是直接從畫像裡走出來的騎士英雄。他走出房間，方正的臉孔和太陽一樣光彩照人。終於，經過了這麼長久的努力，他們一起走到這一天了。

「大師。」蘇羅頷首行禮。

「又躲起來看書了？」大師笑說：「你老是這樣，愛那些書比愛人更多。」

「我不喜歡說話，更何況多言是騎士的大忌。」

「你那張醜臉再嚴肅一點，鎮上的女孩子就要通通被你嚇跑了。」

「大師說過嚴肅是騎士唯一，且正確的姿態。」

大師哈哈大笑。「用我的話來對付我？不錯，愈來愈厲害了。」

蘇羅跟著笑開，他練習過這一招。「今天是大師的大日子，也是我最後一次和大師開玩笑了。」

「就算成了大伽業，你還是我最忠貞的左右手。」大師拍拍他的肩。「過來吧！當我站上高位的時候，我唯一且忠實的徒弟，可不能躲在角落看書。」

「是的，大師。」

蘇羅跟上他的腳步。大師很高，就算有點年紀了，步伐還是比普通人寬闊。過去他每跨一步，蘇羅要跨上三步才追得到。但是如今蘇羅也成年了，也許身高沒辦法與大師比肩，但是他結實強壯的雙腿肌肉，絕對能彌補高度上的差異。短小精悍，在戰鬥時反而容易佔據優勢，這是他多年來累積的心得。

大師走在前方，帶著他前往集會場。蘇羅看著大師的背影，忍不住在心中想像，如果哪一天要結束這個劊子手的性命，他該從哪裡下手？他握緊腰際的劍，手和魔法蠢蠢欲動。

還不是時候，他還沒破解祕密，等他找出屍肉蕈的所在地，等到那時才是正確的時機。

他繼續往前走，帶著笑容，若無其事。如雷貫耳的掌聲等著迎接他們。

# 21、終點

「你做了什麼？」

佳佳看著鏑力闖進門廳，不知道為什麼一點都不驚訝。她早就料到了，父王說她有時候聰明過分，也許並不是隨口說說。可惜她還是不夠聰明，否則會更早看出這一套為她設的局。鏑力手上拿著她前一夜寫的信，步步進逼。椅子上昏沉的馬奇發出呻吟。

「你對馬奇做了什麼？」鏑力問。

「只是一點微笑膏而已。」佳佳說：「我猜蘇羅把我寫的東西給你看了。」

鏑力鬆開手，除了第一頁之外，剩下的白紙散落在地上。「墨席尼告訴你的嗎？」

「你拿著我的信，就表示他說的話是真的。你這騙子。」

「你不懂，我沒有其他選擇。」

「騙子！」佳佳大喊，撕心裂肺地喊：「從頭到尾你都是個騙子！這一切，說要支持我、保護我，通通都是騙人的！你只愛你的騎士團，只愛你的前程，我只是你一塊墊腳石，是死是活根本無所謂！」

「不——」

「不要靠近我！」佳佳抽出預藏的餐刀，指著高大的騎士。「你真以為我只是個蠢公主？還會相信你的甜言蜜語嗎？」

「把刀子放下，你不懂這是怎麼一回事。」

「我比你以為的知道太多了。我早該猜到，蘇羅一直趁我和安奈不在時溜進我房間，你們這些騎士緊迫盯人，不讓我離開你們視線半步。這所有的一切，都是為了把我拖進蔚城這個火葬場，好騙我交出依莉絲的資料！我告訴你，我不會再相信你說的半個字，你是個叛徒！」

「你說我是叛徒？」鏑力也開始提高音量。「沒錯，我就是叛徒。我不惜背叛我自己的設下的目標，就為了守護騎士團，只為了能和你在一起。我是個叛徒，為了你四處欺騙背叛！」

「真好開脫呢，騎士大人，為了愛不顧一切是吧？」佳佳握刀的手在抖。「你也是這樣說服自己背叛大伽業，帶著同伴來到墨之都嗎？當你見到我的第一眼，就發現我是個能輕易利用的好對象嗎？」

「你知道事情不是這樣。」

「我已經不知道事情該是怎樣了。」佳佳說：「我愛的人騙了我，我獻出一切，他回報給我的只有謊言。」

「我是為了你，還有騎士團。現在還來得及，只要我們回墨之都，交出依莉絲的遺物，還來得及把事情擺平。」鏑力的口氣近似哀求，但佳佳不會再上當了。

「省省力氣吧，你說服不了我。為了讓我媽媽不要留下遺憾，我已經做了該做的事。」

「你說什麼？」

「我做了該做的事。」

「你做了什麼？」鏑力環顧四週。「安奈呢？她去哪裡了？」

「她去幫我送東西。」佳佳挺起胸膛。「你們和日濟會共謀，不想讓全世界知道的祕密，再過不了多久父王就會將它公諸於世。我和我母親的犧牲，將會成為對抗你們的血誓旗。」

「你這蠢女孩。」鏑力一個字一個字說出口，聽得佳佳心如刀割。女神為證，她還愛著他呀！即使他背叛了信仰的一切，佳佳還是愛著他。

「你以為只有我一個叛徒嗎？」他說。

♞

日光似乎才剛亮起，接著又要沒入天幕邊緣了。太陽最後的光輝漸漸淡薄，蔚城陷入黑暗。

安奈緊緊抓著手上的油布包，努力裝成是來自高階家族的僕女，紆尊降貴來到骯髒的碼頭只是因為主人的命令。她在角儀宮學過這一套，假裝自己高高在上，能嚇退很多自信不足的騷擾者，地位夠高的大人物，則不屑和她這種僕人的階層來往。有這層偽裝，她一定能順利完成任務。

碼頭旁愈來愈多人，太陽慢慢往海裡面沉，畏光的夜境人開始離開房子。安奈得快一點，最好在三王子上哨前完成任務。她不放心佳佳，記憶中佳佳從來不曾主動要她遠離，突然有這種要求絕對是出了狀況。按照傳單上的指示，她找到一個碼頭工人聚集的空地，滿身汗臭髒汙的工人們圍在燈柱下，在垃圾堆旁邊喝酒賭錢。賣飲料的攤販把攤車停在左近，顯然並不在意和蚊蠅病菌為伍。

「我找黑皮。」安奈壯著膽子靠近高大的攤販。他臉上沾滿了不知哪裡來的煤油，全身都是酒氣，邪惡的眼睛似乎隨時會噴出火。

「你找他做什麼？」攤販惡聲問。

「我的主人要找他。」安奈說。

「你的主人是誰？」

「我不知道這和你有什麼關係，如果是我來說話，我根本不會讓我家小姐靠近你們其中任何一人。」極度焦慮的安奈脫口而出。黑臉的攤販瞇起眼睛，說話時變了聲調。

「這下總算說出真心話了。」

「墨席尼大人？」安奈頓時傻眼。「你怎麼會變成這個樣子？」

「這是我的副業，黑皮老酒。我三不五時會上工一下，聽聽不一樣的客人抱怨人生。」墨席尼眨眨眼。「小姐有消息了嗎？」

「如果我沒誤會，她要我把這個給你。」安奈交出手上的包裹。「她說這個東西很重要，一定要親手交給你，不能讓其他人經手。」

「有人攔住你嗎？睽鏑力、老庫翰、馬奇？」

「沒有。」安奈說：「這到底是怎麼一回事？為什麼你會突然消失，然後又跑來這個地方賣私酒？公主到底怎麼了？平時都是蘇羅去郵務局，她一點意見也沒有，今天卻又非要我去不可。我已經不知道這是在玩哪一套了。」

「她要你去郵務局？」墨席尼撕開油布包的封條，逕自開始閱讀。

「沒錯。」安奈沒好氣地說：「她千叮嚀萬交代，一定要把——」

「她要你把這份東西拿去郵務局？」墨席尼猛然瞪大雙眼。「你拿去了嗎？你拿去的是同樣的東西嗎？」

「我猜是吧，我也沒看過裡面的內容。她一直說很重要，我當然會完成任務。小姐的指令很清楚，先去郵務局，再過來找黑皮。」

「天眾神吶！」墨席尼將包裹塞回安奈懷裡，伸手探進櫃台裡抓出一大把錢和長劍，乒地一聲丟在攤車上。「你現在立刻去買船票，能買幾張就買幾張！」

「發生什麼事了？」

「那個傻公主正在害死自己。」墨席尼扯掉身上的偽裝，把長劍繫上腰帶。「你要立刻離開，到福波愛蘭去。把你手上的包裹封死，在抵達蒔文麗亞之前不許拆封，也不要讓任何人碰。珍惜你的小命，馬上照我說的去做。」

「我不懂，這到底是怎麼一回事？」

「你們被人出賣了。有個大人物，決定將你們賤價拋售。」

「你想暗示什麼？」安奈警覺心頓起。

「我不是暗示，而是明明白白告訴你。根據我這幾天偵查的結果，這座城市早已成為你們的監獄，任何會威脅到聖白殿和日濟會的聲音，都傳不出城門之外。就連政府部門，也都是他們的爪牙。」墨席尼說。

「怎麼可能？誰有這麼大的權力？如果這這樣，那我、我剛才、剛才——」

「我得回哈勒，能救一個算一個。而你，照我的指示立刻離開，佳佳與依莉絲的心血現在全靠你了。」

「等等，你把話說清楚！」安奈抓住墨席尼的手，不敢相信他說的話是真的。「你是在暗示，有個父親設計他女兒去死嗎？」

「她只是個公主。」墨席尼說：「對國王來說，一個私生女和一個買來的情婦並沒有兩樣。」

睽鏑力寧願割開自己的心臟，也不願意告訴她這個殘忍的事實。

「如果不是瑟隆王暗中授意，我們根本不可能將你帶出墨之都。在墨席尼抵達之前，我們就談好了協議。如果事情出錯，你將會是留在蔚城承擔一切的人。國王出一個女兒，羯摩騎士提供岌岌可危的名聲。聖白殿不會因為你的叛逆言論追究王室責任，羯摩騎士則以任務失敗了結案子，毋須背負掩蓋真相的罵名。你的國王背叛了你，把你當成籌碼和我們豪賭。我們真正的任務，是找出依莉絲當年埋藏的論文銷毀，並確保角儀宮在過程中保持手腳乾淨。」

佳佳向後退，雙手握著手上的餐刀，手指關節泛白。「我不敢相信你為了脫罪，居然說出這種話。我父王愛我，他支持我的行動。」

「他讓從未見過世面的女兒離開宮廷，除了女僕和衣箱之外什麼都沒留給她。」鏑力說：「為什麼我要蘇羅攔截你的信，為什麼我一直堅持你在事情鬧大前回墨之都？因為只要你回到他身邊，他就無法對你視而不見，回到他身邊才能保住你的性命。對他來說，這是一個只贏不輸的賭盤，他用私生女換到了絕對的優勢。我們只是為了微薄的希望，攀附在他腳邊的賭徒。在他心裡，真相和知識從來不是第一順位。」

「你為了博取我信任汙衊我的父親？」佳佳尖叫：「我不會再相信你任何一句話。你走！離開我的房間，我再也不會相信你的謊言！」

感情走到這個地步，他們之間已不存信任。鏑力閉上眼睛，他能聽見尖叫聲，從不遠的未來傳到他腦海。世界崩潰，豺狼虎豹從黑暗的叢林裡現身，分食垂涎已久的獵物。

「準備好。」他說：「準備好逃亡。我不會跟著你走，也許你不相信，但我還是有信念。我會幫你擋著他們，你能逃多遠就逃多遠。去找墨席尼，我相信羯摩騎士很樂意保護你。」

他希望佳佳還願意相信他說的話。鏑力沒時間說服她，掘墓人要來了，主持葬禮的修士與修女隨後也會趕上。只是羯摩騎士可不會束手就擒，終點要在拋下長劍的那一刻才算抵達，夜境的夜晚很長，鏑力還有好長一段路要走。

一切都來不及了。如果安奈真的把佳佳的論文帶到郵務局，老庫翰先前偽造的信，苦心經營的假象將會化為烏有。佳佳把僅有的賭注拋出手，虎視眈眈的殺手馬上就會找上門。瑟隆王的劇本非常明確，一旦論文公諸於世，佳佳就要跟著送上火刑場。他會扮演悲痛欲絕的父親，取得民眾的支持，以鐵腕重挫聖白殿。

鏑力不知道來的會是什麼。也許是暗殺，也有可能是一場意外，佳佳出事的瞬間，公部門會扮演遲來的正義使者，鼓動民眾站在國王身邊。密切關注他們動向的日濟會和日顯諸國，也會趁機打擊騎士團，鏑力苦心計畫的一切付諸流水。一切都是這樣，因為一個女人，一個男人拋棄了一切。

他不敢，也不能再多看愛人一眼。他扛起癱軟的同伴走出房間，他的老師不知什麼時候站在走廊上，把方才的爭吵看在眼底。

「大伽業是對的。我們以為這次冒險能替騎士團爭取到什麼，事實證明只是一場空。」他說：「老庫翰，我們完了。」

「我們立刻離開，現在還有機會，消息如果還沒傳開，碼頭——」

鏑力搖頭打斷他說話。「帶著馬奇走，我還有事要做。現在躲起來會比急匆匆亂跑來得明智。你們去找老墨，他也許會看在過去的情分收留你們。」

他讓老庫翰把馬奇接過去。

「我還有事情要做。」鏑力說。

「那女孩不會感謝你。在我看來，她現在恨你更多一點。」老庫翰撐住馬奇的身體。

「我們走在信念的道路上，訓練堅強自己，無畏憎恨恐懼。當終點來臨，冷火當照耀我等前途。」

再唸出這段誓言，鏑力心中百感交集。他甚至不敢確定自己還相不相信這段話了。

「如果這是你的選擇，那我也不會再多說什麼。我會照顧馬奇，你不用擔心我們。」

「要蘇羅離開。他是當地人，遠離我們會比較安全。」

老庫翰點點頭，帶著馬奇緩步走下階梯。奇怪的是，在這詭異的時刻，四周卻意外的明亮。鏑力第一次看清了哈勒四周環境，總算看穿這裡不是什麼邁向未來的城堡，只是一個破舊髒亂，預備埋葬夢想的枯墳。

他走進大廳，火光圍在每扇窗與門旁邊，看來他們是打定主意，連一隻老鼠也不肯放出籠子。戴著面具，刻意脫下制服的殺手圍在大門前，手上的利劍閃閃發光。一群蠢貨，居然為了掩蓋身分，換上不順手的武器。但即便如此，他們還是有人數優勢，而鏑力只有一個人兩把劍。

他抽出隕劍和長劍，好久沒能放手一搏了。

「來吧！」他喃喃自語。

他舉高右手的長劍，左手曲成爪狀，好像要拆下某個無形的封套一樣，從護手慢慢往劍尖移動。波動與凝聚，他凝聚劍的金屬粒子強化劍身的強度，被擠出的劍身中的波動則成為無形且致命的魔法能量，環繞在劍刃邊緣。這兩股相對的力量就和日夜一樣，爭鬥從來不曾停下，卻也無法分割存在。

兩個敵人率先撲上來。

使用這股力量，關鍵不在速度，而是技巧。人體的速度再快，也快不過波動的連鎖反應。鏑力看準空隙，長劍往下一砍。

突然移動使劍上勉強平衡的兩股力量失衡，遭擾動的粒子退不回凝固的劍身，別無選擇之下只能隨慣性向外衝。靠著粒子向外衝擊，可能引發許多的結果。四周因為外圍的火災漸趨乾燥，一股炙熱的風順勢產生，如果有燃料擋在風的路徑上，只會有一個結果。

兩個先與鏑力錯身的殺手，身上猛然炸出火焰，連尖叫都來不及便往兩旁彈出。鏑力和第三人交鋒，立刻加強力道，手腕像蛇一樣扭動，迅速將迎面而來的利劍擋開。

這不只是一個花俏的動作。每一個動作都藏著致命的殺機，劍鬥場上一個錯身都是一條命的終結。當波動離開他的掌握，便會迅速隨著距離與時間減弱。要繼續維持高強度，就要有另外的功夫。鏑力左手向前揮，他的敵人側身用左臂接下拳頭，利劍脫離纏鬥劈向他的脖子。

大錯特錯。

鏑力的左手不是揮向敵人，而是揮向剛才從劍上脫離的一團亂流。他沒有辦法在這麼短的距離蓄積足夠的力量，但是要利用殘餘的亂流，愈短的距離反而愈好。他趁著亂流消失前，用拳頭將紊亂的波動通通壓進敵人身體裡。

第三名敵人的左手外表一點事也沒有

慢了一秒，敵人才驚惶慘叫，丟下利劍拖著熟透的左臂倒在地上。鏑力迅速退到柱子後，三根失準的弩箭釘在柱子上，和他的雙眼同高，叮咚三聲像喪鐘一樣嚇人。解決三個人，但還是佔不到優勢。

如果剛才沒有那三人當擋箭牌，弩箭很有可能已經釘在他身上了。他深呼吸，緩和情緒，還有左手和臟器的痛楚。他把自己逼得太緊，結果很可能也把身體拖垮。波動魔法如果沒有控制用量，對施術者的傷害幾乎等同於受害者。

可是第二波攻勢馬上就來了。

一高一矮從兩邊撲上來，沒有給他喘息的時間。很好，他們學聰明了，知道波動魔法施術需要時間。矮的攻擊鏑力左側，高的負責牽制他右手的劍。如果他們速度能再快一點，這場遊戲會更有看頭。

鏑力側身，躲開矮個子攻擊，擋下高個子的劍。高個子愣了一下，他們大概預計他會被迫躲開柱子，卻沒想到他他會主動接招。矮個子第一劍撲空，第二劍立刻向鏑力腿上砍去。鏑力手腕一轉，利用身高優勢，對準目標將劍刺進矮個子的脖子裡。矮個子只差幾吋，就能廢掉鏑力的左腿。

利劍又追著他的頭過來了。鏑力放棄沒入敵人身體的劍，抱著身體狼狽地往外滾。幾乎是同一時間，他聽見輕微破空聲，然後又是兩聲叮咚悶響。沒有聲音的第三支箭，狠狠刺進他的肩膀。鏑力忍住劇痛，翻身撿起敵人落下的劍，擋下高個子的追擊。

他得快點料理掉這個高個子，弩箭裝填需要時間，他——

三枝箭刺進他肚子，無聲無息像是毒蛇的利牙。他瞬間全身僵硬，完全沒預料到這一著。

有兩個弩箭手，並且刻意錯開射擊時間，讓看不清火圈外圍的鏑力誤判情勢。

高個子舉劍對他猛砍，殺手現在佔有優勢，不需要再擔憂退路的問題，更多的人圍了上來，更多的利劍準備撕碎鏑力。

他們不喜歡把遊戲拖長，那鏑力就順他們的意。負傷的騎士故意用誇張的動作抽出隕劍，高個子刺出的攻擊，到了半路又趕忙收勢。

他能感應到躁動的粒子，躲藏在隕劍黯淡無光的鋒刃裡。不知情的人常會以為隕劍是把銳利的凶器，它們大錯特錯。這把劍鋒利之處不是他的鋒刃，而是能讓持有者迅速聚集、引發波動與凝聚力量。

眾殺手知道這武器的恐怖之處，原先應該毫無接縫的攻擊遲疑了。這給了鏑力短短的瞬間，咬牙拔出帶著倒鉤的弩箭。如他所料，鮮血從傷口裡噴了出來，灑了一地血紅。他左手握緊隕劍貼到傷口上，用凝力封死傷口。老庫翰警告過他這麼做雖然能止血，但也會導致傷口壞死，日後清創說不定同樣會殺死他。

鏑力沒有餘裕思考這麼多了。

殺手再次圍上。

給鏑力喘息時間，會是他們這輩子最大的錯誤。

他鎖定目標，閉起眼睛，奮力將隕劍上聚積的波動全數揮出。

波動錯過所有的殺手，奔向每支燈台上的燈蕈。那些燈蕈是他們初到哈勒就佈下的陷阱，騎士們將燈蕈的外表用黏土封死，將光液保留在硬殼裡。波動刺進這些燈蕈的內心，瞬間將飽含水分的燈蕈汽化。

急速汽化膨脹的燈蕈指向唯一的結果。

堅硬的黏土塊爆裂，破片像利刃一樣噴向殺手，帶有毒性的光液弄瞎人眼。鏑力閉上眼睛，在發動攻擊的同時蹲低身體，聽慘叫聲迴盪在耳際。他用力猛咳，脆弱的內臟瀕臨崩潰邊緣，幾乎關不住躁動的血液。他的關節僵硬，肌肉和骨骼失去彈性，失去控制的凝聚逆向攻擊他的身體。

還沒結束，這種無差別攻擊能對付相對多數的敵人，可是他這一方只要倒下一個，就全盤皆輸了。

鏑力睜開眼睛，握緊手上的劍，努力把自己撐起來。

咻！

又是弩箭，第一波命中他左腿，第二波貫穿在他的右肩。

被凝聚反衝有個意外的好處，他幾乎感覺不到疼痛。感官麻痺，不過還能活動，還有力氣能握住手上的劍。

鏑力抬頭看向前方，幾個背影匆匆遠去，炙熱的火光包圍四周。在他努力爭取時間的時候，哈勒已經陷入火海。真好笑，他原先的計畫是替佳佳殺出一條血路，可是這條路卻連哈勒的大門都踏不出去。四周的屍體沒有他想像的多，有幾個殺手還在呻吟，身受重傷被同伴拋棄。

老庫翰和馬奇應該逃到安全的地方了吧？蘇羅如果夠機靈，也該躲得遠遠的。繼續當流浪兒，總比成為騎士丟掉小命來得好。至於佳佳和安奈，他只能幫他們幫到這裡了。如果她夠聰明，就會知道要從此遠離宮廷，無論是角儀宮還是牙門山，都不再是她的家了。

家……

諸神見證，他多想帶佳佳回蒔文麗亞，看看那個金色的國度。在那裡陽光是天神的禮讚，而不是邪惡的猛獸。陽光會親吻著肌膚，花朵和香草擦過手心。福波愛蘭也許熱了一點，但是小雨後的庭院，烏雲半掩著烈日，美得像一場夢。佳佳站在草原中，她幸福的笑容會是睽鏑力這一生見過最美的畫面。

火焰愈來愈近了，鏑力閉上眼睛，沒看見推開火焰的騎士搶進大廳中。

「你這傻子。」來遲一步的墨席尼嘆了口氣，拾起睽鏑力手中的隕劍。他其實不太知道怎麼面對叛逆的騎士。大伽業授權給他，必要之時，最後的手段也是無可奈何。如果能與睽鏑力並肩作戰，會是墨席尼的光榮，只可惜他們走上了不同的道路，最終只能背道而行。

「安息吧。」他會把隕劍帶回蒔文麗亞，一如佛斯將叛逆的兄弟送回歸處，這是他能為兄弟做的最後一件事。現在沒時間感傷了，他得加緊動作，如果火焰爬上二樓，被困在建築裡的人就危險了。

墨席尼收劍急奔，越過重重火焰跳上階梯。

當大火燒來時，蘇羅摀著嘴巴，違背命令跑回二樓。他不能丟下公主不管，雖然他幫不了鏑力大師戰鬥，但至少能幫忙帶走公主。四周愈來愈熱，火焰打開地獄之門，地獄正逐步將哈勒吞噬。

「公主小姐？」他對著公主的門廳大喊，可是沒有人回應他。蘇羅知道她一定還在這裡。四周好燙，火焰還沒燒到這裡，高溫先一步降臨，將不安與驚恐散播四處。

「公主小姐？」蘇羅摀著口鼻呼喊，炙熱的煙氣嗆得他直咳嗽。愈來愈熱了，他要快。

他穿過門廳，建築物的外牆正在支解，火焰中的惡獸吐著舌頭，意圖越過障礙。蘇羅快步奔向房門，用肩膀撞開奮力撞開。門並沒有鎖，用力過猛的蘇羅失去平衡，摔倒連滾了兩圈才停下來。

好痛！

蘇羅歪著一邊肩膀，勉強使勁把自己從地上撐起來。

「你聽說過屍肉膏嗎？」

熊熊烈火之中，聽見這麼平靜的口氣，不禁令人寒毛倒豎。蘇羅瞇著眼睛，終於在濃煙中看清楚坐在床鋪旁的公主。

「公主小姐！」蘇羅拖著腳步急急趕到她的床邊。「太好了，我終於找到你了！快點，我們快走，計都和疾鵬都準備好了，我們只要有牠們一定能逃出去的！」

「你有沒有想過，青虹膏和屍肉膏，這些傳說中的靈藥，卻通通用毒藥的膏字命名分類。「天使芝也是，用藥名幫它定義，但事實上卻是寧國最致命的風土菌。據說那是因為吃下天使芝的人，會看見天使降臨的幻象，所以當初聖白殿才會替它頒布正名，認為服食天使芝是抵達天啟的捷徑。」

「公主小姐？」蘇羅不知道該說什麼，公主小姐這樣絕對不正常！

「蘇羅，別哭，你正在發光呢！說不定現在是你這輩子，在我眼中最美的時候。」她紅色的雙眼迷茫，蒼白的臉上浮現妖異的紫斑。「你相信嗎？這些神話，死而復生，達到天啟？」

「您服毒了嗎？」

「不，技術上來說，我吃的是藥，只是用量大了一點。」

「解藥呢？」蘇羅焦急地說：「您一定會有解藥吧？快點把解藥服下，計都和疾鵬正等著我們呢！」

「不了，蘇羅。我已經沒地方可去了，這些複雜的名詞弄得我頭昏腦脹。真奇怪，我只是試著把事情做對，把真相告訴他們。可是沒有人願意聽，他們寧願繼續沿用錯誤的分類。你年紀還小，不要跟著犯下相同的錯誤。」公主閉上眼睛說。

「不！我年紀不小了！我十五歲，我已經錯過成為見習生的年紀！我只進了孤兒院兩年，根本不是紀錄上的五年！我說謊，說了很多很多謊，騙了很多大人。我看過書，小孩子不會這麼做，他們不會騙人，不像我欺騙了所有人，包括我自己！公主小姐，為我想想，可憐可憐愛你的蘇羅吧！」蘇羅急得大吼大叫，拉著佳佳的手想把她帶走。可是佳佳躺在床上，像塊不斷沉入海底的石頭，抗拒所有拉扯她的力量。

「我有點睏了。蘇羅，你告訴安奈，不要回來哈勒。你也應該離開，等我睜開眼睛，世界就要改變了。」

「不！」

「蘇羅！公主！」

在那驚惶的一刻，蘇羅還以為出現的是鏑力大師。佳佳顯然也是這麼以為，當墨席尼的身影衝進房間時，她發出一聲長長的嘆息。

「鏑力，你來了，你是來帶我離開的嗎？」

墨席尼愣了一下，眼睛掃過滿臉淚痕的蘇羅，還有茶几上散發惡臭的杯盤。

「她吃了毒藥，我不知道是什麼，但她一直說什麼天使、天使的。」蘇羅哭喊道：「拜託你！拜託你救她！你說過我們做的事是為她好，我拜託你救她，你說過你會救她的呀！」

墨席尼咬著嘴唇，手臂蠻橫地穿過蘇羅腋下。

「說好了，安奈，等世界改變了再叫醒我。我說了，這些亂七八糟的命名學，總有一天會被學術界拋棄。所有的菌種都會有正確的名字，連屍肉膏的祕密都會像二王子的光一樣澄澈。世界一定會改變，我全心全意相信。」

「公主——」

濃煙嗆得他直咳嗽，喊不出深愛的名字。騎士帶著他衝進火焰裡，用蠻力開出逃生的路，從後門奔向安全的密林中。潮濕的林地裡，巨大的菇蕈和矮種的灌木交錯叢生，刺人的荊棘隨時威脅旅者的安全。追捕他們的身影繞著火光奔跑，手上綠色的光圈忽遠忽近。

火焰與噪音不知怎麼了，被靜謐的森林隔絕在外。

對於逃跑，騎士很有經驗了。墨席尼事先清出密道，就是為了這一刻。他帶著蘇羅無聲穿越密林，接著星光的指引，一路逃出蔚城地界。希望安奈有聽進他的指示，先行前往蔚城外的小碼頭，替他們準備好黑市的船票。蔚城港也在監控中，任何檯面上的動作通通不安全。

必要之時，必要手段，墨席尼感覺心上有把刀在割。他沒找到馬奇和老庫翰，只能請諸神庇佑他們了。蘇羅似乎哭乾了眼淚，抽抽噎噎的聲音漸漸停下。計都與疾鵬向前急奔，奔往陽光普照的國度。在那裡，也許殘破痛苦的心靈，能因為溫暖而稍得慰藉也說不定。

# 22、騎士

「當錫尼大伽業回到四國學院時，他馬上就發現大人做了什麼，他的失誤又導致了什麼。他翻遍所有典籍，循著您留下的紀錄，總算找出屍肉膏真正的用法。

「關鍵不是子實體，而是孢子。傳說中違抗巫母意志的人，服食屍肉膏只有一死，只有蒙福者才有權喝下腐海的乳汁，獲得新生。這意味著，關鍵是屍肉膏散入腐海的孢子。死國的屍肉膏只有一次機會，在禍星帶來光明時長出菌傘，散播孢子繁衍下一代。如果有人在孢子發展出菌絲前，服食摻有孢子的水，新生的屍肉膏菌絲就會成為他生命的替代品。

「就像大人您一樣。」

「謝謝恭維。所以，墨席尼打爛我的頭？」

「錫尼大伽業燒毀首級，留下菌絲寄生的書籍。他囑咐我們保存您的武器還有書籍，等到時代願意接受您的理念，那時就是您復活之日。」

「虛偽的老傢伙。」

「請體諒他的難處。騎士團歷經千辛萬苦，終於建立四國學院，保存知識的火苗。這是錫尼大伽業一生的夢想，也是他洞見未來的大計。他知道騎士團總有消亡的一天，到時需要有個新組織，一個能瞞過四大國與聖白殿的耳目，保存歷代學者心血的新組織。」

「先是騎士團，再來是學校，我想你們再過一百年，就能成立女紅作坊了。」
「如果那是唯一且正確的路徑，我們必定奮不顧身。」
「你們差點害死那個夜境的孩子。」
「寧國如此積極參與搜捕，出乎我們意料之外。」
「也沒什麼好意料之外，闐國衰微，福波愛蘭和寧國打算分食它留下來的好處。你們躲在學院的高牆裡太久，久到忘記這些陰謀詭計，背後絕對不會只有一隻髒手。」
「大人教訓得是。」
「現在看來，危機重重的人不只是我，還有你和學院。」
「蒔文壘的密探監視著這裡。不過我的學生回報，對於兩位的蒞臨，他們只當作是兩個落魄的學者，沒有太多揣測。」
「藏不了多久。如果你們能認出我，這些——你剛說什麼來著？」
「蒔文壘，在大人的時代，稱作蒔文麗亞的城市。」
「所以，蒔文壘——這些蒔文壘的密探一定也有管道，知道一張在四國學院保存了兩百年的臉孔。你們英靈廳的石雕沒有封鎖，我的身分暴露只是遲早的事。」
「如果大人能回到夜境，也許能延長這個時限。」
「這就是你們一開始的盤算不是嗎？讓那個孩子當你們的替死鬼，等風頭過去再把書帶回學院裡？」
「請您體諒，兩百年過去，很多事都改變了。我們甚至沒有勇氣和智慧，去判斷何時才是可以將您喚醒的時機，帶領我們走上新的未來。」

「那麼兩百年來，其實什麼都沒有改變。」

羅睺在樓上和老人談事情的時候，覓奇閒著沒事做，自己坐在中庭的白色石雕上看天空。他不知道石雕的作者腦子裝了什麼，不過顯然有一大半和這塊石雕一樣，奇形怪狀，毫無用處。他從來沒這麼認真看過天空。清澈的藍，又藍又亮，彷彿是有人在天幕上塗滿淡色光液。那些白色的雲朵和他在夜境看過的黑色雲塊完全不同，感覺好白好蓬鬆，像假的一樣耀眼。

星星呢？剛剛有人說午餐時間到了，那麼現在南六星的位置上，不是該有三王子看著嗎？可是他向南方望去，卻只有一片淡藍。一個刺眼的巨大白球，佔據了大部分的天幕，彷彿傲慢的國王敕令群星收斂光芒。大學院裡的燈柱要到日落之後才會點上，點的時候要重新放進新的燈蕈，而非像鬱光城一樣直接用長柄勾勾破。

日落。一個全新的詞，代表黑暗的天幕不是常態，時間到了自然會轉回光明。覓奇有點想念他的頭巾，如果他有頭巾，就能把這些東西記錄下來。可惜鷙旺那個瘋老太婆用衛生清潔當藉口，把他的頭髮剪得和指甲一樣短，連一條髒手帕也不肯多給，堅持大小號後都該用冷水洗屁股。

日顯人真的瘋到沒藥醫。

覓奇決定繼續把注意力放在那些藍、綠、紅、白等等顏色，他從來沒見過這麼強烈的色調。在那叫作太陽的巨大光球下，所有的顏色似乎都多到要從物體的邊緣溢出來。還有那些學生和老師穿的衣服，覓奇一直很擔心那些搶眼的橘色臂章，要是燒起來怎麼辦？

他舉起手，用藍天當背景看自己的手掌。和他印象中一樣，髒髒灰灰的，大大小小的疤痕到處都是。不同的是，他現在能看見細小的血管，青色紅色都有，隱隱約約藏在他的皮膚下。他的右掌上有個恐怖的疤痕，鷥旺老太婆每天幫他換藥時總不忘提醒他，這輩子想回復以前偷東西的好身手是不可能了。他們幫傷口清創時挖得太深，已經造成永久的傷害。

但他還留著右手，這樣想就安慰多了。

他對著自己的手吐了一口氣，確定手掌還有知覺，也順道吹散一點太陽的熱度。覓奇最好快點躲回陰影底下，陽光有致死的毒性，羅睺嘴巴上說得好聽，自己還不是躲著不肯曬太陽。不曉得他和那個老頭都講了些什麼？看那個自稱院長的老頭這麼瘦，說不定是想把覓奇養胖了，再宰來吃掉進補。

覓奇興致勃勃地想像四國學院裡到處都是屍妖，裝出彬彬有禮的樣子接待客人，再把人塗滿奶油抓去烤。

覓奇得說這裡的屍妖真有品味，滿櫃子的書堆得到處都是，怎麼數都數不完。他把床墊偷偷換掉，塞了整套的自然培養工法進去。想想他再多裝病幾天，還能看到多少書、學到多少東西？前面院子比較吵的那一區，住在裡面的學生都是笨蛋，把珍貴的書本到處丟，反倒便宜了他。覓奇現在唯一的難題是，之後該怎麼把贓物運出大學院的牆？

幾個皮膚黑到一眼就看得出是日顯人的學生，一邊笑一邊追著對方，褐色的袍子拖在身後飄舞。幾個傢伙為了方便奔跑，把下擺綁在膝蓋上，露出一大截褐色的小腿。覓奇摀著嘴巴偷笑，以免被人發現。

「怎麼不去加入他們？」羅睺信步走來。換上日顯的衣服之後，他看起來更高更瘦，沒有束口的襯衫和長褲，邊緣和那些學生的長袍一樣在風中飄呀飄的。

「你穿日顯的衣服，看起來活像一組人型衣架，上面插了一顆西瓜當腦袋。」覓奇評論道：「難怪你之前會嫌棄手太細了。」

「讓你知道西瓜長什麼樣子，是我人生最大的錯誤。」羅睺微笑。「不加入他們？」

「他們太嫩了。你知道阿旗八歲就去當農工，鑽進地洞裡找露露菇嗎？」

「露露菇味道不錯，只可惜要採得的代價太高了。」

「好啦、好啦，我知道你吃過，你什麼都會。愛現鬼，不炫耀一下就沒辦法過日子是吧？」

「年紀大的好處。」羅睺也不等他邀請，自己就坐上石雕的另一端。一個穿著土黃色制服的老傢伙從走廊另一邊探出頭，看見是他們兩個，又吞了吞口水，摸摸鼻子離開了。四國學院裡不是老人就是小孩，不是學究就是怪胎。

「所以你到底叫什麼名字？」覓奇決定不理會怪異的日顯人，專心在老囉嗦的問題上。「蘇羅還是羅睺？」

「只要不叫我老囉嗦，這兩個名字隨便你。」羅睺淡淡地說。

「小氣鬼。」覓奇嘟噥道：「為什麼是羅睺？睺這個字冒犯到你了嗎？還是你嫌蘇羅不夠氣派？」

「我猜我復活的當下，並不是很想重拾過去的名字。」

他的口氣幾乎沒變，但是覓奇隱隱約約察覺到了些什麼。他養傷的期間沒事做，便多拿了點東西來讀，日顯字雖然難懂，但多看幾遍就不成問題了。

「我聽說蘇羅做了不少壞事。」覓奇說：「我讀到書上說他挑動福波愛蘭和咒闍利的戰爭，還有闐國王室崩潰。」

「書寫得太誇張了。」

「那你解破風土菌的散布模式和季風的關聯，還有牛皮膏的繁殖季呢？」

羅睺嘴邊浮出得意的笑。「我想蘇羅多少還是做了一點能讓人稱道的事。」

「可是你不想當他？」

「他是個叛徒，即使他愛著公主也改變不了事實。然後蘇羅走上不歸路，最後死在自己的導師手上。」

「女神在上，你的故事真夠黑暗。」覓奇吐吐舌頭。

「我辜負了墨席尼和睺鏑力，也辜負了佳佳公主。」

「你又開始不聽人說話了，糊塗耳背的死老鬼。」

「你要繼續打斷我，還是讓我把話說完？」

覓奇眨眨眼睛，沒料到他會有反應。「我以為你聽不見。」

「我上一段人生可是活在謊言裡，要騙過你太簡單了。」羅睺說：「你最好小心自己說的話，我的記性可是很好的。」

「那又怎樣？」覓奇不服氣地說：「你說你記性好，那你還記得你先前說要教我你知道的一切，連波動魔法的祕密也要傳授給我嗎？」

「我沒說不教你。」

「你什麼時候要教？現在嗎？」

「如果你不反對的話，我現在就能開始。」羅睺說：「波動魔法就是這個世界粒子運作的法則。從遠古之前，學者就提出世界的萬事萬物，是由粒子組成的概念。你可以把世界當成一棟木屋，粒子就是組成木屋的大小木料。而每塊木料形狀不同，需要用搓刀修改或是膠水接連，在魔法的世界裡，波力與凝力就是搓刀和膠水。通常我們習慣說波動和凝聚，這兩種力量之中波動比較活躍且外顯，這也是為什麼我們說波動魔法，而不說凝聚魔法的原因之一。」

覓奇傻傻地眨眨眼睛，他不確定自己聽到了些什麼。

「太難懂了嗎？」羅睺問。

「超難。首先，沒有人說話這麼突然的。再來，木屋是什麼？」

羅睺笑了出來。

「嘿，我很認真耶！」覓奇生氣地說。

「抱歉、抱歉，我忘了夜境長不出大型植物，你們根本沒有木屋這種東西。」羅睺說：「不然你這麼想吧，你要砌一堵磚牆，可是每塊磚頭形狀都不同，你會怎麼做？」

「想辦法湊出合適的形狀，用膠蕈黏死。」

「這就是凝聚。如果你要拆掉一堵牆呢？」

「找黏不穩的地方猛敲？」覓奇說。

「這就是波動。擅長波動魔法的人，會交替使用這兩種力量，完成意想不到的奇蹟。比如最著名的傳說，百碁與萬有。」

「釘住世界的兩根釘子？」這下換覓奇偷笑。「連我都不相信的傳說，你拿來說教給我聽？得了吧，根本沒人看過到這兩個鬼東西。」

「我破解了百碁和萬有，在鬱光城救了你一條命。」羅睺的口氣非常平淡，淡到覓奇聽出危險的氣息。

「我沒寫成書的東西，不代表我不知道。」

「好啦，我道歉，不要生氣嘛。」覓奇說：「所以這個波動魔法還能幹啥？」

羅睺對他瞇了一下眼睛才繼續說：「使用波動擾動粒子，最常出現的現象就是發熱和崩解。比如，我就用過這招烘乾你的衣服，加熱洗澡水。如果我那時再稍微多用一點力，或是改變波動的軌道，你的衣服就會燒起來，或是直接裂解成碎片。」

覓奇的胃抽了一下。拿玉袞當初想波動的東西，可不只是洗澡水而已。羅猴沒注意到他的異狀，繼續往下說。

「凝聚和波動正好相反，帶來的通常是冷和壓縮。不過不管是波動還是凝聚，都無法單獨存在。要使用波動魔法，最常見的手法就是引發比較容易掌控的凝聚，再引導衍生的波動指向目標。愈強的凝力，相對產生愈強的波力，怎麼拿捏用量和方向以免反傷自身，是學習波動魔法一輩子的功課。構成物質的粒子組合不同，遇上不同的波力、凝力會有什麼反應，則是另外一門學問。」

「聽起來真夠複雜的。容我再問一下，我坐在這裡坐到都快把你的人瞪穿了，什麼波動還是凝聚的，為什麼一點感覺也沒有？」覓奇問。

「你需要這個。」羅睺從口袋裡拿出一顆黑黑小小的東西，乍看之下很像發霉的草菇。

「那是什麼？」覓奇說：「老鼠大便？」

「這就是學習波動魔法的關鍵，引靈芝。初階生需要這個東西去感應波動和凝聚，反覆練習直到不需要依靠引靈芝為止。通常這個階段不會太長，視每個人的學習能力不同有所增減。要試試看嗎？」

「現在？」覓奇嚇到了。「這麼直接？」

「你剛才嫌我動作慢吞吞，現在我開口又怕了嗎？」

「我才不怕。」覓奇搶過羅睺手上的引靈芝，送到嘴巴前停下。

「又怎麼了？」羅睺問。

「我應該要你先吃。」覓奇把東西還回去。「咬一口。」

「你的疑心病真的要改一改。」羅睺拿回引靈芝，一口咬掉一大半，再遞給覓奇。

「怎樣？」覓奇小心觀察他的臉色有沒有什麼改變。

「我早就習慣這東西了，根本不會有感覺。」羅睺嘴裡含了東西，說話有點口齒不清。「有什麼效果，要像你這種初學者才感覺得到。」

「怎樣就是要騙我吃是吧？」覓奇學他皺鼻子，把只剩一半的菌傘放進嘴巴裡。引靈芝碰到口水，一下子變得滑溜溜的，覓奇還來不及多思考一下味道如何，嘴裡的藥就跟著口水滾進肚子裡。

「我吞進去了。」他說：「沒什麼味道，我——」

他看見羅睺的臉散開，四周陷入恐怖的色彩漩渦，所有的東西霎時扭曲變形。

覓奇想張開嘴巴喊人，但是連他的身體都是一團混亂，世界崩解了！

「不要怕。」羅睺的聲音傳來，有團怪東西緊緊纏住他的手。「那只是你看見的東西改變了，對其他人來說，一切還是完好如初。你能聽見我的聲音，還能碰到我的手，就是最好的證明。藥效不會太久，你要趁機學著去分辨每個扭曲的結構。試看看用顏色分類，通常不同的粒子，會有不同的顏色呈現。顏色愈相近的，特性愈相近。試試看，從單純的物質，比如你屁股下的石頭開始，避開活的、會動的東西。」

「我想吐……」

「那就吐出來。藥力已經發作了，吐出來也沒關係。你可以趁機感受一下出神狀態下有劇烈的生理反應，會是什麼感覺。我還記得墨席尼騙我喝過毒藥，讓我一邊出神一邊痛得滿地打滾。」

「我——嘔！」

雖然說起來很蠢，但是覓奇真的感覺到了。

他腦袋放空，什麼想法都沒有，只剩下腸胃的本能反應，用力把身體裡每一分空氣和累贅往外噴。這一刻，比什麼故事裡的神啟和昇華，更讓他感覺自己和身體相依存。他吐出了花花綠綠的東西，草地上的白色細絲往他聚攏，另外一群藍綠色的小圓點，卻忙著躲避他的攻擊。橘紅、鵝黃兩種怪異的顏色，繞著他身體亂轉，有股噗嚕嚕的輕巧聲音，像嬰兒的鼾聲在他大腦左邊響著。

他聞到了嘔吐物的味道。

覓奇連眨了好幾下眼睛，滿身冷汗、發抖不已，口水和鼻涕掛在嘴巴上。

藥效沒了。

「要手帕嗎？」

「謝了。」

他從羅睺手上接過手帕，卻不敢放開厚實的手，就怕一頭栽進嘔吐物裡。覓奇用力擤鼻涕，把口水擦乾。頭重腳輕的他連站都站不穩，笑得合不攏嘴的騎士扶著他坐回石雕上，揮揮手要他把髒手帕留著。

「只是一條抹布而已。」羅睺說。

「我要殺了你。」覓奇扶著頭咒罵道：「你沒告訴我藥效這麼強。」

「我沒說要吞下去。正常的使用方法，是含在嘴巴裡，靜靜坐著等待藥效發作。像你這麼猴急的學生，我還是第一次看到。」

「那是我的老師有問題。」覓奇惡聲說：「如果我有更好的老師，我絕對不會做出這種蠢事。」

「很好，那你的願望成真了。」

「什麼？」覓奇沒意會到自己聽見什麼。他的頭還在暈，羅睺話又說得太快，他要一陣子才能吸收。「你剛說什麼？」

「我說，我打算給你找些好老師。」羅睺又說了一次。

「我不懂，什麼好老師？」覓奇茫然地問。

「我還有點事情要做，不能一直帶著你。我記得你懂很多語言，也有自然科學的基礎，在這裡唸書對你未來還會有很大的幫助。等你成為這裡的學生，就不用把書藏在床墊下，可以自由進出圖書館。」羅睺說。

「我？念書？大學院？圖書館？」覓奇張大嘴巴，不知道該說什麼。「可、可是、我——我沒、沒有，我是說——我是說我沒有錢，念書要花很多錢不是嗎？」

「這就是為什麼我要給你抵押品的原因。」

羅睺拿出隕劍，覓奇忍不住抖了一下。他每次看見那蛇型的東西，總是忍不住心驚膽跳。一顆人頭在眼前炸掉，可不是說忘就忘這麼輕易。隕劍已經脫離覓奇粗製濫造的皮鞘，好好收在烏芯木做成的精美劍鞘裡。羅睺把劍放在他面前，低垂著眉眼。

「護送失落兩百年的古物回大學院，夠抵你所有的學費了。」

覓奇打了兩個隔，撲上去抱住騎士。

「嘿，太誇張了吧？」

「你這下流、卑鄙、滿肚子鬼主意的心機老妖怪！我告訴你，如果你是要騙我哭給你看，我絕對不會讓你得逞！」

覓奇才不會哭，至少不會哭給人看到。他打算就這麼抱著騎士，等到鼻涕眼淚都被衣服吸乾才放手。

葉沙赫院長從遠處看著兩人互動，難得感嘆。他以為自己這麼久以來，應該已經練了一副鐵石心腸，看習慣了來來去去的分離與重逢，可是這兩人給他的體驗完全不同。諸神見證，他可是從小讀蘇羅騎士的故事長大，久到他都快忘記當初為書頁裡的騎士精神感動，究竟是什麼感覺了。如今那個傳說騎士活生生就在他眼前，就坐在石雕大師羅淡諾紀念他的作品上，葉沙赫心中五味雜陳。

羅睺。

當初睺鏑力的名字被騎士團視為汙點，和後來叛出騎士團的庫翰卡力並列。如果不是當年錫尼大伽業立場堅定，關於兩人的紀錄早就通通被銷毀了。

這麼說來，他們和日濟會、聖白殿，到底有什麼不同？

葉沙赫低頭看著自己一身潔白的長袍。其實只要仔細看，他的衣服上沾滿了大大小小的汙痕，這些痕跡都不大，可能也只有幫他整理衣物的男僕，和他自己會發覺。可是當穿著這身長袍走進公眾場合時，總會有個尖銳的聲音，大聲在他耳邊提示這一身衣物的錯處。

這是人性的弱點，能克服的人少之又少。當咒闍利和福波愛蘭針對大學院行動時，葉沙赫和騎士團的領導人，也同樣做出怯懦的決定。

「院長！」一他的男僕達辛奔出走廊轉角，手裡揮著一張灰色的紙。

「有什麼消息？」葉沙赫問道：「普湃那個小丑，終於坐上了眾議王的位置了嗎？果真如此接下來將是我們的挑戰，騎士團一旦撤出蒔文壘，日濟會下一個要對付的就是我們。我們得要及早做準備才行。」

「不、不是這樣的……」達辛上氣不接下氣，把手上的紙遞給葉沙赫。葉沙赫有些疑惑，如今除了眾議王復辟的消息之外，還有什麼事這麼嚴重，要達辛跑過整個大學院帶回這紙消息？

他攤開紙條。

「這是什麼時候的事？」葉沙赫睜大眼睛質問達辛。

「老梅到白領口去採買，順道帶回來的。他們說這和那個孩子有關。」達辛回答說。

的確有關，而且是最糟的那種。活這把年紀了，葉沙赫很清楚對人們來說，瀕臨崩潰的騎士團、野心勃勃的獨裁者、吃相醜惡的執法人員都不是威脅。這些巨大、模糊的威脅僅止於街譚巷議，威脅性還不如一把抵在親友脖子上的刀。

「去把蘇羅大人請來。」葉沙赫吩咐道：「在我們談完之前，別讓那孩子知道這件事。」

「是的。」總算緩下呼吸的達辛鞠躬退下，葉沙赫佇立原地思考。

他不確定罟覓奇會有什麼反應，如果那孩子真像蘇羅大人說的那麼正直，那也許這件消息最好永遠沉埋。天資這麼好的孩子，白白送死太浪費了。有時候，這是孰重孰輕的問題。用一個平庸的夜境女孩換一個傑出的孩子，葉沙赫就算不是高明的商人，也看得出這樁買賣的便宜之處。他必須說服他們，知識的冷火能在那孩子身上延續。為此，葉沙赫願意當一回惡魔，把一個女孩推落無底深淵。

# 23、作夢

媽媽用力拍了她一下，梓柔才放下被打紅的手，不再拉扯頭上的髮夾。

她討厭喝茶，為什麼她就非得來這裡，坐在媽媽旁邊聽大人說話？梓妍能待在家裡，開開心心玩她的娃娃，梓柔卻得被綁在這裡。這裡沒有玩具，沒有甜點，甚至連覓奇都不在這裡。

她好希望覓奇出現，如果覓奇在這裡，他會說笑話給梓柔聽，扮她從來沒見過也沒聽過的人物。那些人物通常開朗又好笑，少許個性陰沉的壞傢伙，最後也會被自己的壞脾氣弄得灰頭土臉。撈刀先生和渡船女士她最喜歡的組合，如果撈刀先生能夠清醒一點，就會發現聰明的渡船女真正喜歡的不是郝野來的老領主，而是熱心又嘮叨的年輕教師。

梓柔想聽渡船女的故事，不想坐在這裡，被那個瘦巴巴的醜夫人捏臉。

可是媽媽說這次下午茶至關緊要，他們未來能不能順利住進那座圍著白牆的大宅，全看這次會面能不能順利完成了。爸爸和其他男人都去另外一個房間抽菸，女人則圍在茶室的小圓桌旁，輪流在每張桌子旁交換閒言閒語。

梓柔不敢靠近那些大姊姊身旁，他們皮襖上的繡工美得讓人窒息，裙子和燈籠褲乾淨得像剛從作坊送出來的。梓柔生怕自己一靠近，髒手會弄壞人家的衣服，惹所有人不開心。

她寧願坐在媽媽身邊。

她的手好髒，她已經洗好幾天了，看不見的髒汙還是藏在她意想不到的縫裡。

她自己冒險一個人出門回到百伶巷，巷弄裡一片凌亂。幾乎每一戶人家都遭到搜索，其中最慘的罟家大門被人打穿，所有的東西都被扔到街上。

所有的東西都沒了，空蕩蕩的房子宛如遭人搜刮的陵墓。

梓柔左右張望，確定四周沒人，才帶著燈籠走進廚房。覓奇告訴過她這裡還有一條路，藏在灰塵和油汙之間。梓柔忍著噁心，伸手撥開髒亂的汙垢，打開通往地下室的活門。她的心怦怦直跳，害怕吸食人腦的鱷獏會從黑暗中竄出，或是飢腸轆轆的屍妖會突然走進她的光圈裡。

但事實上，這裡什麼都沒有。梓柔慢慢走下階梯，擠出畢生所有的勇氣，向下走到階梯的盡頭。臭轟轟的地下室裡，只有幾個沉重老舊的箱子，堆在梓柔不願靠近的角落。

箱子在說話。

梓柔倒抽一口氣。

其中一個箱子慢慢打開，半身腐爛的妖怪，從洞穴裡爬出，靠近她……

「小心！」

一隻手幫她接住掉落的瓷杯，梓柔從白日夢中驚醒。

她回過神，眼前沒有妖怪，只有一個英俊得不可方物的大哥哥。

「你醒了嗎？」他伸出手，把杯子還給梓柔。梓柔傻傻地接過杯子，無意間碰到他的手心。媽媽呢？剛才那個醜夫人呢？

彷彿看穿了梓柔的心思一般，英俊的大哥哥坐到她對向，拿起茶壺替她倒滿茶杯。

「我媽和賀伯母去看窗簾的樣式。我看你睡著了，便自告奮勇留下來陪你。」他笑著說：「我還沒問你的名字呢！像你這麼漂亮的小姐，一定也有個大方美麗的好名字。」

十一歲的賀梓柔，在眾多禮貌規矩中成長，以為自己已經很習慣無言以對的感覺。但是如今她看著眼前宛如神王降世的笑容，才知道自己大錯特錯。神聖的王子身上如果發出光芒，蓋過周圍藍綠色的光圈，梓柔也毫不意外。周圍有些瑣細的聲音，不過她聽不清楚，也無心去聽清楚。

「媽媽說我應該和你好好認識一下。」王子說：「你太害羞不敢說話，不如我先自我介紹好了。我是拿玉裘，今年十五歲。」

拿玉裘？媽媽口中的天之驕子？這真是太令人驚慌了。梓柔還沒準備好，她不知道該說什麼，媽媽應該事先警告她會有這一幕對話的場面。

「你真幸運，有雙漂亮的小手。」拿玉裘不知道什麼時候離開座位，對著梓柔單膝跪下膝，輕輕抬起她的手，脫下手套吻了一下。在梓柔看不見的地方，有人和她一樣倒抽一口氣。聽著那混雜了忌妒、怨恨、羨慕的聲音，梓柔願意全心相信拿玉裘說的話。她今天的幸運，想必是女神親身欽點，完美無瑕的祝福。

「這想必是女神的大地上，最白皙無瑕的一雙手。」

無庸置疑，她戀愛了。

「怎麼站在這裡發呆？」賀維新走出暖房，脫掉厚厚的工作手套，換上懷中的絲綢手套。

梓柔抬起頭，這才察覺自己無意間陷入白日夢。「沒事，只是想到了一些事。」

「沒事就快進去。走廊上太冷，凍傷就糟糕了。」賀維新鎖上暖房，把鑰匙放進工作手套裡，掛在暖房外的的盆栽上。他在木質化的篷傘蕈後面鑽了一個洞，掛上鐵鉤當置物架。當初買進這一大盆篷傘蕈的時候，梓柔還得抬頭才看得見波浪紋的菌褶，如今她已經能平視蕈傘的頂端了。

「為什麼要把暖房鎖起來呀？」回大宅的時候，梓柔牽著爸爸的手問道：「鑰匙掛在那裡，不是誰都進得去嗎？」

「進得去是一回事，敢不敢進去又是另外一回事了。」賀維新說：「下人都知道他們為我工作，不會有人敢冒險斷掉自己的後路。況且我有預防措施，如果有人偷進暖房我一定抓得到。」

梓柔其實知道爸爸所謂的預防措施，就是泡過隱形顏料的手套。如果有人伸手進去拿暖房鑰匙，只要用火一烤，馬上就無所遁形了。梓柔不知道這麼做到底算聰明還是笨。

「話說回來，暖房裡也沒什麼好東西可以偷。」她說。

「我都不知道怎麼說你這女兒了。」賀維新說：「你有時候很聰明，有時候又像你妹妹一樣傻傻的。」

「爸爸！」梓柔瞋道：「哪有人罵自己女兒笨啦？」

賀維新哈哈笑。「你這小傻瓜，說暖房裡沒東西好偷，不正和其他下人一樣笨嗎？他們都以為我的暖房裡只有泥巴，殊不知聖白殿賜給我們的聖水就在裡面。我們家可以經營養菇這門獨佔事業，全都是聖白殿的恩典。女神賜福過的聖水能帶來豐饒，沒有聖水，我們要怎麼從枯木裡無中生有呢？」

梓柔這下是有聽沒懂。為什麼聖水這麼重要？聖水這種東西，不就是植栽之前在暖房裡灑一灑，念念祝福就沒用了嗎？為什麼爸爸說得好像他們的雞肉菇，都是靠著聖水才能長出菌傘一樣？

轉念想想，梓柔覺得還是不要深究才好。覓奇就是看太多書了，想太多事情，才會變成這副怪裡怪氣的模樣。他最近是愈來愈大膽了，來偷看她的成年禮，居然還有膽子順手牽羊，偷玉袞大哥的書。要不是梓柔順利完成儀式，玉袞大哥說不定真的會氣到把他殺了也說不定。

「又想事情？」

「明天玉裘大哥又要回四國學院了，不知道要送他什麼當餞別禮物才好。」

「新的靴子如何？我把做鞋子的師傅叫到家裡來，順便幫你們母女三人多買一雙新鞋。」

「真的嗎？」梓柔又驚又喜，沒想到自己隨口說出來的話，居然能換到意料之外的禮物。「謝謝爸爸！」

「讓你開心是爸爸的責任。」

賀維新放在梓柔背上的手很溫暖，卻意外的僵硬，彷彿沒有生命一般。梓柔全身一震，這恐怖的觸感從何而來？為什麼他會變得如此？

梓柔一回頭，才發現自己人還在暖房裡。暖房的地熱爐向來都調到最小的強度，終年啟動好使暖房保持恆溫，留住菌種的活力與生命。梓柔一定是坐到睡著了，才夢到玉裘大哥和爸爸。

她這是怎麼了？

玉裘大哥失蹤，爸爸和這座暖房裡的寶藏一樣，通通都被帶走了。他們母女兩人如今困在一座空空如也的白牆院，連僕人都紛紛遞出辭呈，急著要離開他們身邊。想想當初他們擠破頭要進白牆院的光景，還真夠諷刺了。

好在老碧琪沒有離開。她每天幫忙梓柔管理白牆院的大小雜事，獲准每隔三天去探視梓妍一次，再回家向夫人報告二小姐完好無缺。梓柔也試過要和爸爸見面，但是得到的答案一直是禁見訪客。領主夫人還沒離開，所以領主大人想必也是，梓柔真的不知道他們想從她身上得到什麼，她只是一個懵懂無知的小女生，因為未婚夫失蹤才被捲入這件案子。拿伯已經不把她當成未來的家人了，某方面來說，甚至還成了他眼中的罪人。他認為是梓柔的錯，拿玉裘才會和那個骯髒鼠輩勾搭上。

那個骯髒鼠輩。

罟覓奇。

他一定知道什麼，如果梓柔能夠找到他，那也許一切就有解套方法。

找到他，如果他還活著的話。

梓柔望著地熱爐，裡面的核心正在滾滾波動。梓柔不懂核心的製造過程，但是知道它是怎麼運作。只要核心上的魔法一日不消失，它就會持續針對地底下的水脈加熱，讓整座地熱爐保持熱度，用管線輸送熱量暖和整棟房子。只要核心一日不死，地熱爐就會一直工作下去，滿足每個家庭的需求。

覓奇也說過，只要梓柔有需要，他一定會幫她到底。也許現在，正是梓柔測試他諾言真假的時機了。

覓奇很會說謊。梓柔由衷希望這次不是謊言，她需要覓奇，只有他能換回梓柔以前的生活。暖房裡空空如也，被賀夫人和梓柔推倒的鐵架現在還躺在角落，結構因為詭異的外力扭成一團。梓柔攀著桌子從地上站起來，深呼吸走出暖房。今天又是一個無星天，這已經是覓奇離開之後第三個了。梓柔暗自對著星海發誓，在下一個無星天之前，一定要爸爸帶回白牆院。

她要她的生活回來，這比任何事都重要。

「小公子，到這邊就可以了嗎？」

「我看看，嗯——沒錯，到這邊就可以了。謝謝你，老梅先生。」

覓奇跳下拖車，避開左搖右晃的馬尾巴，誇張地對車上的老梅和助手湯姆行禮。

「別忘了要等我到日落，我不知道怎麼認路回大學院。」覓奇掏出三枚銀幣放到老梅手上。

「不用這樣。」老梅揮手拒絕他。「能遇到像你這麼懂禮貌的學生已經很難得了，要是再拿你的錢，院長知道會罵我的。」

「拿著啦。」覓奇不顧他反對，硬是把錢放進他手心裡。「就當是我這一趟的車錢不就好了。反正我到碼頭這邊，沒你們載我一程，我還是要花錢找馬車。現在我把錢省下來，正好請你幫我買杯石榴汁。我聽說石榴汁很好喝，夜境裡可沒有這種好東西享受。」

「這樣啊……」

「拜託你囉，記得等我，還有石榴汁。順便幫你和湯姆也買一杯。」他對拖車後的湯姆使眼色，湯姆傻傻地笑了一下，又在老梅的瞪視下退回車子後方。

「如果您堅持的話。」老梅收下錢幣。「不過請您注意時間，日落之後的白領口，可不比大學院的庭園。」

「我知道了。」覓奇點點頭。老梅駕著拖車繼續往前走，扣囉囉一路往市集的石板路前進。覓奇腳下的泥巴路通往另外一個方向，那邊主要是管理郵務和進出口的辦公室，還有應徵水手、學徒，或是買賣船票的單位。

覓奇會想念四國學院。只可惜他隨身的包裹不夠大，只夠帶四本野生圖鑑，否則那本病蟲與愛蟲人，實在也要列入考量才對。不過往好的方面想，多出來的空間他能放鷙旺、葉沙赫、大凡、蘇默……等等老師的錢包，算是替他們未竟的師生緣留個紀念。

好啦，花夠多時間在懷念感傷上了，覓奇要找班緊急快船，一路直奔鬱光城。如果獃龍船長還在的話，覓奇說不定可以說服他看在老交情的份上，把船票多打幾折，順便奉送食宿。他得想看看，要有一個好故事人家才會買騙子的帳。落魄貴公子？不行，他可不希望被人誤會自己身無分文，這一套要帥哥對上寡婦才有用。覓奇太小了，只會被當作瘋子。還是要用回鄉找媽媽的故事？他在鬱光城的時候也成功過，說不定在這裡也行得通。或者他也能冒險來點戲劇化情節，跪在路邊哭訴身世，看看哪個凱子會善心大發。

「我希望你不是在考慮欺騙過路人贊助你的悲慘故事。」

覓奇嚇得急急轉頭，脖子差點當場扭斷。羅睺牽著一匹瘦馬站在路旁，瞇眼睛瞅著他。

「你怎麼會在這裡？你不是跟那個禿頭院長在談事情嗎？」目瞪口呆的覓奇問道。

「你昨天哭得太假了。」羅睺說：「你突然想安撫我，讓我覺得事有蹊蹺。果然請老梅和達辛回答幾個問題之後，我拿到這張夜境的傳單。」

羅睺從懷中掏出一張皺巴巴的紙，事情都到這個地步，覓奇也沒什麼好說了。

「我要回去。」他說：「如果我不回去，梓柔和其他人會有危險。那些警備隊只想找人上死刑台，是不是真的有罪他們根本不關心。是我闖的禍，當然是我回去收拾善後，我不會讓梓柔代替我去死。」

「你有想過怎麼說服他們相信，真正的大壞蛋是你嗎？」羅睺問。

「當然有，不然你以為我帶這麼多書回去，又是為了什麼。」覓奇拍拍背後的大包裹。「我已經編好一套陰謀，關鍵就在我手上的書和腦子裡的人名。這會是很精彩的故事，比夜行船那套爛書還要有趣百倍。」

「你都還沒看過傳說中的夜境鐵匠黑史密出場，怎麼知道你的故事會比夜行船精彩？」

「黑史密，傳說中的鐵匠也——」覓奇忽地閉上嘴巴。他知道羅睺在玩哪一套，分神間差點就栽進去了。

「怎麼了？」羅睺問。

「我不會動搖的，就算你告訴我大學院裡，夜行船還有十冊等著我看完也一樣。」覓奇說：「我要回去，這是我該做的事。你把什麼奇奇怪怪的騎士守則掛在嘴邊，這次是我拿來用一下，確定騎士守則有沒有用的好時機。」

「說不定我的騎士守則，也只是我扮演騎士羅睺的一部分。說不定我的內心深處，其實一直都是下流陰險的叛徒蘇羅。」

「你最好弄清楚你自己的角色定位。」覓奇忍不住提高音量。「不要人前說一套，等我要付諸實行，又換一套想混淆我！說來說去你根本不是表裡如一、行為高貴的騎士，你只是為了你的目的，假裝成你需要的角色而已。現在請你先回去大學院窩著，在我把梓柔救出來之前，沒時間處理你的價值觀！」

「你不是騎士，你只是夜境的老鼠。聰明的老鼠懂得為自己的命著想。」

「也許我並不想一輩子當老鼠。」

羅睺沒有接腔下去。

「怎麼，說不出話了？」覓奇氣呼呼的，有點喘不過氣。「承認吧，我辯論贏了。」

「我相信你知道自己在做什麼。」羅睺說：「我很幸運這一趟人生路，能夠遇上你這樣的人。」

他伸出手，平舉在覓奇面前。

「這是在幹麼？」覓奇問。

「羯摩騎士以前用這種手勢致意。你要伸出左手，和我握在一起。」

「你不會趁機把我拖過去痛打一頓吧？我告訴你，我看過書，這種假裝擁抱、偷偷捅刀的戲碼我看多了。」

「我用的是騎士的方法。」

「就是這樣我才擔心。」覓奇咕噥道，小心伸出左手握住羅睺。他果然沒有作怪，只是稍稍用力握了一下覓奇的手掌。覓奇趕緊把手抽回來，臉上一陣熱。

「這叫握手。」羅睺說：「想當個騎士，就把這套練熟，不管是真心還是欺騙都要。」

「謝謝。」覓奇聳聳肩。「我就不說再見了。我要往那邊去，請你不要跟來。」

羅睺收回左手，搭在腰際的劍柄上，站在路邊目送覓奇。覓奇摸摸鼻子，強迫自己轉頭不去看他，走上通往碼頭的泥巴路。

他不後悔，他當然不會後悔，他是回去做好事，沒什麼好難過的。梓柔是無辜的，覓奇會把錯都推到羅睺頭上，反正他現在是日顯的大人物，多一兩條罪名根本無所謂。覓奇可能會死，但是其他人會平安，借來的小命差不多就用到這裡，他心滿意足。覓奇吸吸鼻子，暗自希望羅睺永遠不會再去寧國。那地方爛死了，沒太陽又沒學院，說不定相較之下，連死國的沼澤都更生機盎然。

算了，替老囉嗦擔心根本沒必要，他該專注自己的問題。要找一條沒發霉又沒跳蚤的快船，可比擔心百年老屍妖要困難多了。

# 24、歸鄉

「這就是那個孩子嗎？」

蘇羅蜷縮在一張椅子上，抱著膝蓋一動也不動。這是他的房間，至少墨席尼大師是這麼告訴他。在他們決定好他的未來之前，他都可以一直待在這個房間。平心而論，這是一個很漂亮的房間，白色的石材堆成窗拱和牆壁，大而紅的漂亮木頭架成遮陽的屋頂。向外望去，青翠的草地和金色的沙子鋪在庭院裡，再一路往遠方的山脈延伸。這是一個漂亮的地方，就算蘇羅不喜歡也必須承認這裡的美。

「拉普，我們得先把事情說清楚。我不能就讓你這麼進去，質問他蔚城發生過的事。那對他的打擊太大了。」

房外的談話聲傳進蘇羅耳裡，似乎是和他有關的內容。

「請你諒解，我的朋友。我承受極大的壓力，蔚城事件鬧大之後，所有人都急著跟我討一個交代，如果我不能盡快整理出一套說詞，騎士團還要承受多少難堪的攻擊？」

他想必就是要前來處罰蘇羅的大伽業了。蘇羅縮起身體，皺著臉忍住眼淚。他們來了。

「你要的說詞和這個無辜的孩子無關，我的說詞和他的　樣可信。」

「你要講講道理，壓下睽鏑力的身分已經非常不容易了，如果讓四大國知道我的徒弟也涉入其中的話，騎士團就真的完了。」

「我們是正直的人，不該躲避責任。」墨席尼的聲音和他的劍一樣剛強。「如果這是必經之路，那我義無反顧。」

大伽業重重嘆了口氣。「有時候我真不知道拿你的死腦筋怎麼辦。說到底錯還是在我身上，是我把你教成這個樣子。說吧，你想告訴我什麼？」

「會騙人的不只是瑟隆王，還有他的女兒。如果我的推斷無誤，瑟隆佳佳從一開始就掌握了關鍵的論文。」墨席尼說。

「這麼說來，她也不是全盤相信瑟隆王。」

「倒不如說她把母親留下的論文當成母親的一部分，是專屬於她與母親的連結。依莉絲想必用了某種方法，把東西藏在牙門山別墅，讓這世上除了她女兒之外，誰也沒有辦法找出她埋藏的寶藏。」墨席尼說：「這也是為什麼，瑟隆佳佳會這麼執著要找出依莉絲，非獲得她的肯首不可。這不只是她與鏑力，還有女兒與母親，甚至是老師與徒弟。依莉絲對她而言太重要，她必須親眼見到她本人，否則無法坦然走下去。」

大伽業的嘆氣聲像一陣挾帶雨霧的風，帶著悲憐的水氣。

「你對她的研究也太深刻了。」

「大伽業原諒我。」

「沒什麼原諒不原諒的，要不是看你走這一遭，我還以為——唉，算了，都過去了，多說無益。不過你的研究多少也幫上了忙，你們帶回來的東西，加上夏美娜的研究，也許我能想辦法用來應付聖白殿和日濟會，叫他們收斂爪牙。」

「騎士團一定能度過難關。」

「既然說到騎士團，你又打算怎麼處置那個夜境男孩？」

蘇羅把自己抱得更緊一點。

「如果大伽業允許，我願意收他為徒。」

「什麼？」

不只是大伽業，連蘇羅也嚇了一大跳。他有聽錯嗎？

「我辜負了瑟隆佳佳與睽鏑力，替他們照顧這個孩子是我唯一能做的。我看得出他有一顆堅強的心，假以時日，一定會是令騎士團驕傲的成員。」

大伽業沉默了良久才開口說：「我們先進去看看那個孩子吧！」

兩名騎士一前一後穿過敞開的門，走在前方佇著拐杖的灰髮老人，就是當今羯摩騎士的領導人。和嚴肅挺拔的墨席尼相比，這個依然保有結實身材的老人，更多了幾分柔韌的氣質。蘇羅可以理解為什麼這個老人能成為墨席尼的老師。他身上乾淨柔軟的衣褲相當樸素，和騎士的形象格格不入。

「你就是蘇羅嗎？」大伽業走到蘇羅面前，墨席尼搬來一張高腳凳讓他坐下。

「安奈小姐呢？」蘇羅忍不住脫口而出。「安奈小姐去哪裡了？」

拉普大伽業眨眨眼睛，露出微笑。「果然，和墨席尼說的一模一樣。放心，安奈現在安全了。騎士團替她安排了新身分，她能在福波愛蘭鄉下，重新開始新的生活。」

蘇羅點點頭，又趕緊補上一句。「謝謝您，顯陞。」

「不習慣福波話嗎？」

蘇羅不知道該怎麼回答，只好繼續點頭。

「墨席尼說過你的事了，我聽說你非常渴望成為一個騎士。」

蘇羅不知道該不該假裝沒聽見剛才的對話。他還是希望成為騎士，如果當不了騎士，他也不知道自己該何去何從。

「成為騎士，意味著責任與學習。我們會派最好的老師，教導你應知的一切，並且期望你達成凡人眼中不可能的任務。這會是一條艱苦的路，你有自信克服嗎？」大伽業又問。

「我會去做。」蘇羅說：「如果騎士團還願意給我機會，我會去做。我、我想學習……」

他說不出話，繞過大伽業的肩膀，他能看見墨席尼的臉。那是一個心碎的男人，痛苦、壓抑、軟弱，完全不像他平常偽裝的那般堅強。他把視線別開望著窗外，沒預料到陽光會出賣他真實的臉孔。他在夜境待得太久了，也染上軟弱的毛病。

如果不是這個故作堅強的男人欺騙蘇羅的忠誠，也許佳佳也不會孤注一擲，走上絕路。都是他，為什麼他不願意承認自己無能為力？為什麼他不要放棄一切，直接把佳佳帶走？

「我想成為騎士。」蘇羅說：「我會用上我全力學習，成為一個匹配——不，比您的期望更好的騎士。」

「真是令人印象深刻。」溫和的大伽業伸出左手。「既然如此，現在握住我的手，說你願意成為騎士團的一員，終生為其目標奉獻。」

「我願成為騎士團的一員，終生為其目標奉獻。」蘇羅不假思索，伸出左手緊緊握住大伽業的手掌。大伽業反握住他的手，輕輕在空中晃了一下才放開。

「現在——墨席尼，吾友吾徒，我把這個年輕人交給你了。別令我失望。」

「你知道我不曾令你失望。」墨席尼說。

「你是最優秀的，希望你徒弟亦然。我還有公務在身，就不打擾你們了。訓練課程有其他需求，直接和事務官說一聲。你們狀況特殊，我會先打聲招呼，要他優先處理。」

「萬分感謝，請讓我送你出去。」

大伽業沒有拒絕，讓墨席尼攙扶自己起身，撐著拐杖慢慢踱出房間。不知道為什麼，看著這個老人的背影，蘇羅感覺自己剛才犯了一件十惡不赦的重罪。可是正因為如此，罪惡的火燒著他的心，他又重新找回了方向與動力。也許還很模糊，但是他會依循這個方向繼續走下去，將一個不合格的騙子偽裝成騎士。

然後等待。

「大人，我不懂您這麼做的用意，這對局勢一點幫助也沒有。」

「覓奇是街頭老鼠，和養在籠子裡的溫馴狗崽可不一樣。唉，他抱著我哭得唏哩嘩啦，我就該知道有問題了。也許他早在手掌復原之前，就已經想好該怎麼逃跑了。」

「大人認為他比我們早知道這個消息？」

「如果他這兩輪日晷的時間都躺在床上乖乖養傷，才真的會嚇破我的膽子。關於你的學生和教職員的損失，還請你幫忙處理。我現在必須趕快追上他，以免他把自己淹死在暴風洋的哪座礁岩下。」

「大人好不容易復活，不能再拿自己的性命開玩笑！我們需要你，眾議王就快復辟成功了，到時候羯摩騎士團將被逼出福波愛蘭，日濟會的勢力再次擴張。寧國併吞闐國的消息甚囂塵上，戰爭正在醞釀。現在世界正亂，需要您的智慧幫助我們走出困境呀！」

「我向來不是個有智慧的人。智慧是拉普和墨席尼的專長，我只是他們的跟班而已。抱歉，對我來說，一個能夠囑託未來的孩子，要比一群半死的老人爭權奪利重要多了。」

「這──」

「我看得出來你是個好人，葉沙赫。但像我們這樣見識愈多的人，愈有可能碰上盲點而不自知。我以前也像你一樣，急著遂行我的野心，卻忘了墨席尼和佳佳的期待。」

「唉……」

「別嘆氣，有些苦苦在心頭，有些路走過了才知窮途。讀懂這句話，你很快就能釋懷了。」

「大人的智慧是我無法企及的目標。您是對的，這是我們的困境，不該奢望你或是那個孩子，出面幫我們承擔一切。這件事我們從頭到尾，都錯得一塌糊塗，還因而賠上了同志的性命。」

「責怪自己於事無補。我這趟到夜境去，需要你幫忙。」

「大人的要求我一定全力配合！」

「話別說得太早。這是我寫的信，麻煩你用印簽名。」

「這是──」

「我說過了，話別說得太早。」

「如果這是大人的要求，我可以把這件事做得更漂亮，好讓心懷不軌的人找不到突破口質疑。」

「喔？老傢伙，怎麼突然間變了個人啦？」

「罟覓奇是個孩子，為孩子謀求未來，是四國學院創立的宗旨。」

「這麼看來，這個腐敗的世界，倒也不是完全沒救。先說聲再會，如果還有機會，我會帶著覓奇一起回來大學院，看看你們還能進步到哪裡。」

「四國學院的大門，永遠為羯摩騎士開放。」
「記住你的話，有人會當真的。」

結果覓奇經歷了一連串難以忍受的旅程，又吐又瀉了好幾天，等到他需要開口的時候卻連話也說不出來了。那個忘恩負義的船老闆，在抵達鬱光城的前一天就先把他綁個死緊，把他洗劫一空再交給守在碼頭上的警備隊。警備隊本來還懷疑他的身分，把他關在議價所後的雜物倉裡，堅持要找人確認過身分才肯發賞金給船老闆。

覓奇早知道不會有什麼莊嚴肅穆的逮捕行動，但是弄得這樣一團亂，未免也太失格調了。女神在上，他只差一根繩子就要被吊在橫樑上，像剛醃好的臘肉等著風乾入窖。他索性閉上眼睛，在黑暗中靜靜聆聽外面的喧鬧。他聽太多日顯話了，夜境人說話的腔調對他來說變得模糊不清，活像膠蕈和雞肉菇混在一起的大災難。

綠色的光圈突然延伸到他臉上，覓奇瞇起眼睛，勉強辨識出四個人走進雜物倉的門。

「覓——」

「是他嗎？」

「不是。」阿峰的聲音在半空急轉彎。「我不認得他。」

「真的？梓妍你說呢？看仔細，記住，說謊是不對的。」

慢慢適應光線後，覓奇看出來者是誰了。阿峰和阿旗一副就是不會說謊還硬上的蠢樣，視線往兩邊亂飄。嚇壞的梓妍在拿玉裘的陪同下，發白的臉色完全藏不住任何祕密。

拿玉裘？覓奇先是抖了一下，接著想到這根本不可能。那個中年人不是拿玉裘，只是一個長得很像，臉上帶疤的警備隊。

或者說是護法官。

「我和姊姊在路上看過他，他有時候會和我們打招呼。」梓妍說：「我認得他的臉。」

「你胡說！」阿峰反駁：「他才不是罟覓奇，罟覓奇有長頭髮，絕不像這樣頂著一頭狗啃的短毛。」

覓奇完全是看在老交情的份上才沒翻白眼。

「很謝謝你們配合，我已經知道我想知道的事了。」肩上頂著護法官肩章的人說：「你們兩位可以離開了。梓妍，拿伯送你回去，領主夫人還等著你一起用餐呢。」

「好的。」梓妍怯生生地點點頭，被護法官押著肩膀離開。另一批警備隊分成兩邊，一邊把阿旗和阿峰趕走，另外幾個走進雜物倉裡圍著覓奇。

該來的總是要來。覓奇閉上眼睛，縮緊身體，這和街上那種小混混等級可不同。他很確定身上不會留下任何一點疤。

# 25、告別

獄官幫梓柔打開牢門，把一支燈台塞到她手上。

「快點，你只能遠遠地看，不能靠近。我們要你問的問題都記住了嗎？」

「記好了。」

「去吧！」

監牢的門為她開啟，梓柔拿著燈台，小小的光圈只夠照亮她邁出去的步伐。

其實就她看見的景象來說，監獄裡還蠻乾淨的。她原本以為監獄應該像人家說的一樣又髒又臭，犯人像家畜一樣被關在鐵籠子裡苟延殘喘。如果他們失去了活下去的勇氣，只要挖一把角落的泥巴吞下肚，自然會有無數的病菌和毒素，推他們走完人生的最後一程。

除了鐵籠之外，大家說得差不多都錯了。關覓奇的死牢乾淨得離譜，鐵籠看不到半點鏽蝕，每條鎖鏈都亮得亮人心慌。囚犯的雙手雙腳都被鐵鍊綁著，四周的火像野獸一樣繞著犯人跳動。

梓柔把燈蕈的光遮住，心臟怦怦直跳。

他皮膚變黑，頭髮剪短了。換掉到處都是補丁的手套和燈籠褲，穿著日顯的醜衣服讓覓奇看起來縮小了一整圈。也因此那雙直盯著人看的大眼睛，更令梓柔心臟怦怦狂跳。他以前不是這樣，比起這個雙眼炯明的覓奇，梓柔比較習慣過去那個害羞的小老鼠。

「看到你好好的，我就差不多放心了。」覓奇坐在火牢後面，無奈地看著她。「他們說只要我往前靠，這些火馬上就會點燃我的衣服。他們在我衣服上塗了東西，我猜是燿蕈或是硫油，但是沒人肯回答我。」

梓柔看著他擺出笑臉，然後又慢慢地收回，只留下尷尬的表情。

「我猜你不是來聽我說這些話的。」

「拿玉裘呢？」梓柔問：「他人在哪裡？」

覓奇嘆了一口氣。「他死了。我很抱歉，但這是事實。我猜我現在欠你一個老公，如果出得了這裡，我會幫你找更好的人選。」

「不勞你費心了。」他為什麼這麼冷靜？他難道不知道自己欠了梓柔多少東西嗎？她當初救了他，這隻可惡的老鼠卻害慘了賀家。

「那是意外，我真的不是故意的。」覓奇說。

「發生了什麼事？」梓柔問：「為什麼你要殺他？說，不用怕我難過，告訴我真相。」

「我不覺得真相對你有好處。」覓奇說：「沒人會想在結婚前夕，知道自己的老公喜歡欺負弱小，帶警備隊在路上找流浪兒的碴。」

「你是說玉裘大哥嗎？」

「他找到我的地方，砸爛了所有的東西，指控我偷偷接近你。」覓奇在發抖，但眼睛沒有躲開。「他想殺我，說我拿了不該拿的東西，要用叛國罪把我送上死刑台。我發誓我沒有，但是他不相信。他瘋了，然後——」

他閉上眼睛，抓著手腕上的鐵鍊，把扣環扯得死緊。

「我只是掙扎了一下。」

梓柔並不想相信這個滿口胡言的鼠輩。他是罟覓奇，對他梓柔再了解不過。

「屍體呢？你把屍體藏到哪裡去了？」梓柔板著臉問：「警備隊說，不管他們怎麼找都找不到屍體。」

「我認識一個朋友，他幫我把屍體帶走了。」

「帶去哪裡？」

「如果沒有意外，應該在白領口。」

所以是碼頭。梓柔暗暗記下來，提醒自己要通知警備隊去碼頭打撈。

「你拿了什麼東西？」她又問：「是什麼東西這麼重要？」

「只是一本書和一把劍。他說是違禁品，但其實——」

他話說到一半又停下了。已經是第二次了，他們才說多少話，覓奇已經第二次把到嘴邊的話吞回去了。過去他們一直是有話直說，從來不需要顧忌對方，如今猜疑橫亙在他們之間，疊成跨不過的高牆。

「你以前不管什麼事都會告訴我。」她說：「可是你現在連一本書的下落都不肯說。」

「不行，那不是我的東西。」覓奇搖搖頭，拒絕她的提議。

「就算你要因此送命也沒關係嗎？」梓柔生氣了。「就算我求你，你也不肯說嗎？」

「我沒有拒絕過你任何事，也請你不要用這件事威脅我。」覓奇不敢看她的臉。「我必須守住承諾，所以——請你離開。我很謝謝你想辦法要幫我，可是不行，請你離開吧！」

這是極限了。如果他拒絕合作，梓柔也沒有和他耗下去的必要。爸爸好不容易回家，梓柔應該多陪在他身邊才對。

「梓柔。」覓奇叫住她，軟弱的聲音令人厭惡。他有什麼資格假扮軟弱的樣子？受害者是她，覓奇只會無事生非而已。

「你還有什麼要說嗎？」她問。

「真的很對不起，我是說關於你家裡的事。」他欲言又止。「幫我向賀伯道歉。」

「你是該道歉。」梓柔說。說完後，她離開覓奇身邊，迫不及待拉開燈罩，腳步愈踏愈急。她想逃出這裡，這座監牢正準備吃了她，空蕩蕩什麼都沒有的監牢，正打算把她困死一輩子。可是就算她跑得再快，手上的燈蕈再亮，依舊躲不掉擋在道路盡頭的鷹眼

「他說了什麼？」拿威全擋在出口。

「他承認自己殺了玉裘，屍體丟進碼頭。關於書的事，我認為他知道什麼，可是他不肯告訴我。」梓柔答道。

「如果不是時間點不好，應該來點拷問才對。」拿威全搓著下巴說：「上次處刑太過混亂，領主大人急著殺一儆百，沒時間慢慢問了。」

「我們可以從百伶巷找起。」

拿威全望著她的樣子，彷彿發現獵物的郊狼。「怎麼說？」

「他知道東西在哪裡，我非常確定。」梓柔吞了吞口水，回憶剛才覓奇無意間露出的破綻。「他說他是幫人代為保管。他知道書是危險物品，不會把東西拿給朋友。他只有一個人，能找的地方也只有他熟悉的地方。」

「他最常出沒的地方就是百伶巷。」拿威全把話接完。「不錯，你反應很快，了解我想知道什麼。你的合作態度，決定你妹妹什麼時候回到家。」

「我很清楚。」

「我建議你，快快回去梳洗就寢。明天一早，我們還要處死罟覓奇。」

「我等不及了。」不知道為什麼，說出這句話的時候，梓柔沒有半點猶豫。回程的路上，她努力把心思放在明天要穿什麼衣服上。衣服很重要，那是社交禮儀的第一步，幾乎和鞋子一樣重要。

回到夜境是一件非常詭異的事。上一次的人生，站在這片黑色的天幕下，他腦中想的全是如何利用眼前的資源，如何在不利於他的局勢裡搏得優勢。這次踏入寧國，同樣來去匆匆，感覺卻全然不同。

他左手提著燈籠，右手手指間夾著一片刀幣把玩。重回夜境，如果不想依靠學院的後輩支援，一點小手段還是必要的。那個吝嗇的賣貨郎，發現錢包被偷之後，細小的心臟大概會直接停擺。老把戲再過兩百年同樣玩不膩。

根據他打聽到的消息，覓奇已經被關進死牢，明天就要被急著振興威名的領主砍頭。他沒有出賣羅睺，等他死了之後，知道羅睺真實身分的人就只剩四國大學院的教職員。他的身分非常安全，在他腦中有無數的計畫，正等著他用這個新身分新名字完成。

羅睺走進一家小酒館。他不渴，而有波動魔法幫忙，就算是六王子執勤的時間他也能隨意走動。他走進來只是因為依稀記得自己來過，不過也很可能是酒館的樣子，意外和他記憶裡的某個地方重疊了。記憶，真的是很玄的東西，特別是像他這樣一個特別的人。

他的身體和這間酒館一樣，都試圖維持自己活著的假象。酒保穿著老派的高腰燈籠褲和緊身背心，想把中年發福增加的重量壓回胃裡。溫和的迎賓笑容，彷彿他認識了你一輩子，隨時等著詢問你近來如何。

不對，這是他看過的酒館，時間是兩百年前。他眼前的酒館又髒又小，吧檯後的酒保像具乾屍一樣瘦，躲在綠色光圈的邊緣擦杯子。這酒吧甚至連假裝營業都不肯，只是頂著空虛的殼當招牌，欺騙無處可去的行人。

羅睺退回街道上，他並不認為自己會受到熱情的款待。

要推論出整件事的來龍去脈並不難，就算是他這麼一個脫離時代兩百年的守舊騎士也辦得到。福波愛蘭眾議王打算復辟，拔除長久以來和各大家族利益過不去的羯摩騎士，成了他的目標政績。和羯摩騎士交好的闐國試圖出手相助，卻引來咒闍利落井下石，挑起支持與反對皇權統治的兩派人馬互鬥。失去盟友的羯摩騎士團決定將可能引發問題的敏感物品送出國，置身事外的寧國是他們的首選，於是佳佳的書和鏑力的隕劍送到覓奇手上。

警備隊大肆搜捕賣貨郎的時候，靠著貿易網路活動的間諜們，根本想不到寧國也會參與這場圍獵。誰想得到呢？闐國居然會和羯摩騎士交好，寧國和咒闍利內外通氣？這在兩百年前根本不可能發生。

他們大概也從來不曾想見，這一事件發生至今，改變了多少人的人生，又把什麼怪物從死國的沼澤中帶回天幕下。

然後呢？羅睺能翻天覆地，只要他想，一舉打垮聖白殿也不成問題。日濟會已經是風燭殘年，連老家咒闍利對待他們，都像對待一隻老不死的病狗。聖白殿大概也沒想過自己失去敵人，同時也失去存在的理由。

聖丁字上的光圈消失了，寒風從街道的另一端吹來。六王子上哨了；今天的六王子特別明亮，明天又是無星天。

他想起初見鏑力大師的那一刻。他記得鏑力大師一臉厭煩，急著要管收發的老書記把文件交給他，他簽一簽還要趕著回去換哨。老書記是個老頑固，他堅持按照文件上的規章，要鏑力看過蘇羅，把表格填完才能決定要把人留下還是丟下。

他很害怕，生怕自己謊報年齡隨時會被揭穿，或以前做過的醜事會傳進騎士耳裡。他想要過光明正大的生活，成為一個騎士的楷模，他願意改變自己，只求能夠問心無愧地活著。

蘇羅全身發抖站在鏑力面前，怯生生地伸出手，模仿書裡的動作攤開手掌。

「那是乞討的動作。」鏑力說：「你應該右手貼在腹部，只伸出左手請求握手。」

蘇羅知道自己搞砸了，可是鏑力卻把表格和他通通帶走。

他到死都想不通為什麼。鏑力不需要用一個陌生人去監視佳佳，在他們鬧翻之前，鏑力就是最接近公主的騎士。羅睺沒想到自己得死過一次再復活，才想通這個答案。

鬱光城的中心廣場上，死刑台已經架好了。羅睺停下腳步，把手背在身後看著星光下的刑台。再過不了多久，覓奇就會站上這座死刑台，走完人生的最後一程。羅睺有無數的計畫，這些計劃裡不曾有過一個孩子的身影。

孤獨的騎士消失在黑暗中。

---

覓奇一整夜都沒睡，感覺上好像梓柔才剛離開，接著老大就上哨輪值，星光熾盛帶來新的一天。

今天天氣真熱，覓奇全身都是汗，手腳卻不住地發抖。

獄官準備的最後一餐，覓奇連動都沒動。他吃不下，他先前和羅睺抱怨日顯菜又辣又甜，回到鬱光城又覺得這裡吃什麼都像在啃樹皮，半點味道都沒有。如果不是怕被打，他一定好好酸那個獄官一頓，以免那個狗眼看人低的傢伙，自以為破爛監牢真能端出好東西招待客人。

不過話說回來，他都要死了，打不打似乎也無所謂了。

「如果我說我死前的遺願是讀完夜行船第六集，你們會答應嗎？」

獄卒直接一拳賞在他肚子上，算是回答問題。負責押送人犯的獄官站在牢房外，催促獄卒動作加快。他們把枷鎖壓到覓奇脖子上，拖著他走出監牢。不知道梓柔昨天有沒有平安回到家了？

雖然有點傻，但是他希望賀伯已經回家了，否則他這一趟回來就白做工了。

他不該和老囉嗦吵架。腦子裡裝太多怪想法是他的問題，可是覓奇不應該罵人家沒種。想想看，這幾年來有多少人關心過他的死活？有個屍妖肯付出關懷，覓奇死也要偷笑了。

獄官把他交到警備隊手上，那些凶神惡煞至少都高他一個頭，手腕比他的脖子還粗。覓奇閉上眼睛，努力想像另外一番景象。

沒錯，這樣想讓他心情輕鬆多了。

他想要一條頭巾，沒有頭巾一直讓他全身不自在。在大學院裡是一回事，現在大家頭上不是帽子就是頭巾，還有各式各樣的手套。沒有這些東西站在群眾面前，像沒穿褲子一樣令人害羞。可是覓奇認為警備隊沒理由關心他的願望；畢竟他可是殺害警備隊小隊長的兇手，就地正法的念頭在他徹底死掉之前，警備隊可不會錯放任機會。

覓奇最好閉上嘴巴。

事後想想，他其實不大記得遊街的過程。阿旗和阿峰呢？小鬼頭和達老大呢？如果能看見雯老頭，能跟他道個歉，也算是不無小補。覓奇拿了人家不少書，一直沒機會付錢。

不過他倒是看見了梓柔，她坐在觀禮台上，陪著賀伯和一個擁腫華貴的夫人。賀伯平安歸來，真是太好了。他想跟梓柔打招呼，想想又算了。他要死了，麻煩少一點是一點。

警備隊拉著他走上死刑台時，覓奇突然很想吐，只好趕緊憋著以免出醜。老囉嗦講過，騎士就算要死，背也要挺得直直的。覓奇深吸一口氣，想像自己很勇敢，像多九思跳下暴風洋和惡龍搏鬥前一樣，他往前走，如果他辦得到。

問題是他辦不到，前面的警備隊爬完階梯就停了下來，害覓奇卡在半空中，上也不是下也不是。發生了什麼事了？這些人怎麼連處決都這麼不乾不脆？覓奇剛挺直的脊背又軟下去了，他好不容易才鼓起勇氣的說。

「你們不會想要殺他。」

覓奇瞪大眼睛，不敢相信自己聽見了什麼。

「他不是兇手。我才是殺害拿玉裘，為騎士團復仇的殺手。」

覓奇差點從階梯上滾下去。他顧不得低調迅速那些狗屁，用力掙脫警備隊的手，甩著鐵鍊擠過人牆衝上死刑台。某個警備隊反應過來，揮拳打中覓奇脖子上的枷鎖，連帶把他掃倒。不過沒關係，他已經衝過封鎖爬上死刑台，看清楚先他一步走上來的人是誰。

羅睺穿著藍色的制服，腰際掛著軍刀。覓奇全身顫抖，他是什麼時候弄來這套東西，混進警備隊裡面？群眾開始騷動，護法官領著大批人馬衝上台，大聲壓制躁動的聲浪。要替死人祝禱的修女們匆匆撤下，手持軍刀的警備隊取代他們的位置。

「你是誰？」護法官朗聲質問：「你好大的膽子，居然敢打斷領主大人執行死刑。」

「領主大人公正仁慈，如果他知道你們抓錯人，一定也會出手打斷死刑。」羅睺的聲音很大，覓奇敢打賭就算是觀禮台那邊，也可以聽得清清楚楚。

「你這話是什麼意思？」護法官又問。

「因為我才是真正的兇手。」

護法官冷笑一聲。「你以為隨便一個人跑上死刑台，誇口說自己殺人就能拖延我們嗎？我告訴你，你休想得逞，該死的人今天一定要死。」

「我是不是誇口，你看過這個就會知道。」

羅睺抽出腰上的軍刀，護法官迅速往後退開，警備隊的武器紛紛出鞘！

「不需要太緊張。如果我要動手，絕對不是這種方式。」羅睺把軍刀放開，用腳踢到護法官腳邊。「你自己看看。你可以在上面找到警備隊的紋章，還有你們拿家的家徽。」

覓奇瞬間猜出羅睺的意圖。

「他騙人！」他驚聲尖叫：「你看，他是日顯人，他是騙子！」

「讓他住嘴。」護法官說。

有人拿一團髒抹布硬塞到覓奇嘴哩，這噁心東西顯然是警備隊的標準配備。覓奇用盡全力想喊出聲音，可是他嘴巴被塞住，人被壓在地上，連膝蓋想彎一下找縫鑽出去都辦不到。

「只憑一把刀，就要我相信是你殺人嗎？真正的殺人兇手會有你這麼蠢，自己跑來送死？」

「還是不相信？真奇怪，你們這些替大人物辦事的角色，怎麼就是學不會信任別人？沒關係，我還有兩樣證據。這個，是你們苦苦追查的隕劍。」

覓奇聽到一個重物落地的聲音。他頭被壓在地上，看不見前面，只看見一個扭曲的手肘。

「而這個，是你們一直找不到的夜境神話。我相信這本看似普通的神話故事，紙頁裡藏了福波愛蘭最新的暗號，專供隱身夜境的間諜流通消息之用。當我好不容易追回這兩件東西的時候，剛好被拿玉裘逮個正著。我沒有選擇，只能把他腦袋剁了打碎，扔在百伶巷的密室裡。那裡夠隱密，連你們這些狗都找不到。」

「你說什麼？」

「我是說，你們的狗。警備隊不是養了一堆獵犬嗎？」

為什麼要挑釁他們？快逃你這老傻瓜！你很厲害，可是這些人光用壓的都把你壓死呀！覓奇用力扭著背，但是壓在他身上的重量愈來愈沉。

「那麼，今天我們要處決的犯人，又多一個了。」護法官呵呵笑。「把他們兩個都抓上去！」

「你不會想這麼做。」羅睺冷笑。

「為什麼？伸張正義本來就是我的職責，殺掉你們這些罪犯是我的職責。」

「因為這個孩子得到四國學院院長的賞識。沒有意外的話，他已經成了大學院下個學期的學生。我這裡有封信，足堪證明這件事。我本來是想找個人頂替他，只可惜假不了了。」

「什麼意思？」護法官追問道。

「如果你識字的話，你可以自己看。葉沙赫那個老頭，把引靈芝送給這個小孩吞下肚了。」

覓奇聽見有人撕紙的聲音。他勉強轉頭，以免砍頭前先窒息。他瞄到觀禮台上一陣騷動，不少人站起來，紛紛往梓柔身邊的胖夫人擠。

「大學院今年開給寧國，獲准進入大學院學習波動魔法的名額，已經是這個孩子的囊中物。要是他死了，寧國今年就不會再有學生，獲准進入四國學院學習魔法。」

「這是哪來的詭計？」護法官的聲音在顫抖。「你這滿口謊言的傢伙又是誰？你就這麼迫不及待，要代替這隻老鼠去死嗎？」

「殺人對我來說只是一種手段。但如果因為我的行為，牽連到無辜之人代替我而死，那與我的信念相違。」羅睺說。

「騎士精神？哈！不過是歷史的餘燼，你以為你高貴的舉動能換到什麼？」

「我想換的東西不多，但也夠了。」

「我決不會放過這個鼠輩！」

「我想，這要看領主夫人的決定，而不是你。」

覓奇用力撐開喉嚨大喊，可是他的聲音被重重人牆擋著，根本發不出去。領主夫人也站起來了，圍在她身邊的人愈發緊張，反倒是梓柔和她父親趁亂躲得遠遠。羅睺雙手握拳舉在胸前，嘲諷的臉真不像平常的他。

領主夫人伸出一隻指頭指著死刑台。

羅睺微笑。

尖叫。

梓柔摀住耳朵，嚇得全身發抖。覓奇拚了命咒罵、慘叫、哭訴，但是放眼整個廣場，好像都沒有人聽見他的聲音。警備隊押著陌生人蹲到刑架前，狠狠踢了他的膝蓋一下，讓他跪在地上。陌生人緊閉著眼睛，似乎正隱忍著極大的痛苦，藍色的光投在他臉上，綠光照亮了他的身體。

梓柔突然一陣暈。他跪下的那一瞬間，她也想起了某件事；某個虛無飄渺，沒有形狀的怪事。是錯覺嗎？還是覓奇的聲音讓她頭昏，才會有這種幻覺？

覓奇喊啞了喉嚨，處刑照常進行。拿威全憤怒地唸完他的台詞，宣布覓奇無罪釋放，現在要處決的是重新追捕到的兇手。陌生人頭低下去，劊子手執斧就位。

噗！

梓柔沒聽見落地的咚。

覓奇不知從哪裡生出的蠻力，從警備隊臂彎下鑽出，發狂似地撲到斧頭下。鮮血濺了他滿頭滿臉，但是覓奇毫不在意。他哭得這麼用力，你會以為他這麼多年來不掉一滴眼淚，就是為了這一刻盡情宣洩。梓柔扶著座位站了起來，伸長脖子想看倒在地上的軀體。

好奇怪，但是這是不可能的，她記起了什麼，可是覓奇的哭聲令她不能思考。

「梓柔，我們快回去吧！」賀維新握著她的手說：「行刑結束，你的責任完了，我們快去把梓妍接回家。」

「好。」梓柔點點頭，視線始終移不開那具屍體。只是一具屍體不是嗎？

覓奇的聲音漸趨嘶啞，梓柔帶著爸爸走下觀禮台。沒人會注意他們，他們能自由離開。梓柔聽著覓奇的聲音，心中很清楚不論結果為何，從今往後賀梓柔與罟覓奇，已是注定背道而馳的兩個名字。他們日後唯一的共同點，只剩無可避免的死亡。

梓柔走下觀禮台，愈走愈快，把哭聲拋在腦後。等她走進人群裡，更是什麼也聽不見了。

*Epilogue*

# 收幕

又是一個無星天，狡猾的王子丟下職責，和放蕩的女妖暗通款曲。所有善良的老百姓都知道此時最好是緊閉門窗，躲在女神賜福的光圈下，祈禱不祥的日子盡快過去。

一個瘦小的身影跌跌撞撞走向大河，像隻跛腳的老鼠。沒有人知道他是誰，也沒有人在意他的去留。在黑夜裡，他走到碼頭邊，什麼蛛絲馬跡也沒留下。等第二天大王子輪哨時，沒人會注意到鬱光城少了這麼一隻小老鼠。

前天鬱光城的城郊，通往霧渺山的山路旁立起了一根鐵樁。這種鐵樁的歷史頗有淵源，自從各方領主、國王學會殺一儆百的方法後，鐵樁就不斷出現在各個驛站、市鎮廣場旁。

長久的時間下來，有些鐵樁會鏽蝕斷裂，到時候會有人再換上新的。有些立樁人後來也會把自己的頭掛上去，上頭的鄰居是他判刑通緝的罪犯。一根又一根的鐵樁，一串又一串的人頭，夜境的風輕吹著，撫動人骨製成的風鈴，催眠來往通衢的客人。有句話說得好，所有人都是天地這旅店的過客，最後都要沉睡在巫母的床單上，成為永恆大夢的一部分。

風從海上吹來。

那廂有人趁夜離開，無獨有偶的，在城市的這一邊同樣有個騎士頭頂星光，在馬兒的帶領下出外遊蕩。他們的步伐來到新立的鐵樁下，馬兒噴著鼻息，白色的霧氣包圍著形體怪異的騎士。

騎士的動作如果是正常人來做，大概是轉頭面向那串枯黃的風鈴。可是他缺了脖子以上的部分，就是世上最好的敘事者也只能猜測，無法確切說出答案。他為什麼來到這裡，除了偷窺一切的星光，無人能夠知曉。

雙眼火紅的馬調整腳步，好讓無頭的騎士可以搆到鐵樁上的繩索。他抽出馬鞍旁的鏽劍開始切割。

末了，繩索斷裂，低沉的冷笑迴盪在夜境裡。

【完】

釀奇幻15　PG1837

# 逐日騎士

作　　者　言　雨
責任編輯　辛秉學
圖文排版　周妤靜
封面設計　葉力安

出版策劃　釀出版
製作發行　秀威資訊科技股份有限公司
114 台北市內湖區瑞光路76巷65號1樓
電話：+886-2-2796-3638　傳真：+886-2-2796-1377
服務信箱：service@showwe.com.tw
http://www.showwe.com.tw
郵政劃撥　19563868　戶名：秀威資訊科技股份有限公司
展售門市　國家書店【松江門市】
104 台北市中山區松江路209號1樓
電話：+886-2-2518-0207　傳真：+886-2-2518-0778
網路訂購　秀威網路書店：http://store.showwe.tw
國家網路書店：http://www.govbooks.com.tw
法律顧問　毛國樑　律師
總 經 銷　聯合發行股份有限公司
231新北市新店區寶橋路235巷6弄6號4F
電話：+886-2-2917-8022　傳真：+886-2-2915-6275

出版日期　2017年12月　BOD一版
定　　價　350元

國家圖書館出版品預行編目

逐日騎士 / 言雨著. -- 一版. -- 臺北市 : 釀出
版, 2017.12
面； 公分
BOD版
ISBN 978-986-445-233-0(平裝)

857.7 106021305

# 讀者回函卡

感謝您購買本書，為提升服務品質，請填妥以下資料，將讀者回函卡直接寄回或傳真本公司，收到您的寶貴意見後，我們會收藏記錄及檢討，謝謝！

如您需要了解本公司最新出版書目、購書優惠或企劃活動，歡迎您上網查詢或下載相關資料：http:// www.showwe.com.tw

您購買的書名：＿＿＿＿＿＿＿＿＿＿＿＿＿＿＿＿＿＿＿＿

出生日期：＿＿＿＿年＿＿＿＿月＿＿＿＿日

學歷：□高中（含）以下　□大專　□研究所（含）以上

職業：□製造業　□金融業　□資訊業　□軍警　□傳播業　□自由業

□服務業　□公務員　□教職　□學生　□家管　□其它＿＿＿

購書地點：□網路書店　□實體書店　□書展　□郵購　□贈閱　□其他

您從何得知本書的消息？

□網路書店　□實體書店　□網路搜尋　□電子報　□書訊　□雜誌

□傳播媒體　□親友推薦　□網站推薦　□部落格　□其他＿＿＿＿＿

您對本書的評價：（請填代號　1.非常滿意　2.滿意　3.尚可　4.再改進）

封面設計＿＿　版面編排＿＿　內容＿＿　文／譯筆＿＿　價格＿＿

讀完書後您覺得：

□很有收穫　□有收穫　□收穫不多　□沒收穫

對我們的建議：＿＿＿＿＿＿＿＿＿＿＿＿＿＿＿＿＿＿＿＿

＿＿＿＿＿＿＿＿＿＿＿＿＿＿＿＿＿＿＿＿＿＿＿＿＿＿

＿＿＿＿＿＿＿＿＿＿＿＿＿＿＿＿＿＿＿＿＿＿＿＿＿＿

＿＿＿＿＿＿＿＿＿＿＿＿＿＿＿＿＿＿＿＿＿＿＿＿＿＿

請貼
郵票

11466
台北市內湖區瑞光路 76 巷 65 號 1 樓
**秀威資訊科技股份有限公司** 收
BOD 數位出版事業部

（請沿線對折寄回，謝謝！）

姓　名：________________ 年齡：________ 性別：□女　□男

郵遞區號：□□□□□

地　址：________________________________________

聯絡電話：(日) ________________ (夜) ________________

E-mail：________________________________________